LUZIFER
VERLAG

Dieses Werk wurde vermittelt durch die Literarische Agentur Kossack GbR

# Impressum

Deutsche Erstausgabe


Cover: Michael Schubert
Lektorat: Johannes Laumann

Dieses Buch wurde nach Dudenempfehlung (Stand 2017) lektoriert.

ISBN: 978-3-95835-253-7

Bibliografische Information der Deutschen Nationalbibliothek:
Die Deutsche Nationalbibliothek verzeichnet diese Publikation in der Deutschen Nationalbibliografie; detaillierte bibliografische Daten sind im Internet über http://dnb.d-nb.de abrufbar.

Für Dietmar – einfach so!

# – 1 –

Kondenswasser kroch das Fenster hinab. Finger folgten einem der Tropfen und ließen das Gebilde platzen. Arkady spürte das warme Nass auf seiner Haut und benetzte seine Lippen.

»Warum starrst du so?«

Reglos kauerte sie auf einem Stuhl. Ihr Geruch füllte den Raum, ihr verschwitztes Gesicht war Arkady abgewandt. Schweißtropfen schoben sich an ihren Schläfen voran, den Tropfen auf dem Fenster gleich. Die Hitze war allgegenwärtig, hatte Mensch und Ding im Griff.

Furcht erfüllte die Frau, besaß sie doch keine Antwort. Sie starrte nicht. Nicht auf ihn. Ihr Blick war zu Boden gerichtet. Ihre Augen versuchten ein Loch zu graben, durch das sie entschwinden könnte.

»Warum starrst du mich so an?«

Arkady liebte es, Menschen zu verhören. Ihre Schuld oder Unschuld war bedeutungslos. Angsterfüllt kauerten sie ihm gegenüber. Ein jeder von ihnen hatte ein Gedächtnis und ein Gewissen. Irgendwann in ihrem Leben hatten sie alle etwas getan, für das sie sich schämten und das sie ungeschehen wünschten.

Hier in diesem Raum kamen die Erinnerungen zurück, die Schuld und die Angst, für etwas Vergangenes büßen zu müssen. Nur deshalb gab es dieses Zimmer. Druck auf Verdächtige wurde hier nicht ausgeübt, sie übten ihn selbst aus, und ihre fragenden Blicke kreisten dabei nur um einen Gedanken:

*Er weiß es. Er weiß, was ich getan habe.*

Zwei elliptische, dunkle Ränder glänzten im Kunstlicht. Sie zierten den teuren Stoff ihrer Bluse.

»Warum hast du es getan?«

Er wusste Bescheid.

Ihr Körper begann zu zittern. Das Ziel war nahe, gleich würde sie aufgeben. Eine Rechtfertigung würde ihr Geständnis einleiten. Stets war es so. Arkady genoss den Moment. Gleich würde sie sich öffnen, sich ihm anvertrauten und aufgeben.

Ihre Lippen formten Worte. Wut über eine andere Frau, über rasende Eifersucht, verletzte Gefühle, verratene Liebe und Rache. Rechtfertigungen, nichts weiter als das Betteln nach Verständnis für eine Tat, die ein Leben beendet hatte.

Die hervorgewürgten Worthülsen drangen nicht mehr zu ihm vor. Nicht die Gerechtigkeit war bedeutsam, nur der Triumph zählte. Was bedeuteten Wahrheit und Gerechtigkeit gegen den Rausch der Macht?

Arkady liebte seinen Beruf.

»Was wird aus mir?«

Ihre Stimme zitterte. Ihr Blick bettelte um ein Wort der Hoffnung. Arkady hatte keines für sie.

Ihre Beziehung war beendet.

Die Kollegen begegneten ihm mit stummen Respekt und offener Abneigung. Arkady achtete nicht auf sie, warum auch. Sie starrten ihm nach, kaum dass er an ihnen vorüber gegangen war. Sie fragten sich, was an diesem hageren Mann mit dem zerfurchten Gesicht besonders war. Sie mochten ihn nicht, keiner hier konnte Arkady leiden.

»Gleich geht ihm einer ab.«

Es war nur ein Flüstern im Raum.

Arkady verließ das Gebäude, trug seinen Triumph nach draußen. Das Geständnis der Frau glich einer Trophäe.

Die Luft knisterte, dann entlud sich das Sommergewitter. Eine junge Frauenstimme hatte es im Radio vorhergesagt und hatte recht behalten. Weiße Blitze zuckten am Himmel, Donner übertönte das Trappeln von Schuhen. Die Menschen flohen vor dem einsetzenden Schauer. Lemmingen gleich drängten sie an Arkady vorbei, und erst langsam, dann immer schneller, folgte er ihnen.

## – 2 –

Regentropfen schlugen schnell und hart auf dem Plexiglasdach auf. Einen Schirm zum Schild erhoben und gegen den Himmel gerichtet, verließ sie das Haus.

Wasser tanzte zwischen ihren Pumps.

Lange, schmale Beine lugten aus einer kurzen Hose und versuchten den Regentropfen zu entfliehen. Ein Blick auf die Uhr verriet eine unbegründete Eile, denn das Gewitter verlangsamte das Leben der Menschen. Sie alle warteten und hofften, einem kollektiven Geist verpflichtet, der Schauer möge enden.

Die junge Frau war verliebt. Niemand würde je davon erfahren. Ihr Jäger nicht und nicht die Polizisten, die sich nach Sonnenaufgang um ihre Leiche scharren würden.

## – 3 –

Pate und Zeuge zugleich schien der Mond auf ihn herab. Er löste sich aus dem Dunkel einer Mauer, deren Gestein von Schlingpflanzen überwuchert war. Glatt und kühl fühlte sich die Oberfläche eines Blattes zwischen seinen Fingern an. Glatt und kühl malte er sich die Haut seines Opfers aus.

Neugierig folgte er dem blonden, sich bewegenden Haar der jungen Frau. Der Zufall hatte ein Geschenk überbracht, und er war gewillt, die Gabe nicht zurückzuweisen.

Es war so leicht, sich zu nähern. Er hörte sie Luft schöpfen und glich seinen Atemrhythmus ihrem an. Es erregte ihn, gleichzeitig in perfekter Harmonie mit ihr den Sauerstoff in den Körper zu saugen, zu verwerten, auszustoßen.

Glück überflutete ihn, vermengte sich mit Aufregung. So nah war er der Erfüllung gekommen. Zum Greifen nah war sie und er streckte die Hand aus. Seine Finger öffneten sich, schlossen sich um den Stickstoff, den die schöne Frau Sekunden zuvor ausgeatmet hatte. Seine Faust versuchte einen Teil der unsichtbaren Essenz zu fassen, festzuhalten.

Hatte er jemals eine Frau an sich binden können? Sie liebten ihn nicht, missachteten ihn, sahen weg, wenn sie ihm begegneten. Frauen waren für ihn zum Inbegriff von Demütigung und Verachtung geworden. Zu oft war es geschehen.

Die Gedanken rasten in seinem Kopf, schrien durcheinander – und verstummten in freudiger Erwartung von Aufmerksamkeit, Beachtung, Erfüllung. In stummer Konzentration warteten sie darauf.

Er öffnete die Hand und seine Finger folgten dem Spiel des Windes, folgten dem Auf und Ab der blonden Haare, bewegten sich den Händen eines Dirigenten gleich.

»Lass deine scharfe Sichel schneiden und bring die Ernte ein.«

Sie hörte sein Flüstern nicht, zu laut prasselte der Regen. Keine Gefahr, keine Eile. Der Regen war ein Freund. Er lärmte, um ihn zu erfreuen.

Bald würde er glücklich sein und ihr Haar zwischen seinen Fingern reiben.

Sie trat in eine Pfütze. Wasser spritzte auf.

»Die Stunde für die Ernte ist gekommen, die Ernte ist reif.«

Er zog seine Waffe, der Regen klatschte Beifall. Das Messer war lang, schmal. In der Klinge spiegelten sich die Gliedmaßen seines Opfers wider.

»Tritt her! Ich werde dir zeigen, wie die große Hure bestraft wird.«

Sie bemerkte ihn zu spät. Das Messer biss in ihr Fleisch.

Täter und Opfer verharrten. In ihren Augen erkannte er Schmerz, Schock. Sein Gesicht schob sich über das ihre. Er genoss ihr Erstaunen, ihre Aufmerksamkeit, bevor sie stürzte und ihr Blut sich mit der Pfütze verband.

Freundlich sah er auf sie herab. Er blieb bei ihr, wachte über sie, begleitete ihr Sterben. Das Letzte, was sie im Leben sah, war sein Lächeln.

## – 4 –

Der Regen endete, wie er begonnen hatte: abrupt. Die Luft war ein wenig abgekühlt und erleichterte das Atmen. Arkady hoffte auf das Ende der Hitzeglocke. Zu lange schon lag sie über der Stadt. Er fühlte sich befreit. Druck und Anspannung waren verschwunden. Ein Gefühl von Leichtigkeit brandete in ihm auf, alles würde ihm jetzt gelingen. Die Kuppen seiner Finger prickelten, sein Herz schlug im Adrenalinrausch, seine Wangen waren gerötet. Die Erinnerung an die Frau erregte ihn.

Es war schön gewesen.

Arkady rannte, setzte seine pulsierende Energie in Bewegung um. Häuser zogen in Bewegungsunschärfe an ihm vorbei. Gebeugt von Verfall warteten sie darauf, abgerissen oder erneuert zu werden. Wie das zerfurchte, mit Make-up übertünchte Gesicht einer alten Diva wirkten sie auf ihn.

Andere Gebäude strahlten im neuen Glanz ihrer restaurierten Fassaden und bezeugten den Reichtum zahlreicher Menschen und die Hoffnung auf Erneuerung.

Viele Politiker wünschten die verfallenen Gebäude und die Menschen darin zum Teufel, hofften auf Investoren und die Verwandlung der Stadt in einen aus der Asche steigenden Phoenix. Um den Park waren erste Anfänge zu sehen, doch die neuen Fassaden gefielen Arkady nicht.

Er war ein konservativer Mann. Dies war nicht mehr das Viertel seiner Kindheit. Mäßigung hatte damals geherrscht, das Alte war noch von Wert gewesen.

Arkady sog die Luft in seine Lunge. Sein Körper war noch gut in Form, der kleine Bauchansatz zeugte mehr von müdem Gewebe, denn von Fett.

Im Park hielt er inne. Nasse Bäume, in Pfützen schwimmende Blätter, Wasser auf Grashalmen. Der Duft der Pflanzen überwältigte ihn. Es war immer so, wenn er hier war. Arkadys Sinne waren geschärft. Ob es am Regen lag oder an der Begegnung mit der Frau, wusste er nicht.

Hier im Park fühlte sich Arkady frei. Die Nacht war längst zum neuen Tag geworden, ohne dass die Sonne sich aufgemacht hätte, die Dunkelheit zu vertreiben.

Auf einer verrotteten, hölzernen Bank wartete er auf das Licht.

## – 5 –

Der erste Sonnenstrahl des Tages enthüllte die Gestalt des Parks, eine wilde Schönheit.

Die Stadt verfügte nicht über genügend finanzielle Mittel, diese Schönheit zu bändigen, zu kultivieren, zu pflegen … und so hatte sich der Park im Herzen der Stadt in einen Dschungel verwandelt, bewachsen von einem Meer aus Farnen, die in Kniehöhe über den einst gepflegten Rasen waberten.

Bäume ächzten unter der Last der Jahre, ließen Äste brechen und in den hölzernen Armen voller Blattwerk verharren. Schmarotzerpflanzen würgten die Stämme, gaben ihnen eine neue bizarre Gestalt.

Lange schon war das Gesicht des Parks abweisend und bedrohlich geworden. Er streckte seine Gliedmaßen gen Stadt. Überall wucherten Pflanzen, sprengten den Asphalt der Straßen, wandelten die Stadt und beschleunigten ihren Verfall.

– 6 –

Die Renovierung hatte ein Vermögen gekostet. Ein Badetempel war entstanden, bot Tag und Nacht Abkühlung und Entspannung.

Der Schlund eines Dämons spie Wasser. Das Nass ergoss über einen roten, stacheligen Schopf. Milla sah auf zu den Fenstern aus buntem Glas, die einer Kirche Ehre bereitet hätten. Feine Tropfen waren darauf zu sehen. Langsam zogen sie ihre Bahnen, ahmten die Schwimmer in einem der Becken nach.

Milla war gern hier. Das Wasser entspannte sie und ließ sie sich glücklich fühlen.

Seine Hände schlossen sich um ihre Knöchel. Nichts ließ auf seine Anwesenheit schließen, nur ihr spitzer Schrei. Sie vermochte es nicht, die Aufmerksamkeit der Badegäste auf sich zu ziehen. Wasser drang in ihren Mund. Milla sah seine Augen unter Wasser, sein Lächeln und seinen starken Körper. Ein Kuss versiegelte ihre Lippen. Ihre Körper tauchten auf und sie prustete ihm das Wasser entgegen.

Weit gespreizte Finger schlangen sich um sein Handgelenk. Millas Hände waren vom Wasser verschrumpelt.

»Hexenhände.«

Patrick brachte sie zum Lachen.

»Ich liebe Hexenhände.«

«Und, liebst du mich?«

Noch nie zuvor war er so verliebt gewesen. Sie war hübsch, sie war schlau, sie war anders. Millas kurzer, roter Haarschopf und ihr trainierter, schlanker Körper erregten ihn. Er spürte ihre Wärme im Wasser und schwor sich, sie niemals aufzugeben.

Patrick nickte.

»Du lügst.«

Sie brachte ihn zum Lachen. Er sah in ihre Augen und spürte ihren Kampfgeist. Dann hebelte sie ihn aus und tauchte ihn unter. Patrick schluckte Wasser.

Sie waren Kollegen, hatten sich vor einem Jahr kennengelernt. Es war ihr erster Arbeitstag gewesen, und Milla war neugierig und aufgeregt gewesen. Immer wenn sie aufgeregt war, schwatzte sie drauflos; frech, witzig und ohne nachzudenken. Sie hatte ihn angesprochen, hatte gelächelt, und seit diesem Tag träumte er von ihrem Lächeln und den Handschellen an ihrem Gürtel.

## – 7 –

Knochen von Tieren, demontiert und neu zusammengesetzt, geformt zu Skulpturen in weißen, kargen Räumen. Knöcherne Engel, vielbeflügelte, über und über mit Augen übersäte Cherubim. Sie hielten Wache über alle Eingänge des Paradieses. Ihre Augen schliefen nie, blinzelten nicht und pflegten jeden Besucher der Galerie anzustarren.

«Benimm dich, Boss.«

Halbernst, halb lachend war Helens Stimme. Sie verspürte den Kuss im Nacken und beschwerte sich spielerisch.

»Nicht hier.«

Helen fühlte sich von den Augen der Engel ertappt.

Künstliche Flammenhüllen umwaberten die Knochenkörper eines jeden Seraphim und verbargen die göttlichen Geheimnisse der Engel vor dem dumpfen Verstand der

Menschen. Glühende Schlangen wanden sich um die Gebeine dieser Engel. Einer von ihnen hielt ein flammendes Schwert.

»Iacub. Nicht jetzt.«

Ein scheinbares Züngeln der Schlangen erschreckte Helen.

»Iacub!«

Er schwieg und schloss seine Hände um ihre schmale Taille. Wie schön sie war.

Iacub hatte sie selbst ausgesucht. Sie war jung, gebildet. Wäre Helen nicht lebendig, wäre sie ein Kunstwerk.

Sein Kunstwerk.

Iacub liebte sie. Er wusste es, und sie wusste es auch.

»Iacub!«

Annes Stimme ließ seine Hände sich öffnen. Enttäuschung und Wut überlagerten die Liebe. Sein Körper löste sich von Helen. Frei standen sie voreinander im weiß gekalkten Raum der Galerie. Sie starrten zu Anne.

Anne war die Zukunft, die auf Helen wartete. In zwanzig Jahren würden sich die beiden Frauen wie Geschwister ähneln.

Die knöchernen Engel bezeugten Annes Lächeln.

Iacubs Lächeln war unsicher und eilte ihm voraus. Furcht vor einer starken Frau nagte an ihm. Zwanzig Jahre älter war sie, und er war mit ihr verheiratet. Er liebte ihr Geld und ihre bedeutsame Galerie.

»Küss mich.«

Er schloss die Augen, roch ihr Parfüm, ihr Haar. Iacub liebte Annes Haar. Blond, voll und glänzend war es, wies im Gegensatz zu ihrem Körper keine Spur des Alterns auf.

Einst war sie ebenso schön wie ihr Haar gewesen. Iacub wünschte sich die glückliche Zeit zurück, in der er Anne geliebt und begehrt hatte.

»Wie war deine Reise?«

Er hörte seine Stimme, öffnete die Augen, sah in ihr Gesicht. Es war alt geworden, bitter.

»Wundervoll. Und wie war es hier?«

Iacub dachte an den Sex mit Helen, an die glücklichen Stunden im Park, an den Geschmack von Freiheit. Nichts wünschte er sich mehr, als frei zu sein.

»Okay. Es war okay.«

«Hab ich was verpasst?«

«Nein.«

«Hast du mich vermisst?«

Demütigung war der Name des Spiels. Es war Annes Lieblingsspiel, sie spielte es mit jedem auf ihrer Gehaltsliste, doch am liebsten spielte sie es mit Iacub.

Anne genoss es, das Spiel vor Zuschauern auszutragen, sie verstand es außerordentlich, ihr Publikum zu einem Teil ihrer Inszenierung werden zu lassen. Iacubs Demütigung in Abwesenheit seiner jungen Geliebten hätte das

Spiel für Anne schal werden lassen. So wurde es zu einem Genuss.

»Hast du mich vermisst, Iacub?«

Er schämte sich, war ein Schoßhündchen, bereit, jeden Stock zu apportieren, den Anne zu werfen gedachte.

Iacub hasste sich selbst.

Anne hasste er noch mehr.

Eine Bestätigung, eine Lüge, ein Themenwechsel. Er prüfte seine Optionen und wählte.

»Erinnerst du dich an den chinesischen Foto-Künstler? Ich werde ihn ausstellen. Hier und im Museum. Sie waren von der Idee begeistert.«

Es war ein kleiner Triumph. Er mogelte sich um eine Antwort herum. Vielleicht war Iacub doch nicht der Waschlappen, für den er sich hielt.

»Glaubst du wirklich an den Asiaten?«

Er nickte.

»Ich nicht.«

Es ging nicht um den Künstler, nicht um die Qualität seiner Arbeit, nicht um Iacubs Gespür, Talente zu finden, aufzubauen und gut zu verkaufen. Es ging um Macht. Iacub hatte eine Grenze überschritten und Anne wollte ihn leiden sehen. Iacub hatte falsch gewählt.

Anne lächelte, sah Iacub zur Tür streben. Sie lächelte oft, wenn sie »Nein« sagte. Ihr »Nein« konnte seine Arbeit zerstören. Anne konnte mit einem Wort seine Zukunft vernichten.

Sie glaubte nicht an seine Ausstellung mit dem Chinesen.

Iacubs Blick streifte die Kunst im Raum. Er sah nur den Tod in den knöchernen Engeln, nicht die Schöpfung.

– 8 –

Eine Katze huschte den Randstein hinauf, über das Moos in jeder Ritze des Steins. Stolz trug das schwarze Raubtier ihre Beute durch die ausgesägte Öffnung einer Haustür, deren Farbe vor Jahren abgeblättert war. Die Ratte im Maul des Jägers war das Geschenk für einen Menschen, und Geschenke waren in dieser Gegend selten. Wer hier lebte, war arm und ohne Zukunft. Es bedurfte nicht der Botschaften der Graffiti an den Häusern, um dies zu erkennen.

Patrick parkte seinen Wagen und stieg aus. Ein Streifenwagen der Polizei stand nahe. Die hastig gefertigte Signatur eines Sprayers prangte auf dem Kofferraum.

*Bullenschweine!*

Die Farbe war frisch.

Kinder lachten in einem Hauseingang, beobachteten Patricks Hände. Seine Finger griffen abgeplatzte Versprengungen eines geborstenen Randsteins und setzten zum Wurf an. Die Kinder flohen auf ihren Skateboards, trieben die harten Rollen zu immer schnelleren Umdrehungen an. Laut brach sich das rhythmische Geräusch an den Wänden der Betonbauten und hallte mehrfach zurück.

Zurück blieb eine Spraydose Farbe. Er verschloss sie im Innern des Streifenwagens.

Patrick bewegte sich auf einen Monolith zu, bestehend aus Mietskasernen. In Zweiergruppen ragten sie auf, reckten ihren blanken Beton der heiß brennenden Sonne entgegen. Patrick schwitzte, jeder hier schwitzte, die Stadt nahm die vorsommerliche Hitze auf, speicherte sie in ihren Gebäuden.

Die Mietskasernen erinnerten Patrick an Kinder auf Stelzen. In den Stelzen gab es ein Meer von Sozialwohnungen und billigen Buden. Studenten, Arbeitslose und Verlierer beherbergten sie.

«Wo ist sie?«

Ein Streifenpolizist hatte schon auf Patrick gewartet.

«Beim Müllcontainer. Der Hausmeister hat sie gefunden.«

»Hat er was gesehen?«

Der Polizist schüttelte den Kopf. Die Menschen der Stadt waren geübt darin wegzusehen, wenn Handeln geboten war. Niemand kümmerte sich um den anderen, besonders nicht in einer Gegend wie dieser.

Sie lag in einer Lache Blut. Ihre Augen waren aufgerissen, starrten zum Himmel, zu ihrem Schöpfer.

Ein Mann kauerte über ihrem Körper, betrachtete ihr Gesicht, ihr Haar. Ein blonder Kranz, ausgebreitet über ihrem Blut.

Patrick kannte den Mann. Und sofort erinnerte er sich an all die Geschichten über Arkady. Keiner im Revier hatte mehr Fälle aufgeklärt, keiner war so unbeliebt. Arkady hasste Frauen, überzog sie mit Spott und Missachtung.

Milla war an ihrem ersten Arbeitstag sein Opfer geworden. Arkady hatte sie vor der Damentoilette abgepasst, ihre kurz geschorenen Haare betrachtet und sie als Knaben bezeichnet, der Frauen in Uniform beim Pissen zusehen wollte.

Für Patrick war es ein Akt der Höflichkeit, die Hände zu schütteln. Er brachte es schnell hinter sich.

»Du bist Patrick?«

»Ja.«

«Es war nicht meine Idee.«

»Was?«

»Unsere Zusammenarbeit.«

Patrick hätte sich nicht besser ausdrücken können.

## – 9 –

Die Leiche wies zahlreiche Messerstiche auf. Die durchschnittene Kehle war eine Trennlinie, markierte den Übergang eines zerstörten Körpers in ein unversehrtes Gesicht. Die Haut der jungen Frau war bleich, kein Tropfen Blut war in ihrem Körper verblieben. Ein Großteil davon war durch den Regen verdünnt und durch den Gully am Straßenrand in die Kanalisation gewaschen worden.

»Viel Wut. Keine Abwehrverletzungen an Händen und Armen.«

Patrick sah auf die Wunden.

»Er hat nicht aufgehört. Nicht mal, als sie tot war.«

Arkady schien nicht zuzuhören. Mit seinem Handy fotografierte er Gesicht, Augen und Haar der Toten. Auf seinen Bildern glich sie einem bleichen und unversehrten Engel.

Arkady verließ seinen Engel. Ihr Name war Jessica. Sie wohnte in Haus Sechs, Wohnung Achtzehn. Er stattete ihr einen Besuch ab, betrat das Treppenhaus. Putz bröckelte von den feuchten Wänden. Ein Penner schlief auf den Stufen seinen Rausch aus. Arkady stieg über die stinkende Gestalt, entfloh ihr über die Treppe. Vor Jessicas Wohnung streifte er sich schwarze Lederhandschuhe über und öffnete mit dem Schlüssel des Opfers die Tür.

Ein enges Bad, eine Zahnbürste darin. Die Borsten der Bürste waren zerkaut und standen weit voneinander ab. Arkady hob sie an die Lippen und dachte an die tote Frau vor dem Gebäude. Sie hatte allein gelebt.

Ein Duft nach Parfum hing in der Wohnung, schwer, süß. Arkady mochte es nicht. Er betrat ein mit billigen Möbeln eingerichtetes Wohnzimmer. Eine Schuhschachtel voller Briefe fand er im Schlafzimmer. Als wäre es eine Schatztruhe voller Gold stöberte er darin, fand Liebesbriefe mit wechselnden Namen. Paul, Sergei, Sam.

Unter den Briefen entdeckte er Fotos. Jessica an der Uni, im Bikini, auf einer Party mit Freunden, bei einer Familienfeier, nackt auf einer Matratze.

Das Foto war im Schlafzimmer aufgenommen worden. Alt und fleckig die Matratze, doch die nackte Frau darauf verwandelte sie in etwas Wertvolles.

Jessica war wunderschön.

Arkadys Hand tastete über die Matratze.

## – 10 –

Türen, an denen Patrick klingelte, öffneten sich, und Gesichter beantworteten leise seine Fragen.

»Nein, ich kannte sie nicht.«

»Ein hübsches blondes Mädchen, sagen Sie? Seltsam.«

»Das arme Ding. Hat sie leiden müssen?«

»Zieh Leine Bulle.«

»Nein, sollte ich?«

»Nie gesehen.«

»Tut mir leid.«

»Was für 'ne Verschwendung.«

»Klar. Hab sie ab und zu im Treppenhaus gesehen. Wissen Sie, der Fahrstuhl geht nicht und der verfickte Vermieter kümmert sich einen Scheiß drum.«

Patrick musterte den Mann, hoffte, etwas Hilfreiches von ihm zu erfahren.

»Kannten Sie die Tote?«

»Ja, sicher. Maggie hieß sie oder so. Ist 'ne scharfe Braut … ich meine, war 'ne scharfe Braut.«

»Hatte sie einen Freund, hatte sie Feinde?«

»Weiß nicht, Mann. Ich kümmere mich um meinen eigenen Scheiß.«

»Haben Sie sie vor oder während des Regens gesehen?«

»Heh, Moment mal. Ich hab ein Alibi, Mann. Hab Karten gespielt. Hier um die Ecke. Such dir 'nen anderen Penner, dem du was anhängen kannst.«

Die Tür schlug zu.

Weitere Türen blieben Patrick verschlossen. Menschen verkrochen sich dahinter, saßen aus Faulheit, Gleichgültigkeit, mangelnder Neugier oder aus Hass auf die Polizei in ihren Fernsehsesseln und unterzogen sich nicht einmal der Mühe, den Ton abzustellen und den Anschein zu erwecken, nicht zu Hause zu sein.

## – 11 –

Alles explodierte in Bewegung. Touristen, Geschäftsleute, Shopper, Kinder mit ihren Müttern, Schüler, Autos, Fahrräder, Skateboards. Die Straßen waren voller Menschen. Keiner hatte ein Auge für den anderen. Sie empfanden sich als Hindernisse. Ausweichen, den Weg verkürzen, weitereilen.

Raumgewinn, Geschwindigkeit und Hektik waren das oberste Gebot. Sie teilten es und doch waren sie alle für sich, hatten sich trotz der Gemeinsamkeit voneinander abgeschottet.

Hip Hop dröhnte aus einem Gettoblaster. Eine Gruppe jugendlicher Möchtegernrapper zog feixend an ihm vorbei. Eine alte Frau in Hausschuhen sah sich verwirrt um, hatte sich verlaufen. In einem lichten Moment bemerkte sie ihr Dilemma. Ein Mann lobte seinen Hund, er hatte einen Haufen gegen ein Plakat gesetzt. Blühende und verblühende Schönheiten, welche Designertüten voller Luxus in manikürten Händen nach Hause trugen, stolzierten an hungrig blickenden Menschen in abgerissenen Kleidern vorbei. Ihnen allen gemein war der Schweiß an ihren Körpern. Die Hitze war unerträglich.

Er ruhte in sich, widerstand der Hektik. Still stand er auf dem rissigen Asphalt des Gehwegs. Über und über war der Boden mit dunklen Kaugummiflecken übersät, einem Kitt gleich, der den Asphalt davor bewahrte, auseinanderzubrechen.

»Sie tragen ihre Gesichter ohne Ausdruck. Blind sind sie, doch wenn sie sterben, öffnen sich ihre Augen. Sie verstehen. Sie bereuen. Still liegen sie, werden rein und unschuldig.«

»Mama! Warum guckt der Mann so?«

Kinder waren perfekte Beobachter. Mühelos gelang es ihm, ihre Aufmerksamkeit zu wecken. Über die Kinder fand er Blickkontakt zu den Müttern.

Blond war sie und hübsch.

Schon lange hatte er sie bemerkt. Einen Herzschlag lang verschränkten sich ihre Blicke.

Es tat so gut.

Angesehen hatte sie ihn, und er hatte nicht einmal dafür töten müssen. Er fühlte die Aufregung, die Erregung, und schloss die Augen. In Gedanken lag sie vor ihm, lächelte ihn willig an.

Regungslos erreichte er den Höhepunkt.

Es war ein guter Tag.

Sie zog den Jungen fort. Den sonderbar starrenden Mann, hatte sie bereits vergessen.

Zusammen betraten Mutter und Sohn die U-Bahn-Station, hasteten vorbei an der Schlagzeile des Tages: *Frau abgeschlachtet!*

Die Tat beherrschte den Kiosk. Jedes Blatt berichtete darüber. Der Mord hatte den Streik der Müllabfuhr von der Titelseite gefegt, und allen Zeitungen gemein war der Name, auf den sie den Killer getauft hatten.

Brutus.

## – 12 –

Zeitungspapier, Kaugummi, Taschentücher, Hundekot, Einkaufstüten, Speichel. Der Schmutz vor dem Gebäude war so vielfältig wie die Verbrechen, die darin ermittelt wurden.

Arkady eilte die Stufen zur Gerichtsmedizin hinauf. Er war müde, die Hitzewelle ließ ihn nachts kaum Ruhe finden. Achtlos ließ er das Papier eines Schokoriegels fallen und schob sich die Süßigkeit in den Mund. Er war hungrig, und wie jeden Morgen hatte er das Frühstück ausfallen lassen. Die unregelmäßigen Mahlzeiten, der Job und die Hektik der Stadt schlugen Arkady auf den Magen.

Die Schokolade ließ seine Eingeweide brennen.

Patrick hatte vor Arkady das Totenreich Kaspars erreicht. Der Eifer des jungen Kollegen gefiel Arkady nicht. Anfänger waren immer übereifrig. Ein jedes Verbrechen wurde in einem bestimmten Rhythmus begangen und auch jede Ermittlung besaß ihre eigene Geschwindigkeit. Arkady hasste übertriebene Eile, und er hasste übereifrige Anfänger.

Eine Frau war tot. Die Spuren, soweit vorhanden, gesichert. Zeugen vernommen. Es war sein Mädchen. Patrick war nur ein störender Side-Kick, ein Handlanger.

Er stand neben Jessica, sah sie an.

Es stand ihm nicht zu.

Arkady trug seine Laune vor sich her. Er schmeckte Magensäure auf der Zunge.

– 13 –

»Wollt ihr reden oder zuhören?« Die Stimme des Gerichtsmediziners riss Arkady aus seinen Gedanken.

»Zuhören.«

»Reden.«

»Seid ihr verheiratet?«

»Spar dir den Rest, Kaspar, und fang an.«

»Ok, ihre Fingernägel waren sauber. Auf ihren Klamotten habe ich nichts gefunden. DNA könnt ihr vergessen, Stofffasern, die nicht zu ihrem Outfit gehören auch. Die Stiche sind tief und stammen von einem Messer mit breitem Handgriff und einseitiger Schneide. Sie hat nicht versucht, ihr Gesicht zu schützen, Hände und Unterarme sind nicht zerschnitten. Er kam von hinten, hat sie überrascht. Er hat ihr die Kehle durchgeschnitten und sie dann abgeschlachtet. Der Wucht nach, mit der das Messer in den Körper eingedrungen ist, könnte es ein Mann mit wenig Kraft oder eine starke Frau gewesen sein. Und bevor ich's vergesse, euer Freund ist Linkshänder.«

Schmale Finger mit langen Nägeln ragten unter dem Tuch hervor. Arkady stellte sich vor, die Finger zu berühren, träumte sie sich weich und warm, fühlte sie auf seinem Körper.

Sie streichelten ihn.

»Arkady?«

Kaspars Worte holten ihn erneut in die Wirklichkeit zurück. Er sah auf und fluchte. Patrick war gegangen und Arkady hatte es nicht einmal bemerkt.

»Alles in Ordnung?«

Arkady nickte. »Es ist nichts. Nur der Magen.«

»Kein helles Mehl, kein Kaffee, keine Zigaretten, keine Schokolade.«

»Du mich auch, Kaspar. Du mich auch.«

Kaspar beobachtete Arkady. Sie kannten sich gut, waren im gleichen Alter, hatten im selben Jahr angefangen, Verbrechen aufzuklären. Kaspar war der einzige Veteran neben Arkady. Es verband sie.

Kaspar kannte die Geschichten über Arkady, der junge Kolleginnen wie Möbel zu behandeln pflegte. Fast drei Jahrzehnte ging das schon so.

Arkadys Finger umschlossen den Stoff. Seine Linke schlug das Tuch zurück.

Jessicas Körper war gewaschen und gab die Hautstellen preis, durch die das Messer in ihren Körper gedrungen war. Selbst im Tod sah sie begehrenswert aus. Arkady hielt den Atem an, versuchte nicht einmal, sich zu beherrschen.

Eine verletzte Brust. Eine Stichwunde im Bauch. Schmale Taille. Ein durchbohrter Oberschenkel. Blutergüsse an den Wundrändern. Lange, schlanke Beine. Eine Blinddarmnarbe. Ein rasiertes Geschlecht. Ein Blutspritzer im engelsgleichen Gesicht.

»Er stach schnell zu, ließ sich keine Zeit. Zwölf Wunden hat er hinterlassen. Er hat sie wieder und wieder getötet. Falls du mich fragst, ein Wahnsinniger.«

Kaspar deckte die Leiche ab.

»Ich habe dich aber nicht gefragt.«

»Patrick schon.«

»Was kümmert mich Patrick.«

»Er glaubt an einen Sexualmord.«

»Ohne Sperma?«

»Wegen der Übertötung.«

»Und was glaubt er noch zu wissen?«

»Nach der Tat gab es keine Reue. Keine Scham.«

»Weil er das Opfer nicht abgedeckt hat? Vielleicht hatte er keine Zeit dafür.«

»Ihr Haar lag wie ein Sonnenkranz im Blut.«

»Du meinst, er hat es inszeniert?«

»Vielleicht hatte er doch genügend Zeit.«

»Vielleicht nur ein Zufall. Keine Zeit, kein organisierter Tatort.«

»Ich wiederhole nur, was Patrick gesagt hat. Wenn du diskutieren willst, rede mit ihm.«

»Vergiss es.«

»Du magst ihn nicht?«

»Warum sollte ich. Er ist jung, ehrgeizig, und alle sagen, er sei ein guter Cop.«

»Hab ich auch gehört.«

»Ach ja, hat dir das eine deiner Leichen geflüstert?«

»Nein. Übrigens flüstern sie nicht mit mir. Sie flirten. Hast du es auch bemerkt?«

Keiner der beiden Männer lachte ob des scheinbaren Scherzes.

## – 14 –

Schweiß trat aus jeder Pore. Jeder Schritt ließ die Temperatur steigen. Achtunddreißig Grad Celsius erwarteten Patrick vor dem Polizeirevier. Einen solchen Frühling hatte es noch nie gegeben. Patricks Poren glichen einer Gießkanne. Er hastete die Stufen des ehrwürdigen aber verfallenen Gebäudes hinab, dessen Fensterscheiben das Sonnenlicht spiegelten und dieses wie Brenngläser auf Patrick lenkten.

Ein Obdachloser bückte sich, griff das Papier von Arkadys Schokoriegel und schleckte in der Hitze geschmolzene Krümel aus. Er ging weiter, angezogen von einem Mülleimer und den Genüssen, die dieser versprach.

Patrick wollte versuchen den Tathergang zu rekonstruieren und in einzelne Abläufe zu zerlegen. Was hatte Täter und Opfer zusammengebracht? Wie sah die Infrastruktur aus, die zum Tatort führte? Gab es ein Versteck in der Nähe des Tatorts, das der Killer benutzt haben konnte, bevor er sich seinem Opfer genähert hatte? Bestand die Möglichkeit, vom Nachbargebäude die Wohnung Jessicas zu beobachten? Wurde dort etwas Auffälliges beobachtet? Wie viele Haustüren würden sich ihm heute öffnen?

Es waren nur wenige.

## – 15 –

Bang. Bang. Bang. Drei Schüsse fielen in drei Sekunden. Milla war zufrieden, es waren klare Treffer. Hier am Schießstand machte ihr keiner so schnell etwas vor.

»Kein Lob?« Milla nahm den Schallschutz ab.

Er küsste sie. »Lob genug?«

»Nein.«

Sie lachten.

Auch damals hatten sie gelacht, als Millas Mutter die Tür geöffnet und den neuen Freund ihrer Tochter in Augenschein genommen hatte.

»Bond. James Bond«, hatte Patrick sich vorgestellt.

In seinem smarten, neuen Anzug hatte er sich nicht so recht wohlgefühlt. Verlegen war er vor seinen künftigen Schwiegereltern gestanden. Millas Mutter hatten der Anzug und der Mann darin sofort gefallen.

Sie hatten Kuchen gegessen, Tee getrunken und auch damals hatte Milla einen Kuss als Lob erhalten. Ihr Marmorkuchen war ebenso vortrefflich wie ihre Schießkunst. Es war ein schöner Tag gewesen, anders als heute.

Milla legte den Finger in die Wunde. »Und wie ist er? Kommt ihr klar, du und die Arkady-Pest?«

Sie lud ihre Waffe.

»Ich glaube, er kann sich nicht mal selbst leiden.«

»Du musst ihn aufheitern, Süßer. Seine Ecken abrunden.«

»Scherzkeks.«

»Auf dem Damenklo reden sie täglich über ihn. Er ist ein kleines Hutzelmännchen. Ein pervertierter Bulle.«

»Ein was?«

»Pervers. Verkehrt, verdreht, regelwidrig. Du sollest öfter mal ein Buch in die Hand nehmen.«

»Ja, Madame, werde ich.«

»Ein vernünftiges Buch.«

»Sicher.«

»Kein Comic.«

»Klar.«

»Literatur.«

»Litter-was?«

Sie lachten.

Milla schoss.

Ihre Kugeln zerfetzten den Pappkameraden.

– 16 –

»Due Espressi.«

Der Kellner verschwand vom Tisch, huschte unterwürfig zur Bar. Die Klimaanlage surrte leise und kämpfte erfolgreich gegen die Wärme der vielen kleinen Deckenlampen. Matt beleuchtete ihr Schein die dunklen, schlichten Holztische. Es war ein warmes, behagliches Licht und harmonierte mit den rot gestrichenen Wänden.

»Denk nicht an sie.« Helens Blick war unstet.

»Was hätte ich tun sollen, Helen?«

Sie sah aus dem Fenster.

Iacub fühlte sich wie ein Idiot. Wie gern hätte er die Zeit zurückgedreht, doch wozu, solange ihm der Mut fehlte, sich zu Helen zu bekennen.

Er war ein Versager.

Sie fühlte seine Hand auf der ihren. Es war Stunden zu spät. Traurig sah sie ihn an.

»Schließ deine Augen.«

Helens Vertrauen war erschüttert, doch es bestand. Ihre Lider schlossen sich, verharrten.

»Darf ich jetzt?«

»Ja.«

Der Prospekt einer toskanischen Villa lag vor ihr. Das Anwesen mit Garten und Pool war ein Traum, ihr Traum. Schon lange hatte Helen gehofft, ihn mit Iacub zusammen Wirklichkeit werden zu lassen.

»Alles Gute zum Geburtstag.«

Eine Liebesreise, ein schönes Geschenk.

Eine unpassende Geste.

Iacub hatte sich vor Anne wie ein Lakai verhalten.

Helen weinte.

Iacub glaubte, Tränen der Rührung und Dankbarkeit zu sehen, und war froh. Helen hatte ihm seine Schwäche vergeben.

»Ein Wochenende. Nur für uns.«

Helen spürte etwas Kaltes an ihrem Finger. Erstaunt sah sie auf den Ring, den Iacub über ihren Knöchel schob. Ein Wirrwarr aus Gefühlen ließ ihre Stimme brüchig werden.

»Er ist wunderschön.«

Sie schluchzte aus Glück und Traurigkeit. Warm spiegelte sich das Licht der Lampe in dem Stein. Sie fühlte dessen Glätte, den präzisen Schliff, die schlichte Eleganz der Fassung.

Plötzlich schrie Helen auf.

Ein Gesicht drückte sich außen gegen die Fensterscheibe und starrte den Ring an. Ein Geflecht roter Adern in einem Gesicht voller Zahnlücken und brauner Zahnstümpfe lächelte Helen an. Gebrochene, schmutzige Fingernägel berührten das Glas, wollten hindurchgreifen und den Ring an sich nehmen.

Helens Schrei vertrieb die obdachlose Frau. Ihr in Lumpen gehüllter Körper hastete davon, schob einen Einkaufswagen voller Pappkartons vor sich her.

## – 17 –

Die Frau war keine vierzig. Das Leben auf der Straße hatte sie vorzeitig altern lassen. Ihre Bewegungen waren die einer alten Frau. Sie schleppte sich zum Park, dort war die Luft immer bewegt und umspielte die auf den Bänken Schlafenden. Es gab eine Rangordnung hier, und die Frau wusste um die geringe Hoffnung, eine Bank für sich zu finden. Hier herrschte das Recht des Stärkeren.

Stoisch schob sie ihren Einkaufswagen über den von Wurzeln aufgestemmten Boden. Immer wieder stockten die Räder des Wagens. Die Frau fluchte und suchte nach einem geeigneten Ort für die Nacht. Dort würde sie sich aus den Pappkartons in ihrem Einkaufswagen eine Trutzburg bauen und sich darin zum Schlaf verschanzen. Ein geschützter Ort musste es sein, ein Ort unter Bäumen, zwischen Farnen und Gräsern.

Der Park war voller Obdachloser, niemand sonst wagte sich bei Nacht hierher. Nur der Mond spendete Helligkeit, das Licht der Laternen im Park war erloschen, ihre Birnen durchgebrannt oder von leeren Bierflaschen Jugendlicher zerstört. Marodierende Horden von Teenagern hatten lange schon den Park für sich entdeckt, bevölkerten ihn bei Tag, mieden ihn bei Nacht. Die Dunkelheit und die Geräusche der Tiere dort nahmen den Kids ihren großmäuligen Mut. Freiwillig suchten nur die den nächtlichen Park auf, die keine Alternative hatten. Man sah sie nicht, und doch waren sie da. Sie schliefen auf überwachsenen Parkbänken, unter Bäumen und Sträuchern. Sie alle waren Unsichtbare. Die Blicke der Menschen, die in Häusern und starren Strukturen lebten, gingen durch sie hindurch.

Die obdachlose Frau fand ihren Platz, legte sich zwischen zwei gewaltigen Wurzelsträngen einer alten Eiche nieder und hoffte, ihr Hab und Gut würde sich am Morgen noch im Einkaufswagen befinden. Sie sah sich um, starrte in die Dunkelheit, bis ihre Augen in der Lage waren, einen der Schlafenden zu erkennen. Er umklammerte seinen Rucksack, sein einziger Besitz. Er schnarchte, den Mund weit geöffnet und präsentierte dem Mond eine Reihe verrotteter Zähne. Lange würde es nicht mehr dauern und die verbliebenen Zahnstümpfe würden ausbrechen. Sein Zahnfleisch war entzündet, die Zahnhälse lagen blank, und hätte die obdachlose Frau an einem der Zähne gewackelt, so wäre er ausgefallen.

Der Todesschrei eines Tieres gellte durch die Nacht und erstarb. Die einsetzende Ruhe war belastend.

Die Frau hatte Angst. Die Augen weit aufgerissen, lauschte sie in die Nacht. Ihr Blick wanderte über die schwarzen Scherenschnitte der Bäume hin zu dem Obdachlosen in ihrer Nähe. Auch er war vom Schrei des Tieres erwacht und starrte nun zu ihr. Kurz kreuzten sich ihre Blicke, dann bettete er den Kopf auf das gesplitterte Holz der Parkbank und schloss in der Hoffnung auf einen Traum seine Lider.

## – 18 –

»Es ist eine Schande. Die Stadt ist voller Müll und Dreck. Sogar der Park ist verrottet.«

Im Licht des Mondes deutete Iacub zu einem Spielplatz. Vier Bänke umgaben einen Sandkasten. Auf jeder Bank schlief ein Mensch.

«Du bist reich. Wenn es dich stört, dann unternimm doch etwas.«

Er liebte Helen auch, weil sie sozial war. Nie hatte sie vergessen, woher sie kam. Ihre Eltern hatten ihr Leben lang gehofft, eines Tages zur Mittelschicht zu gehören. In ihrer Tochter hatte sich der Traum erfüllt. Helen hatte sich ihr Studium selbst finanziert. Ihr Ehrgeiz, es besser zu machen als ihre Eltern, und ihr Wunsch, Mutter und Vater glücklich zu sehen, hatte sie stets die Beste sein lassen.

Helen hatte es geschafft. Ihre Schönheit hatte dazu beigetragen.

Helens Noten waren zweitrangig gewesen. Ihre braunen Augen und ihr fast schwarzes Haar hatten Iacub sofort in Bann geschlagen. Er hatte sie eingestellt und gehofft, sie würde ihn mehr als nur mögen. Es war ein Traum gewesen. Er hatte sich erfüllt und war um einen weiteren Traum ergänzt worden. Iacub wünschte, ihm würden die Räume, in denen er Kunst aufhängte, ebenso gehören, wie Helens Liebe.

Drei Martini in einer Bar hatten das Antlitz der Obdachlosen aus Helen Kopf vertrieben. Sie war wütend auf sich, sah sich nicht als ängstliche Frau, und doch war sie eher aus dem Restaurant geflohen als abrupt von dort aufgebrochen. Wütend über ihre Furcht hatte sie mit Iacub den Park betreten. Unheimlich war es hier; perfekt, um sich selbst zu beweisen. Iacub liebte den Park, die wilde, ungezähmte Natur, in der sich Städter unwohl fühlten.

An Orten wie diesem war Iacub Helen fremd.

»Handeln gehört nicht zu deinen Stärken.«

Helen war nach Streit zumute.

Warum verhöhnte sie ihn? Hatte er nicht gehandelt? Hatte er ihr nicht den Ring geschenkt? Ihr nicht die Reise versprochen? Helen ähnelte Anne in Stärke und Dominanz. Iacub fühlte Wut in sich hochkochen.

Hip Hop zog durch die Nacht. Laut, vulgär, provozierend. Gettoblaster auf der Schulter. Szeneklamotten. Hosen, in die ein Elefant gepasst hätte. Basecaps mit lächerlich breitem Schirm, Baskettballshirts aus denen dünne Ärmchen schauten.

«Verdammte Kids.«

Iacub suchte ein Ventil für die aufgestaute Wut. Wut auf Anne, Wut auf Helen, Wut auf sich selbst. In den Kids fand er ein Ventil. Sechzehn Jahre. Drei Jungs und ein Mädchen. Sie war blond und fiel ihm sofort auf. Ein schönes Gesicht, wenn man sich die Farbe des billigen Make-ups daraus wegträumte. Er starrte sie an. Ihr Gang war eine Aufforderung zur Balz. Ihr kleiner Hintern wiegte sich bei jedem Schritt. Sie lächelte ihn an, poste für ihn.

Iacub sah zu Boden.

Sie lachte ihn aus.

Ihr Lachen, seine Demütigung. Es endete nicht. Nur noch Wut war in Iacub übrig. Die erotische Wirkung des hübschen Mädchens war verflogen.

»Was ist los, Arschloch?«

Der Anführer der Kids brüllte ihn an.

Furcht keimte in Iacub auf, Furcht vor den zwei Jungs, über deren dünne Arme er innerlich gefeixt hatte.

»Was glotzt du so, Wixer?«

Sie sahen an ihm vorbei.

Erleichtert folgte Iacub ihrem Blick. Die Jungs starrten zu einem Penner auf einer Parkbank. Der Kelch war an Iacub vorüber gegangen.

«He Müllsack! Willste ficken?«

Ihre schöne Stimme ließ den Obdachlosen aufsehen.

«Dann mach es dir selbst!« Ihr Lachen war glockenhell.

Sie hauchte dem Penner einen Kuss zu und ihre Freunde unterstrichen die Geste mit einem Lachen. Nicht der Junge war der Anführer, es war das Mädchen, die billige, nuttige, blonde Göre.

Ihre Freunde zogen den Penner von der Bank und Blondie half, den Obdachlosen in den Boden zu stampfen.

»Hilf ihm.«

Helens Stimme forderte Iacub heraus. Wollte er Helen nicht verlieren, musste er etwas unternehmen. Einmal ein Mann und keine Memme sein.

»Es sind nur Kids.«

Iacub suchte Mut, rief sich seine Wut auf Anne ins Gedächtnis.

»Iacub. Hilf ihm.«

Er dachte an die Wut. Blonde Frauen entfesselten sie in ihm.

»Tu doch was!«

Er dachte an die Wut, die in ihm wach wurde, wenn er blonde Frauen sah.

»Iacub!«

Sie war fast noch ein Kind, doch sie war blond. Endlich wuchs die Wut ein wenig über die Angst hinaus.

Vorsichtig näherte sich Iacub den Kids. Er starrte sie an.

Sie sah ihn zuerst.

»Vergiss ihn. Er ist nur Abschaum.«

Ihre Worte, ihr schönes Gesicht. Es wollte nicht zusammenpassen.

Blondie kümmerte sich nicht mehr um ihn. Ihr Turnschuh fand erneut sein Ziel.

»Lasst ihn!«

War die zurückgekehrte Angst in seiner Stimme zu hören?

Sie reagierten nicht.

Iacub ging näher. Wäre Helen nicht gewesen, er wäre weggelaufen und hätte mit dem Handy Hilfe gerufen. Es hätte gereicht, sich nicht als Versager und Feigling zu fühlen. Jetzt war alles anders. Für Helen musste er sich beweisen.

»Hört auf!«

Sie gehorchten. Verblüfft sahen sie ihn an, als hätte er sie aufgefordert, etwas Unmögliches zu tun. Dann lachten sie. Iacub hatte verloren.

»Willst du auch?«

Das Bein eines der Jungs kickte in die Luft. Iacub sah den Turnschuh vor seiner Nase verharren.

Er hob die Hände, wich zurück, hörte ihr Lachen und war erleichtert. Sie schütten nur ihr Lachen und keine Tritte über ihm aus.

Mechanisch setzten sie ihr Werk fort.

Schmerz. Blut. Der Geschmack von Kupfer im Mund. Sich zusammenkrümmen. Das Gesicht schützen. Aufplatzende Haut. Mehr Schmerz. Lachen. Musik. Stille.

Ihr Opfer hatte nicht geschrien.

Sie ließen von dem Obdachlosen ab, schulterten den Gettoblaster und zogen weiter.

Vor ein paar Jahren waren sie noch süße Kinder gewesen.

»Alles okay?«

Der Mann atmete schwer und schwieg. Eine Platzwunde blutete auf seiner Stirn. Essensreste hingen im Bart, die Fingernägel waren dreckig und eingerissen. Die Kleidung war zerlumpt und schien nur aus Löchern zu bestehen. Die Sohle eines Schuhs war lose.

Der Mann stank.

Iacub zog seine helfende Hand zurück.

Schmutzige Finger schlossen sich um Iacubs Handgelenk. Der Obdachlose zog sich an ihm hoch, gab ihn frei, ließ ihn zurück zu Helen fliehen.

»Er sagte, er wäre okay. Er will seine Ruhe.«

»Du hast ihn nicht gefragt.«

Iacub wollte leugnen, kein Wort formte sich.

»Feigling.«

Helen sprach für ihn. Sie hatte seine Gedanken gelesen.

Sie ließ Iacub zurück, rannte, fühlte sich elend, hilflos. Ihr Verstand brüllte, sie solle Iacub vergessen, ihre Stellung kündigen, neu anfangen.

Ihr Herz schrie anders. Sie liebte ihn.

Iacub stand im Park und sah auf den Mann herab. Auf Knien und Händen kauerte er und hustete. Blut tropfte von seiner Stirnwunde auf seinen Bart. Iacub starrte den Verletzten an.

Schwerfällig erhob sich der Mann und umklammerte seinen Rucksack.

»Es tut mir leid.«

Überrascht sah der Penner auf. Mitgefühl hatte er nicht erwartet.

Iacub dachte an Helen.

»Es tut mir so leid.«

## – 19 –

Die Dunkelheit des Parks trennte die Männer, führte sie Minuten später wieder auf einer Straße zusammen. Sie bemerkten einander nicht, hatten beide nur Augen für die Hotpants einer afrikanischen Nutte, auf der auch Arkadys Augen ruhten.

Die Afrikanerin lächelte Arkady an. Er war nicht interessiert, ging achtlos weiter und ließ die Verpackung eines Schokoriegels fallen. Das Papier trudelte zu Boden, blieb neben einer Einkaufstüte liegen. Äpfel kullerten daraus auf die Straße, wichen den Händen einer alten Frau aus. Ihr Körper schmerzte bei jeder Bewegung.

»Bitte.« Ihr Blick wiederholte das Wort stumm.

Arkady betrachtete die Hand der alten Frau auf seinem Unterarm und schüttelte sie ab.

Die Frau erschrak und stürzte. Neben ihren Äpfeln fiel sie zu Boden.

»Bitte.«

Sie senkte den Blick und verstummte. Ihre Hände griffen nach den Äpfeln. Der Asphalt war heiß.

An einer Straßenlaterne zog sie sich nach oben, griff nach der Tüte und ging langsam davon. Die Bäume des Parks ragten über ihr in den Himmel. Schwarz, dunkel, bedrohlich.

– 20 –

Sie dachte an ihn, an die Dinge, die sie an ihm mochte. Iacub war aufmerksam, höflich, gebildet. Er konnte zuhören, versuchte zu helfen, wenn er konnte. Er war zärtlich. Er hatte Träume.

Ihre Träume waren dieselben.

»Feigling.«

Der Gedanke war in ihrem Kopf und mit ihm die Erinnerung. Iacub hatte Angst vor Anne, Angst vor den Teenagern im Park. Macht und Gewalt schüchterten ihn ein. Er zog sich zurück, wenn er sich bedroht fühlte. Sie hätte ihn nicht drängen dürfen, dem Obdachlosen zu helfen. Sie hatte Iacub überfordert.

Es tat ihr leid.

Er war zärtlich. Er hatte Träume. Ihre Träume waren dieselben.

Sie liebte ihn. Er war irgendwo da draußen. Irgendwo in der Nähe des Parks.

– 21 –

Lange Beine auf staksigen Pumps. Die Blätter der Bäume erzeugten ein Rauschen, einem Wispern gleich. Sie schenkte dem keine Bedeutung, war in Gedanken bei ihrer Freundin. Sie hatten zusammen geweint und getrunken. Zu lieben, hieß leiden, darin waren sie sich einig gewesen und hatten ihre Beziehung beendet.

In einem Straßencafé hatten sie sich verabredet, hatten dort gegen die Hitze angetrunken und sich über ihre gescheiterten Hoffnungen ausgetauscht. Ein Mann hatte sie angesprochen, sie hatten ihn ignoriert und waren dafür als Lesben beschimpft worden. Gelacht hatten sie über ihn, es war das einzige Lachen in einer traurigen Nacht geblieben.

Sie waren zu verschieden. Es war das Beste. Sie nahm sich vor, dies zu glauben. Etwas, das durch die Vernunft entschieden worden war, konnte nicht falsch sein.

Sie wollte nach Hause, zu einem Ort, an dem sie hemmungslos weinen konnte. Sie hoffte auf Schlaf, auf wenige Stunden ohne Leid und Trauer.

Nur eine schmale Straße trennte sie von ihrem Ziel. Wurzeln von lange schon gefällten Bäumen hatten den Asphalt aufgebrochen und gegeneinander verschoben. Eine der Straßenlaternen war ausgefallen. Der Schein der angrenzenden Lampen bildete weiß-gelbe Kreise auf dem aufgeworfenen Boden und zauberte bizarre Schatten. Unendlich weit voneinander schienen die Lampen entfernt, verbunden durch die Schwärze der Nacht.

Eine Glühbirne kostete nicht die Welt. Sie fluchte auf den Bürgermeister der Stadt. Nicht einmal für den Austausch einer Glühbirne konnte er sorgen.

Es war ihr zu einem nächtlichen Ritual geworden, im Lichtkegel stehen zu bleiben, sich umzusehen, sich Häuserfronten vorzustellen, in deren Fenster kein Licht mehr brannte und die die schmale Straße flankierten. Sie wusste um diese in Dunkelheit versunkenen Gebäude. Keine Tür gab es dort, die nicht durch mehrere Sicherheitsschlösser aus Stahl verstärkt war. Selbst in einem der ärmsten Viertel der Stadt war man vor Einbruch und Diebstahl nicht sicher. Es war absurd, die Armen stahlen von den Armen.

Sie rannte dem Licht entgegen. Ihr blondes Haar wehte hinter ihr, versuchte Schritt zu halten.

Wie Waffen hielt sie ihre Pumps in Händen.

»Da sah ich den Himmel weit geöffnet. Da stand ein weißes Pferd. Auf ihm saß einer, der heißt der Treue und Wahrhaftige. Er urteilt und kämpft gerecht.«

Die Dunkelheit war sein Verbündeter. Sie waren eins.

Sie sah zu ihm und durch ihn hindurch, dann rannte sie los, näherte sich ihm mit großen Schritten und machte ihn glücklich.

Sie erreichte das Licht und hielt darin inne. Die Begrenzung des Lichtkegels schien ihr ein unsichtbarer Schutzschild.

Er hörte sie lachen, über sich selbst und ihre Angst. Es war ein hysterisches Lachen, ein Lachen, der gelösten Furcht.

Wie töricht sie war.

Er sah die silberfarbenen Platinen ihrer Pumps, ihre Knöchel, den schmalen Spann. Sie erregte ihn. Golden schimmerte ihr Haar. Er seufzte still. Er liebte sie. Bald würde sie ihm gehören. Er holte Luft und roch ihr Parfum.

»Lasst die Kinder zu mir kommen und wehret ihnen nicht.«

Vorsichtig bewegte er sich in der Dunkelheit, näherte sich ihr, sah ihre Brüste im Licht der Laterne.

Sie war außer Atem.

Sie wartete auf ihn.

Er sah sie ihr Bein anwinkeln, sich mit den Fingern über die Fußsohlen streichen. Ihre Wade und ihre Arme waren sehnig und schlank. Sie schwitzte. Ein ausgekühlter Zigarettenstummel fiel vor ihrem schmalen Fuß zu Boden.

Er stand hinter ihr, sah sich ihre Kehle öffnen und dem Blut ausweichen. Wie eine Fontäne würde es aus ihr sprudeln. Er würde sie stürzen sehen und ins Licht treten. Ihre Lippen würden sich bewegen, ihn stumm um Verzeihung bitten und er würde ihr vergeben.

Er hielt sein Werkzeug fest umklammert, hob es auf Schulterhöhe, um ihr zu begegnen. Sie verschmähte ihn, verhöhnte ihn, verließ ihn.

Sie lief davon, ohne ihn bemerkt zu haben.

Er war zu überrascht, konnte ihr nicht folgen, sah sie ein Haus erreichen, eine Tür öffnen und schließen. Er spürte Enttäuschung, dann Wut. Warum endete die Jagd so oft auf diese Weise? Warum konnte er die Gedanken der Beute nicht erraten, nicht ihre Fluchtwege erkennen?

Er folgte ihr zu der geschlossenen Tür, las einen Namen an der Klingel und flüsterte ihn.

»Lara.«

Er war ihrer Schönheit und dem Augenblick verfallen gewesen. Er hasste sich dafür. Warum war er so selbstsüchtig?

Schritte. Leicht. Schnell. Eine Frau.

Er floh aus dem Lichtschein, legte den Kopf in den Nacken und lauschte.

Sie eilte auf ihn zu. War sie die Richtige?

Warten.

Eine Ballonmütze verdeckte ihr Haar.

Unsicherheit.

Eine Strähne hing in ihre Stirn.

Gewissheit.

Sie war sein.

Er spürte sein Herz rasen.

Als sie ihn sah, war es zu spät. Ihre Mütze fiel zu Boden, gab ihr halblanges blondes Haar frei.

Der Rausch machte ihn glücklich.

Sie versuchte zu schreien, gurgelte und schwieg. Ihr Blick suchte seine Augen und er lächelte für sie.

Sie fiel, ihr blondes Haar bildete einen Kranz in ihrem Blut. Sie war zu ihm gekommen. Nur für ihn war sie hier.

Er begleitete ihr Sterben.

Ihr Name war Meret.

Er ließ sie allein, ging in der Dunkelheit davon.

Eine Kirchturmuhr schlug Mitternacht.

Sie schlug, als Milla und Patrick aus dem Wagen stiegen.

Sie schlug, als Helen schlaflos ihr Bett verließ.

Sie schlug, als Iacub über einen auf dem Gehweg schlafenden Penner stieg.

Sie schlug, als Arkady die U-Bahn am Park betrat.

## – 22 –

Seine Finger waren kurz, die Nägel oval und ein wenig zu lang. Diese Finger hielten ein Foto. Die Frau darauf war tot. Nur wenige Minuten von hier lag sie in einer Kühlbox. Die junge, lächelnde Frau auf dem Bild war nicht mehr am Leben. Es fiel schwer, sich dies vorzustellen.

»Jessica.«

Leise sprach Arkady ihren Namen.

Sein Bürostuhl drehte sich, rückte ein Foto an der Wand in Sichtweite. Blonde Haare in rotem Blut. Sonnenstrahlen gleich bildeten sie einen Kranz.

»Jessica.«

Er betrachtete sie, dachte an ihr Foto. Er trug es immer über dem Herzen. Arkady erhob sich und begegnete Patrick. Zusammen verließen sie Büro und Gebäude.

Arkady stieg auf der Fahrerseite des alten Dienstwagens ein. Sein Blick schweifte über Müllberge auf Straßen und Gehwegen. Sein Blick schweifte über Patrick. Mit einem Taschentuch rubbelte der junge Kollege Taubenkot von seinen Turnschuhen. Arkady amüsierte sich stumm und ließ den Motor an. Patrick öffnete das Fenster, warf das Taschentuch hinaus auf die von Müllbeuteln flankierte Straße. Die Luft war vom Geruch des Abfalls geschwängert. Überall in der

Stadt bot sich das gleiche Bild. Müll türmte sich zu Bergen, begrub Fahrzeuge und Asphalt unter sich und schwängerte die Luft. Bei offenem Fenster war der Geruch nicht auszuhalten, bei geschlossenem Fenster die Hitze im Wagen. Heiß brannte die Morgensonne auf den Lack. Schweiß perlte von den Gesichtern der beiden Männer. Die Hitze im Wagen war unerträglich, eine intakte Klimaanlage besaß der alte Dienstwagen nicht. Arkady wischte sich die Stirn, kurbelte erneut das Fenster auf, atmete den stinkenden Fahrtwind ein und schloss angewidert das Fenster.

»Beschwer dich doch beim Bürgermeister.«

Verblüfft sah Arkady den jungen Kollegen an.

Dann lachte er.

Die Leiche war von einem Mann gefunden worden. Er hatte seinen Müll aus dem Haus getragen und vor Schreck fallen lassen. Essenreste, Joghurtbecher, Zahnpasta hatten sich auf dem Körper der Toten ausgebreitet.

Arkady entfernte Joghurtreste aus Merets Gesicht. Lange musterte er ihre Augen, ihren Mund, bevor er sie mit seinem Handy fotografierte.

»Dieselbe Haarfarbe.«

Patrick störte. Seine Anwesenheit erzwang einen Dialog, an dem Arkady nicht interessiert war. Nur widerwillig nahm er ihn auf.

»Viele Männer stehen auf blonde Frauen. Sie heiraten sie, die Frauen bekommen blonde Töchter. Jede Generation bringt mehr Blondinen hervor. Und die Frauen, die nicht von Natur aus blond sind, färben ihr Haar, weil die Männer drauf stehen. Wir alle leben in einer Welt von Blondinen, Patrick. Nur du nicht, du stehst ja auf rot.«

Er wartete neugierig auf eine Reaktion. Sie blieb aus, Patrick blieb stumm.

»Es gibt weit mehr Übereinstimmungen. Beide Frauen wurden nachts in schmalen, schlecht beleuchteten Straßen getötet.«

»Schmale Gassen und Straßen waren schon immer als Tatorte beliebt.«

»Beide Körper weisen zahlreiche Stiche auf. In beiden Fällen war ein langes schmales Messer mit einschneidiger Klinge die Tatwaffe.«

»Die meisten Messer sind einschneidig. Und manchmal sind sie identisch.«

Patrick deutete auf einen Bluterguss an einem der Wundmale.

»Er stammt vom Handschutz des Messers. Die Abdrücke sind bei beiden Opfern gleich. Es war dasselbe Messer, es ist der gleiche Täter. «

Patrick musterte Arkadys seltsame Gleichgültigkeit, mit der dieser auf den Bluterguss starrte.

»Er hat ihnen die Kehlen durchschnitten. Sie konnten nicht mal schreien. Sie stürzten und Blut bildete sich um ihre Köpfe. Die Haare glichen einem Sonnenkranz.«

Patrick hätte den Wetterbericht zitieren können, Arkady hörte nicht zu. Seine Sinne waren auf Merets gepiercten Bauchnabel gerichtet. Er schoss ein Foto davon und ließ das Handy in seiner Hosentasche verschwinden.

Arkady war wütend, er war von dem jüngeren Kollegen vorgeführt worden.

Er wollte Patrick verletzen – und er wusste wie.

»Sie ist hübsch, deine Kleine. Tröstet sie dich nach Feierabend?«

Patrick schwieg.

»Sie sieht wie ein Junge aus. Findest du nicht?«

Seine Finger formten sich zu einer Faust.

## – 23 –

Patrick zog sich zurück, drückte auf alle Klingeln in jedem der Häuser. Er wartete einige Minuten, zog weiter, versuchte es in einem anderen Gebäude erneut. Patrick vernahm durch die Gegensprechanlage die Stimme einer Frau. Sie klang jung, war betroffen. Laras Stimme.

Sekunden später öffnete sie die Tür. Lara ähnelte der Toten, beide waren blond, etwa gleich groß und schwer.

Sie hatte Meret gekannt.

Lara erriet Patricks Gedanken, sprach von ihrer Ähnlichkeit mit Meret. Oft hatte man sie verwechselt. Lara berichtete von einer Freundin Merets, mehr als nur eine Freundin war sie gewesen. Sie hatte die beiden Frauen verwechselt und Lara versehentlich von hinten umarmt und geküsst.

Sie erzählte von Merets Eifersucht auf diese unbeabsichtigte Zärtlichkeit, von einem Streit der beiden Frauen und von den Tränen der Unbekannten, die weinend davongelaufen war. Ein Monat war seitdem vergangen. Den Namen dieser Freundin kannte sie nicht.

Sie weinte über Merets Tod und verstand. Nur durch Zufall war sie dem Messer des Killers entgangen.

Hilflos stand Patrick vor der jungen Frau. Er ahnte nichts von Laras und Merets Beziehung. Unmittelbar vor dem Mord hatten sich die beiden Frauen unter Tränen getrennt.

## – 24 –

Arkady hatte sich Zugang zu Merets Wohnung verschafft. In ihrer Handtasche hatte er den Schlüssel gefunden, Tampons, Geldbörse, Handy, Kaugummis, Schminkutensilien. Nichts in dieser Tasche hatte ihn überrascht. Er war enttäuscht.

Ihr Computer entschädigte ihn. Er fand Fotos von Meret und einer jungen Frau. Die beiden umarmten sich, waren unzweifelhaft Lesben. Die unbekannte Frau war ein Kesser Vater , trug eine Ballonmütze über kurzem Haar.

Arkady erkannte die Mütze sofort. Er hatte sie neben Merets Leiche in einer Blutlache schwimmen sehen. War sie ein Geschenk der Unbekannten? Vielleicht ließen sich an der Mütze DNA-Spuren finden und eine Identifizierung ermöglichen. Arkady lächelte. Die Mütze war ein prächtiges Vehikel, um Patrick zu beschäftigen. Patrick würde der Spur folgen, denn hatte Kaspar nicht erwähnt, Jessica sei von einem schwachen Mann oder einer kräftigen Frau getötet worden?

Eine Lesbe als Serienkillerin.

Arkady kicherte.

Er suchte nach ihrem Namen, entdeckte einen Ordner mit Briefen auf der Festplatte. Keiner davon war persönlich.

Neugierig durchstöberte er Merets Schränke und Schubladen. Den Kitsch auf ihren Regalen ignorierte er. Hunde aus Plüsch saßen dort und glotzten mit Knopfaugen auf ihn herab. An der Wand war der Umriss eines Bildes zu sehen, abgehängt, nachdem es Jahre an dieser Stelle verbracht haben musste.

Im Bad schnupperte er an ihrem Parfum. Es roch herb, erinnerte ihn an sein eigenes Aftershave. Irritiert stellte Arkady den Flakon an seinen Platz zurück.

Im Schlafzimmer suchte er nach Wäsche, fand ausschließlich Männerunterhosen und Unterhemden in Small. Verblüfft zögerte er einen Augenblick, steckte dann zärtlich einen Finger in den Eingriff einer Hose und stellte sich vor, Meret zu berühren.

Arkady hatte seine Trophäe gefunden.

– 25 –

Feine Perlen stiegen im Glas auf. Sie trug einen Bademantel, hielt zwei Champagnerkelche in den Händen. Anne lächelte und er konnte kleine Falten an ihren Mundwinkeln erkennen. Anne war noch immer ansehnlich. Ihre Finger waren schmal, ein Spiegel ihrer Gliedmaßen. Ihr Körper war weiblich geblieben, dank Massagen, Kosmetika, Spritzen und Liftings. Iacub konnte mit ihrem Alter leben, nicht jedoch mit ihrer Art. Ständig ließ sie ihn ihre Macht spüren. Die Bilanz ihrer Ehe bestand aus unzähligen Kraftproben.

Er hatte sie allesamt verloren.

Ihr schönes Gesicht sah auf ihn herab. Sie war die Katze, er die Maus. Lieber wäre Iacub ein Vogel gewesen.

Die Fenster im Loft standen offen.

Wie eine Wand stand die Hitze davor. Noch nie hatte es solch einen Frühling gegeben. Jeder Tag trieb die Temperatur auf Rekordhöhe. Die Zeitungen berichteten täglich von alten Menschen und ihrem Sterben an Kreislaufversagen.

Iacub erinnerte sich an den Regenschauer vor ein paar Tagen. Die Tropfen hatten sich in seine Kleidung gesaugt, sie dunkel verfärbt und seinen Körper gekühlt. Der Regen hatte ihn glücklich gemacht, ihm ein Gefühl von Freiheit geschenkt.

»Nimm.«

Ihre Stimme war sanft. Sie zeigte ihre weißen, schönen Zähne. Sie waren falsch.

Iacub nahm den Champagnerkelch, stieß mit ihr an. Ein heller Klang erfüllte den Raum.

Ihr Gürtel löste sich. Seide raschelte auf Parkett, fiel zu einem Häufchen Stoff zusammen, dem ein nackter Fuß entstieg. Er sah zur Seite, wich ihrer Nacktheit aus.

»Küss mich.«

Sein Körper verspannte sich und stumm reihte er Zahl an Zahl.

»Eins, zwei, drei, vier.«

Ihr Kuss schmeckte süß.

Ihre Stimme war wohlwollend.

Ihre Worte waren es nicht.

»Vergiss Venedig und die Biennale. Du bleibst hier.«

Der Kuss verblasste auf seinen Lippen. Er dachte an Helen, an die Reise, an sein Geschenk.

Sie waren durchschaut.

Wie ein kleiner Junge stand Iacub vor Anne. Sein Mund stand weit geöffnet, alle Worte schienen hinausgefallen.

Es war wie damals, sein Mund war weit aufgerissen gewesen, um Platz für die Schmerzenschreie zu schaffen. Wütend hatte seine Mutter auf ihn eingeprügelt. Er hatte zu laut gespielt und es nicht einmal bemerkt.

Er hatte sie gehasst.

Er hasste Anne.

Er leerte den Kelch in einem Zug. An einem anderen Abend hätte der Champagner geschmeckt. Heute ging es nicht um Genuss, es ging um Zeitgewinn.

Das Fenster. Weit stand es offen.

Er war kein Vogel.

Er reichte ihr den Bademantel.

Sie zog sich an.

Still stand sie vor dem Fenster.

Iacub malte sich aus, sie zu stoßen. Er hörte ihren Körper auf dem Gehweg aufprallen. Es wäre so einfach.

»Feigling.«

Er wollte seinen Gedanken widersprechen, doch schwieg. Es wäre nur eine Lüge gewesen.

Mutter hatte ihn nach Lügen stets geschlagen. Sie hatte ihn nie geliebt. Liebe hatte er erst bei Anne gefunden. Ihre Schönheit hatte ihn gefangen genommen. Anne hatte Iacubs Mutter äußerlich geglichen, doch bei Anne hatte er Wärme und Zuneigung finden können. Anne war voller Liebe gewesen, damals, bevor sie wie Iacubs Mutter wurde. Er fühlte sich als Versager.

»Versager.«

Mit vier Jahren hatte er die Bedeutung des Wortes gelernt. Mutter hatte ihn im Bad auf die Toilette gesetzt, die Glühbirne herausgeschraubt, die Tür geschlossen und ihn vergessen. Stunden hatte er ihren Namen gerufen. Ihre Schläge hatte er gefürchtet. Die Angst vor der Dunkelheit ebenso.

Annes Stimme holte ihn zurück.

»Helen wird allein fahren. Sie muss lernen, Verantwortung zu übernehmen. Wir werden endlich Zeit miteinander verbringen.«

Anne griff nach der Flasche, füllte die Gläser. Die Perlen prickelten auf seiner Zunge. Sie schmeckten bitter, einer Niederlage ähnlich.

Als sie erneut aus dem Bademantel schlüpfte, nahm er sie. Iacub ließ sie seine Wut spüren. Er fand keine Erleichterung, und als es endlich vorüber war, rollte er sich von ihr und war froh, sie nicht ansehen zu müssen.

Sie erhob sich, hielt etwas in Händen. Es waren Fotos, sie zeigten Helen. Helen lächelte Iacub an. Helen küsste ihn.

Sie waren glücklich.

Anne legte die Abzüge auf Iacubs Brust.

Stolz verließ sie das Bett und ließ Iacub mit den Abbildern seiner Geliebten allein.

Demütigung war seine Strafe. Der Sex mit Anne war eine Inszenierung gewesen. Sie hatte ihn erniedrigt.

Er wünschte Anne tot.

## – 26 –

Männer. Ernst blickende Gesichter. Front, Profil. Dutzende. Sie starrten Patrick an. Er starrte zurück. Sie alle waren Treffer. Sein Computer hatte sie ausgewählt. Mord-Frau-Blond-Messer lauteten die Suchkriterien.

Sie alle waren in Haft.

Patricks Interesse erlosch und ein Klick seiner Maus ließ die Männer verschwinden.

Die Hauspost brachte das Ergebnis der DNA-Analyse. Patrick hoffte, die junge Frau über ihren genetischen Fingerabdruck ermitteln zu können. Hätte der Fall Brutus nicht oberste Priorität besessen, hätte er Wochen auf das Laborergebnis warten können.

Es waren Tage geworden.

Patrick öffnete den Umschlag. Seine Tatverdächtige war nie mit dem Gesetz in Konflikt gekommen. In der Datenbank fand sich kein Name zu ihrem genetischen Profil.

Frustriert fegte er den Umschlag vom Tisch. Zwei tote Frauen und keine verwertbare Spur waren eine ärmliche Bilanz.

»Ist es was Persönliches zwischen dir und …«, Arkady betrachtete den Papierumschlag auf dem Boden, »… dem Papier?«

Er bückte sich und begann aus dem Umschlag einen Papierhut zu falten. »War 'ne Sackgasse die Lesbe, oder?« Arkady genoss den Moment. »Du musst warten, bis er einen Fehler macht, Junge.«

»Bis er erneut tötet? Vergiss es.«

»Wir werden trotzdem warten. Wir warten immer auf die Opfer.«

»Lass mich in Frieden, Arkady.«

«Du verlierst die Kontrolle.«

»Verstehst du nicht? Das Warten macht mich zu seinem Komplizen.«

»Du bist pathetisch. Vielleicht wärst du als Schauspieler besser.«

»Halt die Klappe, Arkady.«

»Was? Ist das alles? Paty-Boy du enttäuschst mich.«

Patricks Finger formten erneut eine Faust.

»Komm Junge. Schlag zu. Bau den Druck ab.«

Arkady erwartete den Schlag.

Er blieb aus.

Arkady ließ sich auf seinen Schreibtischstuhl sinken und rieb sich das Kinn. Schmächtig und alt wirkte er. »Weißt du Patrick, irgendwann wird das Telefon klingeln. Eine blonde Frau wird in ihrem Blut liegen. Wir werden sie uns ansehen, den Tatort untersuchen, mit Menschen reden, uns fragen, wie der Killer sein Opfer fand, welche Wege er genommen haben könnte, welche Spuren sich dort finden lassen könnten. Wir werden fleißig sein, sowie dieses Telefon läutet.« Er schob Patrick den Apparat zu. »Wir müssen nur warten, Junge. Und falls du willst, können wir solange reden.«

Patrick nickte und begann. »Er stach zwölf Mal auf das erste Opfer ein.«

»Jessica. Sie hieß Jessica.«

»Er stach auf Jessica ein.«

»Es gab keine Zeugen, keine Spuren am Tatort, keine Spuren an ihrem Körper. Wie bei seinem zweiten Opfer.«

»Meret. Sag ihren Namen. Sie hat es verdient, dass man ihr etwas Würde lässt.«

»Er hat siebenundreißig Mal auf Meret eingestochen. Seine Wut wird größer.«

»Vielleicht hatte er nur mehr Zeit.«

»Falls Brutus Spuren hinterlassen hat, wurden sie zerstört. Der Mann mit dem Müllsack hat den Tatort verunreinigt.«

»Falls, Patrick.«

Arkady spürte ihr Bild über seinem Herzen. Der Gedanke an Jessicas nacktes Fleisch, ihr Engelshaar und ihr hübsches Gesicht erregte ihn. Sie wartete auf ihn, bis er sie hervorholen würde. Sie war ihm zu Diensten, wann immer er es wollte.

Er schloss die Augen und dachte an sie. Anfangs war es ihm schwergefallen, sich ihren nackten Körper auf der Matratze vorzustellen. Wieder und wieder hatte er sie betrachtet, bis er sich an jedes Detail ihres Körpers erinnern konnte. Ihre allseits verfügbare Nacktheit berauschte ihn und gab Arkady das Gefühl, noch lebendig zu sein.

»Du musst ihn verstehen, Paty-Boy. Er ist voller Wut. Sie bricht aus ihm heraus, reißt ihn mit sich. Er sticht zu.

Er fühlt nicht, ob es ein Stich ist oder Hunderte sind. Er fühlt nur die Befreiung, die Befriedigung und Leichtigkeit, die die Wut in ihm ersetzen. Er fühlt sich frei.

Die Jagd und das Töten sind die wichtigsten Handlungen in Brutus Leben. Es ist sein Ziel. Jede Sekunde des Tages verbringt er in Gedanken damit. Nur durch das Töten fühlt er sich besser. Die Jagd ist sein Lebensinhalt. Er streift durch die Stadt. Er sucht nach einem Opfer. Er hofft auf einen Zufall, der ihn zu ihr führt. Die Stadt ist voller Menschen, rechne dir aus, wie viele davon Frauen sind. Wie viele von diesen Frauen sind blond? Wie viele färben sich die Haare blond? Etliche unter ihnen sind schlank und schön, unabhängig ihres Alters. Brutus sucht die Schönheit. Er findet sie täglich. Doch er kann sich meist nicht nehmen, was er findet. Menschen sind um seine potenziellen Opfer herum. Er kann nicht an die Frauen heran, die er töten möchte. Er folgt ihnen mit Blicken. Er geht ihnen hinterher. Er nutzt die Masse als Tarnung, die ihm das Glück des Tötens verweigert. Er hofft, alle Menschen außer ihm und der Frau würden verschwinden. Er sucht eine Situation, in der ihm der Zufall in die Hand arbeitet. Eine schöne blonde Frau zu finden, ist nicht alles für Brutus. Sie muss allein sein.

Patty-Boy, die Umstände sind es, die Brutus zum Verzweifeln bringen. Er muss töten und er kann es nicht. Er ist wie ein ausgehungertes Tier, das Nahrung sucht. Er leidet, denn der Zufall ist meist gegen ihn. Die Gier in ihm wird größer, der Frust wächst, und wenn er dann zur rechten Zeit am rechten Ort eine Frau stellt, ist es Erfüllung und Glück. Er wird zu Gott und nimmt ihr Leben.

Das *Wie* ist dabei für ihn entscheidend. Er hat eine Fantasie. Er bildet sie nach. Er formt die Realität. Jede Banalität am Tatort kann eine Bedeutung für ihn haben, die nur er kennt. Je komplexer seine Fantasie ist, je mehr ein Tatort und eine Leiche arrangiert sind, desto mehr Hinweise hinterlässt er und umso größer ist sein Risiko, gefasst zu werden. Brutus folgt seiner Fantasie, imitiert sie in der Realität. Meist versagt ein Serienkiller daran. Die Realität kommt der Fantasie nur selten gleich. Es spornt Brutus an, es besser zu machen. Es treibt ihn an, ein neues Opfer zu suchen.

Verstehst du, Patrick? Brutus ist voller Wut, er übertötet seine Opfer. Sie einmal niederzustechen, reicht ihm nicht. Er ist voller Emotion, und dennoch macht er keine Fehler. Brutus hinterlässt keine Spuren. Jeder Tatort ist voller Blut, doch es gibt keine Fußabdrücke. Es findet sich kein Fingerabdruck, kein Haar, keine Hautschuppe. Er muss sich schnell bewegen, zustechen, zurückweichen. Er sieht ihnen beim Sterben zu, dann geht er weg und durchlebt das Gesehene hunderte Mal in seinen Gedanken. Er geilt sich daran auf. Leider lässt der Rausch für ihn nach. Eine ähnliche Tat noch einmal zu erleben, ist weit emotionaler, als die Erinnerung des Mordes zuvor. Der Druck in ihm steigt an und wieder beginnt er nach einer Frau zu suchen, an der er seine Fantasie ausleben kann. Er wird nicht aufhören, und er wird einen Fehler machen. Irgendwann, vielleicht, wenn dieses Telefon das nächste Mal klingelt.«

Patrick schwieg. Was hätte er schon anmerken können, außer ein paar Allgemeinplätzen. Er fühlte sich wie ein Anfänger. Er war ein Anfänger. Es war sein erster großer Fall.

Arkady stülpte den Papierhut über das Telefon.

## – 27 –

Der Sack war dreißig Kilo schwer, hing regungslos von der Decke. Zwei Mal die Woche prügelte Helen auf ihn ein. Sie war keine gute Boxerin. Es war auch nicht wichtig. Ihre Schläge öffneten ein Ventil. Der Sack, auf den Helen einschlug, hatte einen heimlichen Namen. Sie hatte ihn Anne getauft. Helen schlug auf die Rivalin ein. Es fühlte sich gut an.

Oft war Helen in ihrer Kindheit von ihren Brüdern geschlagen worden. Sie war die Jüngste gewesen und hatte lernen müssen, sich zu behaupten. Seit damals war Helen eine Kämpferin. Auch im Sport wollte sie eine sein. *Bauch, Beine, Po* war für Frauen wie Anne. Boxen war für Helen.

Helen hatte eine Karriere in der Stadt gesucht. Fremd und allein hatte sie sich gefühlt, bis sie sich gezwungen hatte, sich der Stadt zu stellen, sie zu begehen, ihre schönen und hässlichen Seiten kennenzulernen. Plätze des Verfalls und der Armut hatte sie gefunden, aber auch Reichtum und Protz. Glas- und Stahlbauten ragten in den Himmel und sahen über das Elend darunter hinweg. Alte renovierte Bauten, rüttelten den Glanz vergangener Tage wach. Shopping Malls für eine privilegierte Minderheit. Reichtum für wenige, umgeben von einem Gürtel aus alten, verfallenen Bauten. Feucht waren sie, muffig, dunkel, nicht mehr zu sanieren. Ganze Stadtteile ähnelten einander. Viele der Gebäude standen leer und waren nicht mehr bewohnbar. Junkies, Punks und Stadtratten, die Legion der Obdachlosen, schlief darin, neben Getier und Dreck.

In der Nacht zog sich die Legion in die Abrisshäuser oder den Park zurück. Sie versteckten sich vor der Polizei. Wer in der Dunkelheit angetroffen wurde, musste damit rechnen, aus der Stadt gebracht und im Niemandsland ausgesetzt zu werden. Unverletzt blieben nur wenige dabei. Dies war Polizei-Politik. Eine Stadt, die ohne Geld ihre Probleme nicht lösen konnte, suchte und fand Alternativen.

Helen hatte es mit eigenen Augen gesehen. Eines Abends nach dem Training waren sie verfrachtet worden. Wie Vieh hatten Polizisten eine Gruppe Obdachloser zusammengetrieben, in zwei Busse gesteckt und aus der Stadt gebracht.

Iacub war schwach. Seine Schwäche war auch eine Tugend. Mit den Polizisten und ihrer Jagd auf sozial Aussätzige, hatte er nichts gemein. Helen lebte für Iacub. Sie arbeitete für und mit ihm und war doch nur die Nummer zwei in seinem Leben. Anne kontrollierte die Ehe und bestimmte über ihren Mann. Helen verspürte Abneigung gegen Machtmenschen, sie hasste Anne.

Ständig hatte sie Iacub gebeten, Anne zu verlassen. So oft hatte sie die Hoffnung auf Freiheit in seinen Augen gesehen.

Stets schlug diese Hoffnung in Resignation um.

Es war alles Annes Schuld.

»Anne.«

Helen hämmerte gegen den Boxsack. Kraft, keine Eleganz, steckte hinter diesen Schlägen, und Kraft würde Helen benötigten, wollte sie Iacub nicht endgültig an seine Frau verlieren.

Wieder und wieder schlug Helen zu, spürte den Schweiß von ihrer Stirn in die Augen rinnen. Die Muskeln in ihren Armen brannten, wurden müde und schwer. Unablässig schlug sie weiter. Dumpf klatschten ihre Hände gegen den Sack, mischten sich mit ihrem Keuchen und hallten von den Wänden der Boxhalle wider.

Helen war gern hier.

Im Geiste war Iacub bei ihr. In all den Monaten hatte sie etwas über ihn gelernt. Er wollte Karriere machen, und dazu benötigte er Anne und nicht Helen. War Iacub ein wahrer Freund? Helen fürchtete sich vor einer Antwort, zu sehr freute sie sich darauf, ihn in ihre Arme zu schließen, sobald die Galerie am Morgen eröffnen würde.

## – 28 –

Helen war allein. Weiße Räume, helles Licht. Die Kühle der Klimaanlage sperrte die Hitze dieses seltsamen Frühlings aus. Helen fühlte sich von der Kunst an den Wänden beobachtet. Jim Morrison und Jimi Hendrix starrten sie an. Ihre Gesichter bestanden aus Bandsalat, waren alten Audiokassetten entnommen und zu den Gesichtern der Musiker modelliert. Die Tonspuren führten von den Köpfen zurück in die Audiokassetten. Wie ein Anker hingen diese unter den Gesichtern der Portraitierten. In einer anderen Stimmung mochte Helen die Arbeit von Erika Simmons.

Iacub gesellte sich zu Jimi und Jim. Er lächelte Helen an und küsste sie flüchtig. Iacubs Angst, von Anne überrascht zu werden, ließ Zärtlichkeiten nur im Sekundentakt zu. Helen war wütend darüber, und doch hatte sie sich sehr auf diesen Augenblick gefreut.

Iacub ließ Helen bei den Toten an der Wand zurück und traurig sahen die Musiker auf sie hinab. Helen blieb bei ihnen, wartete auf Besucher. Niemand verirrte sich an diesem Morgen in die Galerie. Das Alleinsein zwang zum Nachdenken. Helen wollte nicht denken. Nicht an Anne, nicht an Iacub.

Ob er an sie dachte? Oder an Anne?

Warum war es so schwer, glücklich zu sein?

## – 29 –

Ein neues Outfit, neue Schuhe, ein neuer Lippenstift. Sie war hier. Helen roch Annes neuen Duft, vernahm ihre Stimme.

»Es ist gut, zurück zu sein.«

Anne lächelte ihr Lächeln. Ihr wohl inszenierter Auftritt hatte begonnen. Wie ein römischer Feldherr den Triumphbogen, durchquerte sie den Raum und verschwand in ihrem Büro. Nur für Sekunden hatte sie die Luft mit

Helen geteilt, ließ ihr einen herben Duft zurück, der sich in den Ausstellungsräumen der Galerie verbreitete, bis die Klimaanlage ihn einsaugte.

Anne war ihre Rivalin. Doch wer war Iacub? Er war kein Held in glänzender Rüstung, kein Ritter voller Mut und Tatenkraft. Kein Prinz, der sie davontrug, sie beschützte und für sie da war.

Iacub war anders, sah gut aus, war aufmerksam, ein guter Zuhörer, ein zärtlicher Liebhaber, ein Mann unter einem Pantoffel, ein Feigling. Er fraß seinen Frust in sich hinein. Iacub war nicht glücklich.

Helen wusste nicht, ob er mit Anne schlief. Iacub verneinte die Frage stets.

Er war ein Lügner.

Schlief er mit Anne?

Helens Schultern verkrampften sich. Die Wand vor ihr verbarg zwei Menschen, zwei Büros.

Ob sie ihn jetzt küsste?

Helen wurde übel.

– 30 –

Er musterte Anne überrascht. Es war ihr Büro, ihr Schreibtisch, ihre Stimme. »Es ist Zeit wieder das Ruder zu übernehmen.« Iacub kannte das Warum hinter der Entmachtung. Er hatte sich nicht gegen Helen entschieden, hatte die Fotos auf dem Bett betrachtet, sie zu einem Stapel geformt und auf Annes Nachttisch gelegt. Er war joggen gegangen, hatte versucht, die Wut aus dem Körper zu laufen. Es war fehlgeschlagen, schlug immer fehl. Die Wut war ein Teil von ihm geworden.

Anne trat an den Schreibtisch. Das Licht der Lampe störte sie. Ihre Finger berührten den Kippschalter und Iacub verkrampfte sich.

Das Licht würde erlöschen, die Tür sich schließen. Mutter würde ihn im Dunkeln sitzen lassen. Er würde ausharren, stundenlang, würde die Angst vor der Mutter gegen die Dunkelheit abwägen.

Sie hatte es so oft getan.

»Sie ist nicht Mutter!«

Er schüttelte die Vergangenheit ab, zählte stumm.

»Eins, zwei, drei, vier, fünf.«

Er fühlte in sich hinein. Die Furcht ebbte ab.

»Sechs, sieben, acht, neun, zehn.«

Mühsam gewann Iacub die Kontrolle zurück.

Er beobachtete sie. Ihr Finger zog sich vom Kippschalter der Lampe zurück.

Anne las seine Korrespondenz mit dem chinesischen Künstler und beantwortete dessen Email. Ihre Botschaft war knapp.

»Das Projekt steht auf der Kippe.«

Anne unterschrieb in Iacubs Namen. Sie löste sich vom Schreibtisch und löschte das Licht der Schreibtischlampe. Mit ihrem Schein verschwand auch Iacubs zerbrechliche Beherrschung. Wehrlos und verängstigt begann er zu zählen.

»Elf, zwölf, dreizehn, vierzehn, fünfzehn.«

Das Zählen half seinen Herzschlag zu verlangsamen. Er bot ihr ihren Stuhl an und verließ das Büro. Sein Widerstand war eine Heldentat.

Iacub bedauerte, Annes überraschtes Gesicht nicht genießen zu können. Eine Weile würde sie auf seine Rückkehr warten, dann würde sie gehen und ein paar blonde Haare auf dem Schreibtischstuhl zurücklassen.

Auch dafür hasste er sie.

Verloren stand Iacub im Show Room der Galerie. Helen war dort. Sie war schön, sie war eloquent, sie war eine gute Beraterin. Der Kunde lächelte sie an und kaufte, um Helen einen Gefallen zu tun. Es war ein Flirt. Der Mann war reich. Iacub kannte ihn. Sie spielten zusammen Golf.

## – 31 –

Iacub wich ihr aus. Stück für Stück verlor sie ihn. Die Schuld daran gab Helen sich selbst. Sie hatte ihn im Park unter Druck gesetzt, hatte ihn danach stehenlassen und war gegangen. Ihr Verhalten hatte ihn in Annes Arme zurückgetrieben. Alles war ihr Fehler. Schon als Kind hatte sie sich immer verantwortlich gefühlt. Es war ihre Schuld gewesen, wenn die Eltern sich stritten. Sie wusste es. Es war nicht wichtig, ob die Eltern es aussprachen. Es war ihre Schuld. Damals wie heute. Ihre Schuld allein. Ihre Tränen hatte niemand gesehen. Niemand hatte sie sehen wollen. Helen war vor ihrer Schuld in die Stadt geflohen. Ein eigenes Leben und ein wenig Glück, mehr hatte sie nicht verlangt. Hier hatte sie Befreiung gefunden, hatte erstmals ein eigenes Leben gelebt und war dem Zuhause entkommen. Sie hatte studiert und einen guten Job gefunden.

Für Helen bedeutete die Arbeit in der Galerie eine große Karriere. Dort wo sie herkam, studierte man nicht; man glaubte, Kunst würde von Können abgeleitet.

Warum wich Iacub ihr aus? Sie hatte ihn verletzt.

Warum suchte Iacub die Nähe zu Anne? Sie hatte ihn verletzt.

Warum verlor sie Iacub? Sie hatte ihn verletzt.

»Nein!«

Laut formierte sich ihr Widerstand. Helen wehrte sich gegen ihre Selbstanklage. Es war nicht ihre Schuld.

Wenn sie Iacub verlieren würde, hätte er es zu verantworten. Er allein.

Sie roch Anne, bevor sie sie sah. Stoisch zog sie an Helen vorüber, ihre Duftmarke wehte hinter ihr her. Einem Wachhund gleich verharrte der Duft bei Helen, während Anne die Galerie verließ.

Helen sah ihr nach. Anne schlenderte die Straße entlang, einem Neubau aus Stahl und Glas entgegen. Neue Geschäftsleute sollte der Prachtbau in das Viertel locken.

Die Bauarbeiter hatten begonnen, ohne ihre Schutzhelme zu arbeiten. Die unablässig scheinende Sonne staute die Hitze in den Kunststoffhelmen, ließ die Männer leiden. Helen sah verschwitzte Leiber, durchnässtes Haar, nackte Oberkörper, von der Hitze verbrannt. Nicht einen Tag hätte Iacub auf dem Bau überlebt. Sie verglich seinen hellhäutigen, schmalen Körper mit den muskelbepackten Männern. Im Vergleich mit ihnen war Iacub ein Knabe.

Den Korridor entlang lag Iacubs Büro. Helen betrat den Gang, an dessen Wänden eine Venus hing, die nicht von Botticelli stammte. Das Bild zeigte eine magersüchtige Frau, deren Rippen durch die Haut zu sehen waren.

Verfilztes, rotes Haar floss über plastisch erhöhte Schlüsselbeine. Knochige Beine mündeten in Füße, die in einer Muschel standen.

Neben ihr hing eine von Andy Warhol inspirierte Marylin. Ihr Haar war dünn, das Goldgelb zur Hälfte herausgewachsen und schlohweiß. Das Blau der geschminkten Lider war verschmiert. Krähenfüße ummalten ihre Augen, die Haut über den vollen Oberlippen war runzlig. Mit einem Damenbart kaschierte Marylin Monroe die Falten.

Seitlich versetzt fand sich ›Der Kuss‹, eine Skulptur, an August Rodin angelehnt. In leidenschaftlicher Umarmung zog ein alter Greis einen Altersgenossen zu sich, drückte ihm einen gierigen Kuss auf die faltigen Lippen.

Vor den homosexuellen Greisen stand Diskopol, der Diskuswerfer aus der Antike, den Myron einst aus Stein gehauen hatte. Der Diskopol in der Galerie war fett. Gebückt kauerte er in Spannungshaltung, bereit, den Diskus zu werfen. Sein Bauch quoll über sein Gemächt, seine Brust glich der einer Frau.

Diskopols Blick war auf ein weiteres Werk gerichtet. Es glich Tom Wesselmanns ›Bathtub 3‹, nur das dort keine schöne Nackte in der Wanne stand und sich den Rücken mit einem Handtuch abrieb, sondern eine Drag Queen, auf deren Penis der verfettete Athlet sehnsüchtig starrte.

Helen eilte an den Werken vorbei. Ihr Herz schien das Klopfen ihrer Hand an Iacubs Bürotür zu übertönen. Ohne zu zögern, betrat sie den Raum und umarmte ihn.

»Es ist deine Entscheidung.« Sie küsste ihn. »Du musst dich endlich entscheiden, Iacub.«

Er schwieg.

Die Furcht vor dem nächsten Schritt schnürte beiden die Kehlen zu.

– 32 –

Leise öffnete sich die Tür und Fußsohlen ließen den Boden knarren. Die Dielen waren alt und verzogen. Die Wohnung war krumm. Nicht ein Neunzig-Grad-Winkel fand sich darin. Sie wohnte gern hier.

Sie lümmelte in einem Sofa und las. Sie hielt inne, lauschte dem Knarren der Diele. Die Härchen in ihrem Nacken richteten sich auf, bevor ihre Haut die Berührung spürte. Männerhände griffen nach ihr, umschlossen Hals und Nacken.

Die Hände waren weich. Sie waren zärtlich. Milla erkannte Patrick sofort. Das Mode-Magazin sank aus ihren Händen zu Boden. Sie sah auf und genoss den Kuss. Hier war ihr Rückzugsraum. Sie hatten einander versprochen, die Probleme des Berufs am Fußabstreifer vor der Tür zurückzulassen.

»Hallo Rotschopf.«

Sie lächelte und genoss die sanfte Massage.

»Mach weiter.«

Sie betrachtete die Fotografien schlanker Frauen. In edlen Stoffen lagen sie auf dem Boden ihrer Wohnung.

»Höher.«

Seine Hand folgte ihrer Stimme.

»Ja, so ist gut.«

Mit nackten Füßen blätterte sie eine Seite des Magazins um.

»Nicht aufhören, Patrick.«

«Die Mode verzaubert euch Frauen. Wir Männer können da nicht mithalten.«

»Könnt ihr nicht.«

Sie zwinkerte ihm zu.

»Mehr links.«

»Nicht einmal ein Prinz, der sein Märchen verlässt, könnte das, oder?«

«Wunschdenken, Patrick. Wie naiv.«

Er lachte. Sie hörte ihn gern lachen, es war ein lautes und ehrliches Lachen.

»Willst du etwa ein Prinz sein? So richtig aus einem Märchen?«

Sie begann ein Spiel, auf das er sich einließ. Es war immer so. Er schöpfte tief Luft, schnitt ein komisches Gesicht und klemmte ein unsichtbares Monokel vor sein Auge. Es fiel Milla schwer, ein ansteckendes Lachen zu verkneifen, das seine Anstrengungen zunichtemachen würde.

Patricks Stimme wurde tiefer und tiefer.

»Märchen und Legenden gibt es in jeder Kultur. Sie sind lehrreich aber auch zum Fürchten. Märchen berichten über Wünsche, Begierden und Verhalten, die in unserer Gesellschaft oft nicht akzeptiert sind.«

Patrick zögerte, und als er weitersprach, war seine Stimme normal und alles Heitere aus seinem Gesicht entwichen.

»Niemand glaubt an Märchen. Sie sind nicht real. Was also passiert, wenn sich in der Wirklichkeit ein Mensch wie ein Monster aus einem Märchen zu verhalten beginnt?«

Etwas war anders als sonst. Das Spiel war beendet. Patrick hatte gegen ihre Regel verstoßen. Er hatte die Arbeit mit nach Hause gebracht.

»Die Gesellschaft beginnt das Monster zu jagen.«

Sie wusste, über wen er sprach. Der Fall Brutus setzte ihm zu. Milla hatte Angst um Patrick.

»Ich glaube an Märchen. Besonders an die Stelle, an der der Prinz geküsst wird.«

Sie wartete nicht auf seine Antwort, zog ihn zu sich und verbannte die Arbeit. Der Kuss schmeckte süß.

Er vertrieb düstere Gedanken aus Patricks und Millas Kopf.

– 33 –

Milla war ein Glückspilz. Das Leben hatte nur schöne Momente für sie bereitgestellt. In ihrer Kindheitserinnerung hatte es nie geregnet. Ihre Schwester war ihre beste Freundin gewesen. Millas Eltern und der Zufall hatten es stets verstanden, sie von schmerzlichen Erfahrungen abzuhalten. In der Schule war sie gut und beliebt gewesen. Keine ihrer Beziehungen war je im Streit geendet. Sie liebte Polizeifilme und war Polizistin geworden.

Milla kannte Patrick seit der Polizeiausbildung. Der Job gefiel ihr, sie hatte erreicht, was sie sich erhofft hatte, ohne eine schwierige oder gefährliche Situation durchleben zu müssen.

Milla hatte ihr Glück nie hinterfragt, sie hatte es stets hingenommen. Vor drei Monaten hatte sich ihr Leben geändert. Millas Schwester Dajana war plötzlich verschwunden. Milla hatte nach ihr gesucht, hatte Dajanas Handy orten lassen. Es war nicht auffindbar. Dajanas Wohnung war unverändert, nichts fehlte darin. Freunde waren überrascht von Dajanas plötzlichem Verschwinden, es passte nicht zu der zuverlässigen jungen Frau. Anzeichen oder gar Spuren eines Verbrechens waren nicht zu finden. Dajana schien von einem Augenblick zum nächsten vom Erdboden verschwunden.

Milla litt, sie träumte nachts den Tod ihrer Schwester. Sie hatte Angst, und nur in Patricks Armen fand sie Trost. Trost, der nur Sekunden anhielt. Die Furcht um die Schwester war stärker und sie war immer und überall. So glücklich Millas Leben verlaufen war, war das Leben nun von Verzweiflung und Furcht bestimmt. Milla suchte Ablenkung, in Patricks Armen und in der Arbeit. Jeder Verbrecher, den Milla oder einer ihrer Kollegen verhaftete, könnte mit Dajanas Verschwinden zu tun haben oder darüber wissen. Milla klammerte sich an den Gedanken.

## – 34 –

Das Kondom fiel zu Boden und hinterließ einen Fleck. Es war ihm nicht wichtig, er hatte, was er wollte. Jeder Höhepunkt entspannte ihn, nahm den Druck von ihm. Sex half, die Unruhe für kurze Zeit im Zaum zu halten.

Er erhob sich von ihrem Rücken. Das silberne Kruzifix um seinen Hals wippte auf und ab. Das Metall schlug gegen seine Lippe. Sie begann zu bluten. Auch die Frau unter ihm blutete. Sie war damit einverstanden gewesen. Er bezahlte sie dafür. Ihre blonde Perücke war lächerlich, stand am Haaransatz auf. Er dachte an seine Arbeit, an Jessica und Meret. Sie waren echte Blondinen gewesen.

Die Nutte ähnelte Milla, war schmal und drahtig. Er hatte sie deswegen gewählt, ihr einen Bonus geboten, für die Matratze, die sie vom Bett auf den Boden gelegt hatte. Sie hatte nicht gefragt warum. Auch dafür hatte er bezahlt. Sein Geld gehörte nun ihr, es steckte in ihrer Po-Ritze.

Sie sah zu ihm auf. Ihr Gesicht war geschwollen. Das Blut war frisch. Die Schläge hatten ihn weit mehr als der Sex gekostet. Sie war wütend. Die nächsten Tage würde es schwer werden, einen Freier zu finden. Sie hatte nicht zu Ende gedacht, ihre Gier nach den vielen Extrascheinen war zu groß gewesen.

Sie beschwerte sich nicht. Sie hatte Angst vor ihm. Das nächste Mal würde er sich eine andere Nutte suchen müssen. Er erhob sich, zog sich an, verließ das stickige Zimmer des Stundenhotels und betrat die Nacht.

Es stank aus Müllcontainern. Essenreste verwesten, Maden bildeten und vermehrten sich in der Hitze. Täglich wuchs der Müll an, türmte sich zu Hügeln. Arkady verfluchte die streikende Müllabfuhr und starrte auf einen Fuchs. Über einem aufgerissenen Müllbeutel stand das Tier und beobachtete Arkady. Sie tauschten einen stummen Blick, bevor Arkady weiterzog, einen von Abfall übersäten Gehweg entlangschritt, als wäre dies ein roter Teppich.

Neben dem Fenster einer Souterrainwohnung kniete er nieder, band seinen Schuh. Moos wuchs in einem Spalt zwischen Gemäuer und Fenster, umrahmte das gesplitterte Holz. Die Natur eroberte mehr und mehr die armen Viertel der Stadt, dachte Arkady. Der Gedanke gefiel ihm.

Die Souterrainwohnung glich einem Verlies. Das Fenster war durch ein Gitter gesichert. Zwei der rostigen Eisenstäbe waren verbogen, die Folgen eines Einbruchversuchs. Braune und weiße Glasscherben befanden sich vor dem Fenster, dienten zur Abschreckung von Einbrechern. Ein vergilbter Vorhang bewahrte die Wohnung hinter dem Glas vor den Blicken der Passanten.

Sein Magen schmerzte. Arkady erhob sich, presste die Faust unter den Rippenbogen. Er fühlte die Schweißtropfen seinen Rücken hinabkullern.

Es zog ihn zum Park. Arkady spürte seine Unruhe zurückkehren. Selten hatte der Sex so kurz vorgehalten.

## – 35 –

Gemeinsam hatten sie die Galerie verlassen, waren stumm durch die Stadt gezogen, hatten nichts außer dem anderen neben sich gefühlt. Stunden waren seitdem vergangen. Jetzt waren sie hier, im La Bocca.

Er brütete vor sich hin. Sie sah ihn an, wollte ihm helfen und etwas Nettes sagen.

»Italien. Ich freue mich so.«

Sie hatte ein Lächeln erwartet. Es blieb aus.

»Iacub? Erde an Iacub!«

Sie sah ihn brüten.

»Alles okay?«

»Es tut mir leid. Es ist unmöglich.«

»Was?«

Es war eine rhetorische Frage. Helen kannte die Antwort bereits. Sie lautete: Anne.

»Wir müssen die Reise verschieben.«

»Verschieben?«

Ein Nicken.

Helen weinte.

»Du verschiebst alles auf die Zukunft.«

Sie stand auf, versuchte, gefasst zu wirken, wollte Iacubs Gesellschaft entfliehen.

»Bleib. Bitte.«

Sie ließ ihn allein.

»Ich liebe dich, Helen.«

Sie hörte sein Flüstern nicht, kreuzte den Raum und verließ das Restaurant.

Iacub zählte die Scheine ab, blätterte sie achtlos auf den Tisch und rannte Helen hinterher. Leute hoben den Kopf und starrten. In einem solchen Restaurant eilte man nicht, man schritt.

Iacub sah sie stolpern, half ihr auf, entschuldigte sich. Blonde Haarsträhnen verdeckten ihr Gesicht. Die Frau erinnerte ihn an Anne. Iacub erstarrte, schob sein Verharren auf sein schlechtes Gewissen, leugnete die Ähnlichkeit der Fremden zu Anne und ihre Wirkung auf ihn.

Dann fühlte er nur noch Wut.

Anne war Schuld an Helens Tränen.

Anne war Schuld an seinem Unglück.

Er begann zu zählen, kämpfte verzweifelt um Kontrolle und floh vor der Frau und dem Gefühl, klein und nichtig zu sein.

Iacub drängte zum Ausgang.

»Feigling«, hämmerten seine Gedanken.

Er hörte Helen schluchzen, bevor er sie sah. Iacub eilte zu ihr, nahm sie in den Arm. »Ich liebe dich.«

Helen sah ihn an, voll Hoffnung und Angst. Eine erneute Verletzung würde sie nicht überstehen.

»Ich liebe dich Helen.«

»Sie spielt mit dir. Mit uns.«

»Ich weiß.«

«Dann verlasse sie, Iacub. Du musst sie verlassen. Ich halte das nicht länger aus.«

Sie sah sein Nicken und spürte Hoffnung.

»Sag es, Iacub.«

»Ich werde sie verlassen. Am Tag der Ausstellungseröffnung werde ich gehen.«

Erneut ein Aufschub. Helen war es leid.

»Du kannst nicht beides haben, Iacub.«

Er schacherte. Alles begann von Neuem.

»Helen, ich brauche die Ausstellung. Es ist eine Sache, Geschäftsführer einer Galerie zu sein. Aber ich will mehr. Ich will die Museumsausstellung kuratieren. Ich will die Chance auf eine Karriere nutzen. Ich will frei sein.«

»Und ich? Ich will nicht länger warten. Ich kann es nicht.«

»Helen, bitte. Es ist eine Entscheidung für uns.«

»Du zitierst dich selbst, Iacub.«

»Du bist ungerecht.«

»Seit Monaten versprichst du mir eine Zukunft.«

»Und bald ist es soweit. Nur noch diese Vernissage.«

»Nein! Verlasse sie Iacub. Jetzt.«

Iacubs Antwort würde alles entscheiden.

Sein Schweigen war Antwort genug.

Sie ging, sah sich nicht um. Weg von hier, war alles, was Helen wollte. Er sah ihr nach, wusste nicht wohin mit Mut und Kränkung. Die blonde Frau ging an ihm vorüber. Er sah ihre Unsicherheit in Gegenwart seiner Wut. Ihr Lächeln war ein Schutz, für Iacub war es purer Hohn.

Sie hastete davon. Alles in ihm schrie Annes Namen. Gesicht, Haar, Lächeln. Sie war wie Anne. Sie hatte ihn angelächelt. Er hasste sie. Iacub starrte die Fremde an und fühlte die immer gleiche Wut.

## – 36 –

Der Mann sah seltsam aus, stand in verkrampfter Haltung vor dem Restaurant. Seine Poren trieben Schweiß aus seinem Gesicht, ließen es glänzen. Der Mann war bleich. Männer, die ihre Gesichtsfarbe verloren, waren gefährlich, sie gingen schnell zum Angriff über. Arkady hatte viele solcher Männer erlebt. Dieser hier interessierte ihn nicht. Ein Yuppie, ein Niemand.

Der Mann kreuzte die Straße, folgte einer blonden Frau.

Die Unruhe holte Arkady ein, trieb ihn weiter. Er dachte an das Gewitter, sehnte den Regen und die Erleichterung zurück, die er in der Nässe gespürt hatte. Das Wasser war so erlösend gewesen, hatte ihn reingewaschen und die Unruhe vertrieben. Arkady hastete weiter. Keine Wolke trübte den nächtlichen Himmel.

– 37 –

»Seine Augen waren wie Flammen und auf dem Kopf trug er viele Kronen. Ein Name stand auf ihnen geschrieben, den nur er selbst kennt.«

Sie hatte seinen Hass geweckt. Sie war sein. Er war dankbar und würde sich nehmen, was ihm geschenkt worden war. Sie würde ihn anlächeln und er würde ihr verzeihen. Sie hatte ihn verkannt. Er war der Herr. Er hielt die Macht in Händen. Es war ihr Fehler gewesen. Sie würde Reue zeigen.

Er spürte das Messer in seiner Hand. Das Leder des Handschuhs schmiegte sich um das Heft. Er schwitzte.

Feine Schweißperlen erkannte er in ihrem Genick. Er beobachtete ihre Bewegung. Die verschwanden unter einem edlen Kleid, bewegten sich an den Wirbeln ihres Rückens hinab und erregten ihn.

»Lass deine scharfe Sichel schneiden und schneide die Trauben im Weinberg der Erde ab.«

Sie hatte ihn gehört.

Sie machte ihn wütend.

Sie hätte nicht lauschen dürfen.

Sie hatte alles verdorben.

Sie drehte sich um.

Sie stürzte, wo sie stand.

Sie sah ihn an.

Bleich war sie, still war sie.

Ihre Augen wurden stumpf.

Er entfernte sie …

Er eilte weiter. Das Glück und die Leichtigkeit würden vorübergehen. Die Unruhe würde wiederkehren, und mit ihr die Wut.

## – 38 –

»Ihr Name ist Ruth Weinstein. 46 Jahre. Geschieden. Blond.«

Tatortfotos, Patrick hielt sie in der Hand.

»Ich habe versucht, dich zu erreichen.«

Patrick legte die Fotos auf Arkadys Schreibtisch.

»Sorry Paty-Boy. Ich habe das Telefon nicht gehört. Wenn man älter wird, braucht man mehr Schlaf.«

»Die Augen. Er hat sie herausgehebelt. Er hat begonnen, Trophäen zu sammeln.«

Arkady blätterte die Bilder durch. Rote Höhlen in einem bleichen Gesicht. Blondes Haar in einer Lache Blut.

Eine schmale Stichstraße. Sie führte vom Edelitaliener weg. Auf dem Asphalt befanden sich Kaugummiflecken. Zigarettenstummel verstopften einen Gully. Neben dem

Gully lag etwas. Arkady erkannte es sofort. Er starrte auf die Verpackung eines Schokoriegels, am linken Rand des Fotos. Arkady erkannte die Verpackung. Er selbst hatte sie fallen lassen.

Sein Magen begann zu schmerzen. Er blätterte weiter, hoffte, seine Verblüffung habe keinen Verdacht bei Patrick erregt.

»Vielleicht gehört etwas davon dem Killer. Ich habe die Sachen ins Labor bringen lassen.«

Arkady horchte auf.

»DNA-Tests? Das ist nicht dein Ernst, Paty-Boy.«

»Eine Visitenkarte hat er jedenfalls nicht hinterlassen. Und ich bin nicht dein Paty-Boy.«

»Okay, okay, Patrick. Der Abfall ist ein Teil des Straßenbildes. Er hat nichts mit Brutus zu tun. Such dir eine beliebige Straße und sieh sie dir an. Sie wird genauso aussehen. Seit dem Streik sieht es überall so aus. Glaubst du im Ernst, Brutus würde eine rauchen und die Kippe neben sein Opfer werfen? Glaubst du das, Patrick? Glaubst du das?«

Es war sein Fall, seine Ermittlung. Arkady entschied, was eine Spur war. Die Stadt war ein stinkendes Sammelsurium, die Verpackung des Schokoriegels ein Teil von ihr. Er allein entschied, ob sie Teil des Tatorts war oder nicht.

Er hatte sich schon entschieden und wünschte sich, Paty-Boy würde endlich die Klappe halten.

»Kaspar fand italienische Pasta in ihrem Magen. Sie war in einem Restaurant, hatte einen Tisch für sich. Ein Paar hat dort gegessen. Sie haben die Leiche gefunden. Der Ehemann erinnert sich an einen Gast. Ein junger Mann. Er war der Frau gefolgt, hat sie angerempelt. Wir haben eine Beschreibung. Vielleicht besteht eine Verbindung. Vielleicht war er im Restaurant, hat sie zufällig gesehen, ist ihr gefolgt und hat sie getötet. Vielleicht hat Brutus endlich den Fehler begangen, auf den wir gewartet haben.«

»Vielleicht, vielleicht, vielleicht. Ein bisschen viel *vielleicht*, findest du nicht?«

»Nein. Finde ich nicht.«

Patrick schob eine Zeichnung über Arkadys Tisch. Das Phantombild war gut getroffen. Der Polizeicomputer kannte den Mann nicht, Arkady schon.

Er hätte das Gesicht des Yuppies kaum besser beschreiben können, schließlich hatte er ihn erst letzte Nacht gesehen. Vor dem La Bocca hatte er gestanden, bleich, verwirrt, getrieben.

Unbemerkt nahm Arkady das Foto der Schokoriegelverpackung an sich.

»Wenn er dort Gast war, muss er viel Geld verdienen.«

Zerknüllt fiel das Bild in den Papierkorb. Die Verpackung des Schokoriegels würde bald folgen.

Arkady verließ das Büro.

– 39 –

Stunden würden vergehen, bevor das Restaurant öffnen würde. Sie zogen die Fahrt zu Ruths Adresse vor, ließen die von Verfall und Armut gezeichneten Stadtviertel hinter sich und näherten sich dem Ende des Parks. Die Straßen wurden breiter, ihr Belag war nicht mehr geflickt, sondern einheitlich. Die Abstände der Häuser zueinander wuchsen, schufen Raum für kleine Gärten und Carports voller Neuwagen. Jedes Anwesen war gepflegt, alles hier hatte seine Ordnung, sogar die Kinder spielten leise.

Arkady genoss es, saubere Luft zu atmen. Sein Unterarm hing aus dem offenen Fenster des Dienstwagens. Seit letztem Sommer verweigerte die Klimaanlage ihren Dienst. Zum ersten Mal störte dies Arkady nicht. Frische Luft kannte er nur aus dem Park. Das Blech des Fahrzeugs war heiß und verbrannte seine Haut. Mit einem Fluch hob Arkady den Arm, streckte ihn aus, ließ ihn vom Fahrtwind kühlen. Kinder winkten ihm zu, verstanden seine Geste falsch.

Verlegen zog Arkady seinen Arm in den Wagen zurück. »Sieh auf die Straße.« Ihm war Patricks neugieriger Blick nicht entgangen. Sehnsuchtsvoll betrachtete der junge Polizist die schmucken Anwesen.

»Es wird für immer ein Traum bleiben, wenn du vor lauter Glotzen einen Unfall baust und uns damit umbringst.«

Patrick lachte. Lockerheit hätte er bei Arkady nicht erwartet.

Vor einem der Häuser hielt er den Wagen an. Sie stiegen aus, gingen über den Rasen. Durch die sengende Hitze war dessen Grün in ein Gelb übergegangen.

Mit Ruths Hausschlüssel öffnete Arkady die Tür.

»Rede du mit den Nachbarn.«

Er hielt Patrick ab, die Wohnung zu betreten, wischte sich die Schuhe an dem Fußabstreifer ab, betrat das Anwesen und schloss vor Patricks Gesicht die Tür.

## – 40 –

Ein Schuhschrank aus dunklem Holz, eine Garderobe aus Aluminium. Ein Schlüsselbrett. Kitsch an der Wand in einem teuren Rahmen. Ein geschwungenes, gelbes Alkantara-Sofa verengte das Wohnzimmer. Die Möbel waren allesamt italienische Designerstücke. Sie passten nicht zueinander.

Die wenigen Bücher in den Regalen waren gebunden. Historische Schnulzen, für Frauen geschrieben. Arkady blätterte durch eines der Werke. Geschmack hatte auch mit Bildung zu tun. Ruth war nur reich gewesen.

Die Wohnung barg keine Erinnerungen an Ruths Leben. Kein Rahmen, kein Album, keine Fotos. Sie hatte allein gewohnt, von einem Erbe gelebt, hatte keine Angehörigen. Niemand vermisste sie, dachte über sie nach. Nur Arkady spürte ihrem Leben nach.

»Ruth.«

Leise sprach er ihren Namen.

»Ruth. «

Unentwegt flüsterte er, öffnete Schränke und Schubladen. Er hoffte auf eine Trophäe. Er dachte an Jennifers Foto. Die Erinnerung an die junge Frau überlagerte sein Interesse an Ruth. Jeden Abend trocknete er Jessicas Foto von seinem Schweiß, beschwerte es mit einem Buch, damit die Feuchtigkeit das Papier nicht wellte. Er sorgte gut für sie. Sie war seine Favoritin.

Ihr untreu zu werden, war ein Kitzel, doch Jessica musste sich keine Sorgen machen. Ruth und Meret waren ihr keine Konkurrenz.

Er schwitzte. Die Feuchtigkeit drang durch sein Hemd in Jessicas Bild. Er griff nach dem Foto, fächerte sich damit Luft zu, trocknete die Oberfläche des Papiers und seine Haut.

Das Schlafzimmer war seine größte und letzte Hoffnung. Jessica fand den Platz über seinem Herzen wieder, bevor er den Raum betrat. Er fühlte den Stoff der Bettdecke, zog sie von der Schlafstatt. Das Laken darunter war sauber. Er riss es von der Matratze. Nicht ein Fleck war zu sehen. Die Konturen ihres Körpers zeichneten sich nicht darauf ab. Arkady fand seine Fantasie enttäuscht.

Er öffnete ihren Nachtschrank. Sexspielzeuge belohnten ihn. Vorsichtig strichen seine Finger über Liebeskugeln aus rotierenden Bällen, ein Dildo zum Umschnallen, eine Bottomrose aus Edelstahl. Er befühlte Strings aus Seide, Strapsgürtel, ¼ Cup BHs.

Erregt ließ sich Arkady aufs Bett fallen. Die Matratze war weich. An der Zimmerdecke hing ein Spiegel. Verblüfft sah Arkady auf sich nieder.

Er legte einen String auf sein Gesicht, beobachtete sich im Spiegel und begann heftig zu atmen.

»Ein Asthma-Spray vielleicht? Ich besorg dir eins, wenn du willst.« Patrick stand im Türrahmen, bitter, wütend.

»Danke, geht schon.«

Der Slip verschwand in seiner Hand. Aufrecht saß Arkady auf dem Bett. »Und? Hat irgendjemand irgendetwas zu berichten?«

»Wie wäre es mit mir?«

»Sicher nur über die Nachbarn.«

»Wenn du das sagst.«

»Also, gibt es was Brauchbares?«

»Nein.«

»Nein? So ist es immer. Keiner hat was gesehen, keiner was gehört und keiner was gesagt. Wie die drei Affen, die sich Augen. Mund und Ohren zuhalten.«

Patrick kannte das Gesicht. Es lächelte ihn aus Arkadys Brusttasche an. Sie zeigte ihre nackte Brust. Das Foto hatte er noch nie gesehen. Bilder ihres toten Körpers füllten eine Akte in seinem Büro.

Patrick empfand Ekel und Abscheu vor dem lächerlichen Anblick des dünnen, alten Mannes, der auf einem Bett kauerte und einen Schlüpfer in seiner Hand hielt.

»Was ist? Das macht mich eben an. Bist du so verdammt spießig?«

»Ja, verdammt noch mal! Ja!«

»Oh, mein armer Junge. Komm zu Daddy Paty-Boy und hol dir 'nen Kuss. Glaub mir, dann wird alles besser.«

Patrick verließ den Raum. Er verließ das Haus, kauerte sich auf die vorderste Stufe. Ruths Nachbar polierte den rot-blau-weißen Union Jack auf dem Dach seines frisch gewaschenen Mini und nickte Patrick knapp zu. Die Nachbarsfrau stellte den Rasensprenger an. Das Wasser in der Stadt war knapp, und die Bürger waren aufgerufen, zu sparen, bis die Hitzewelle vorüber war. Es kümmerte die Frau nicht. Das Gras in ihrem Vorgarten war grün. In diesem Haus war die Welt in Ordnung. Der Luftzug wehte ein paar Wassertropfen zu Patrick. Sie verdampften auf seiner Haut. Er dachte an die Menschen, mit denen er über Ruth gesprochen hatte. Was man ihm erzählt hatte, half ihm nicht weiter. Keine Männer. Keine Besuche. Keine Feinde. Nett, höflich und allein. Ruth war eine Frau ohne soziale Bindungen gewesen.

Einsam hatte sie auf keinen der Nachbarn gewirkt.

»Sie ruhte in sich.«

»Eine zuvorkommende Frau. Ich wollte, ich hätte sie besser gekannt.«

»Sie strahlte Gelassenheit aus.«

»Ein Lächeln. Immer ein Lächeln im Gesicht.«

»Manchmal hat sie meinem Hund ein Leckerli gebracht.«

Patrick las die Notizen in seinem Block. Mit der U-Bahn fuhr er zum La Bocca. Den Wagen überließ er Arkady.

## – 41 –

Große Glasflächen grenzten den Raum nach außen ab. Dunkelbraune Landhausdielen bedeckten den Boden. Schlichte Holztische derselben Farbe standen darauf. Die Stühle hatten orangefarbene Polster, passend zur Farbe der Wände.

Die Spurensicherung hatte hunderte Fingerabdrücken auf den Stühlen gefunden, Haare und Hautschuppen von mehreren Männern und Frauen an den Lehnen. Das Labor arbeitete daran. Der Abgleich mit der Datenbank würde eine Weile dauern.

Der Tisch war feucht gereinigt und neu eingedeckt worden. Spuren hatten sich hier keine finden lassen.

Der Kellner erwartete Patrick bereits, führte ihn zu dem Tisch, an dem der Mann gesessen hatte.

»Er war in Begleitung. Eine Frau.«

»Das Opfer?«

»Nein. Sie war jünger, hatte dunkle Haare.«

»Können Sie ihn beschreiben?«

»Braune Haare, vielleicht ein Meter achtzig, eher dünn.«

»Sie?«

»Schlank, etwas eins-siebzig, schwarze Haare, sehr attraktiv.«

»Ein Paar?«

»Kann ich nicht sagen. Paare sind so verschieden. Die einen sehen sich in die Augen, schmachten sich an. Die anderen sind stumm, reden keinen Wort.«

»Hatte er reserviert?«

»Nein. Aber er war schon einmal hier gewesen. Mit derselben Frau.«

»Hatte er damals reserviert?«

»Ich weiß nicht.«

»Erinnern Sie sich an seinen Namen?

»Nein, tut mir leid.«

»Hat er mit Karte bezahlt?«

»Er hat Geld auf den Tisch gelegt und ist weggegangen.«

»Wird viel bar bezahlt?«

»Ja. Verwunderlich eigentlich.«

»Wo ist das Geld?«

»Der Chef bringt immer am Vormittag die Kasseneinnahme des Abends zur Bank.«

»Auch heute?«

»Ja. Darf ich fragen, war er, ich meine … war das dieser Brutus?«

»Ist das Brot frisch?«

»Selbstverständlich. Heute morgen gebacken.«

»Danke.«

Patrick verließ das La Bocca. Aus einem Brotkorb nahm er sich ein Stück und biss hinein. Etwas Kruste blätterte ab. Der Kellner nahm den Krumen auf.

## – 42 –

»Es tut mir leid.«

Sie sah ihn erschrecken.

Wie einen Schutzschild hielt Iacub »Okkultismus in der Kunst« in Händen. Helen nahm ihm das in Leder gebundene Werk aus der Hand. Achtlos legte sie den Folianten auf dem Schreibtisch nieder.

Helen hoffte, er würde ihr verzeihen. Sie fürchtete eine Zurückweisung.

»Ich liebe dich, Iacub.« Ihre Stimme war brüchig. »Bitte küss mich.«

Sie erregte ihn. Ihr Mund war leicht geöffnet. Sie wartete. Er umarmte sie, drückte sie auf den Schreibtisch nieder. Helen spürte das Buch im Rücken. Das Leder war kalt.

Seine Finger schoben ihren Rock hoch. Sie hatten Zeit. Anne war bis Mittag beim Frisör. Iacub brauchte nur Minuten.

»Ich bin es leid, Annes Prügelknabe zu sein.« Iacub öffnete den Reißverschluss seiner Hose.

Seine Worte machten Helen glücklich und verwegen.

»Ich hasse sie, Iacub.«

Sie fühlten dasselbe, wollten dasselbe.

»Ich meine es ernst. Ich bin nicht ihre Magd, und ich bin nicht dein Spielzeug.«

»Ich liebe dich, Helen. Nicht sie.«

»Deine Gefühle sind ihr gleich. Sie will nur Macht über dich.«

»Und du? Was willst du, Helen?«

Iacub beharrte auf einer Antwort.

«Ich will beides.« Sie überraschte ihn.

Was würde Anne zu einer Trennung sagen? Sie würde ihn nicht gehen lassen. Anne war skrupellos und gewohnt, zu siegen. Iacub fürchtete, zwischen den Ansprüchen der beiden Rivalinnen zerrieben zu werden. Auch er hatte Ziele und Wünsche und wollte sie nicht aufgeben.

Er wollte von Anne frei kommen.

Er wollte mit Helen glücklich werden.

Helen und Anne glichen sich. Die Ähnlichkeit ließ Iacub Helens Liebe fürchten.

Annes Vermögen finanzierte seinen Lebensstil. Ohne diesen Luxus konnte er unmöglich leben. Glück war an Geld gebunden, ohne Geld würde seine Liebe zu Helen zerbrechen. Er konnte sich nicht von Anne lossagen, selbst wenn Helen ihn als Habenichts nehmen würde. Ihr würde es nichts ausmachen. Er könnte nicht mehr in den Spiegel sehen.

»Versager.«

Seine Mutter hatte ihn so genannt.

Iacub war die Demütigungen leid.

»Ich werde mit Anne reden.«

Er räumte das in Leder gebundene Buch ins Regal. Warm von Helens Körper schmiegte sich das Leder in seine Hand.

– 43 –

Sie verließ sein Büro und die Galerie. Iacub beobachtete sie durch eines der Fenster. Sie blieb stehen, sah auf, winkte, lächelte. Sie fühlte sich unsicher. Er kannte den Grund. Er war angespannt, unruhig, und für Helen unberechenbar geworden.

Helen senkte den Blick und ging davon. Sie hatte Annes Parfum auf Iacub geschmeckt. Selbst in der U-Bahn wurde Helen den Geruch nicht los, die schwitzenden Menschen um sie herum vermochten ihn nicht zu überlagern.

An der dritten Haltestelle stieg sie aus, erklomm die Stufen zur Oberfläche. Mit jedem Schritt wurde es wärmer. Helen begann zu schwitzen.

Stoisch ertrugen die Pendler ihren eigenen Schweiß. Ihre Blicke waren leer und voll schicksalsergebenen Gleichmut. Helen unterschied sich von ihnen.

– 44 –

Die Schläge vertrieben die Abscheu. Das Box-Gym war zu Helens Oase geworden. Sie verausgabte sich, es half ihr, abzuschalten. Nur hier konnte sie Iacub und Anne aus ihren Gedanken verbannen.

Ihre Fäuste stießen ins Leere. Die Frau vor ihr tanzte sie aus, war kleiner, schmaler, wendiger. Mit einer rechten Geraden traf Milla. Helens Kopfschutz federte den Schmerz ab. Wütend schlug sie zurück. Leicht und flink tänzelte Milla herum.

Helens überlegene Kraft nutzte nichts. Sie verlor. Ein Aufwärtshaken holte sie von den Beinen.

Sie waren Freundinnen, seit ihrem ersten Tag im Gym. Helen hatte den Raum betreten und Milla beim Unterricht zugesehen. Milla war eine gute Lehrerin, geduldig, aufmerksam, kompetent. Nach dem Training hatten sie miteinander gesprochen, gelacht. Irgendwann waren sie Freundinnen geworden. Vor Milla hatte Helen nie Scheu verspürt, sich zu ihren Ängsten zu bekennen. Allein in einer großen Stadt zu sein, keine Freunde und Bekannten zu besitzen; es war so leicht gewesen, mit Milla darüber zu sprechen. Milla hatte Helen darin bestärkt, sich den Eltern und Brüdern zu beweisen. Und Helen hatte auf Milla gehört, sich in der Stadt ein Leben aufgebaut und ihre Ängste gemeistert. Sie hatte gelernt, auf ihre Stärken zu bauen. Sie war eine Kämpferin.

Das Training hatte Helens Selbstvertrauen wachsen lassen. Hier fühlte sie sich sicher. Ein Ort zum Kämpfen und Reden. In der Umkleide rubbelten sie sich die nassen Haare trocken.

Etwas zehrte an Helen.

»Dein Freund?«

Sie nickte und erzählte, bis es nichts mehr zu berichten gab. Milla hörte zu, ab und an nickte sie, schließlich bestätigte sie Helens Meinung. Wenn Iacub seine Ankündigung nicht wahr machen würde, sollte Helen ihn verlassen. Sie hatte lange genug gewartet.

Die Frauen umarmten sich.

»Und du?«

»Ging schon besser.«

»Der alte Polizist?«

Milla nickte.

»Er setzt Patrick zu. Er ist ein Ekel. Arkady und der Fall haben Patrick verändert. Ständig grübelt er, kapselt sich ab. Der Frust frisst ihn auf. Weißt du, ich kenne keine Beziehung einer Polizistin, die gehalten hätte, aber ich will nicht so enden, wie die anderen.«

Helen war erstaunt. Nicht nur ihre eigene Beziehung schien so unendlich zerbrechlich.

Milla schwieg, dann kamen die Tränen, gefolgt von Worten über ihre Schwester, über Angst, über das Gefühl, die Schwester könne tot sein.

Helen umarmte Milla.

In Gedanken bei Milla verließ Helen das Gym und mit jedem Schritt, den sie den rissigen Asphalt des Gehwegs entlang ging, verblassten Millas Sorgen und Ängste und schufen Raum für Helens Gefühle. Sie dachte an Iacub und hoffte auf eine Nachricht von ihm. Doch Iacub hatte nicht angerufen.

Jugendliche baggerten sie auf der Straße an. Sie kamen zum Training und der Versuch, mit Boxerinnen zu flirten, wärmte die Jungs auf. Helen vernahm Komplimente über ihren Körper. Sie wollte sie nicht hören, ging an den Jungs vorbei, schenkte ihnen weder Blick noch Antwort. Sie pfiffen ihr nach.

Nie hätte Iacub einer Frau hinterhergepfiffen. Die Vorstellung war absurd, ebenso der Glaube, Iacub würde sich von Anne trennen. Helen reute der Gedanke sofort. Es war nicht fair, Iacub vorab zu verurteilen. Sie wollte es von ihm selbst hören.

## – 45 –

»Was ist los?«

Die Wohnungstür schloss sich und Millas fragender Blick traf ihn.

»Arkady. Was sonst.«

Jeden Tag brach er ihre Regel, ließ den Frust der Arbeit nicht auf dem Schuhabstreifer vor der Wohnungstür zurück.

»Arkady ist ein Souvenirjäger. Das perverse Schwein hat an einem Slip der Ermordeten geschnüffelt.«

Patrick spürte Millas Umarmung. Sie war jeden Abend bereit, seine Seele zu retten, vielleicht, weil sie ihre eigene Seele nicht retten konnte.

»Ein Foto der nackten Jessica. Er trägt es bei sich.«

Sie hielt in fest. Sie wollte helfen, nützlich sein, einfach nur nützlich sein.

»Ihn interessieren nur die toten Frauen. Er geilt sich an ihnen auf.«

Sie drückte ihn an sich.

»Die Morde ermöglichen es ihm, im Leben der Opfer zu schnüffeln.«

Sie horchte auf.

»Er hielt es in der linken Hand. Das Höschen. Arkady hielt es in der linken Hand.«

Sie spürte seine Anspannung.

»Er hasst Frauen.«

Sie gab ihm recht.

»Glaubt man dem FBI, macht der Gedanke, für die Polizei zu arbeiten, Serienkiller an.«

Sie teilte seine Aufregung.

»Vielleicht ist er es selbst.«

Sie war elektrisiert.

»Ich habe mir seine Akte auf dem Revier angesehen. Er war verheiratet. Seine Frau starb drei Monate nach einer schmutzigen Scheidung.«

Sie wollte ihm glauben.

»Sie war blond. Wie all die anderen.«

Er hatte sie überzeugt.

## – 46 –

Sie hatten sich im Park verabredet. Helen mied die U-Bahn, so blieb Zeit für einen Spaziergang. Ein Stück Gehweg unter einer Dachrinne war über und über mit Taubenmist verschmutzt. Die Tiere saßen Hühnern gleich auf der Stange. Der Anblick ihres Kots auf dem Asphalt erinnerte an die Bilder von Jackson Pollock, der Leinwand mit Farbtropfen aus dem Loch einer Farbdose gefüllt hatte. Die Muster der Farbspritzer glichen denen des Taubenmists.

Helen trat auf die Straße, wich der Kunst der Tauben aus, ließ den versiegelten Boden hinter sich und betrat den Park. In einer Stadt voller Müll und Verfall war der Park kein Rückzugsort für die Menschen der Stadt geworden. Es war ein finsterer Ort voller Pflanzen, die verwildert waren, überall wucherten, die sich Zentimeter um Zentimeter des asphaltierten Wegs zurückeroberten und nach den Menschen zu greifen schienen, die es wagten, diesen Ort zu betreten. Helen spürte, der Park veränderte sie, weckte Furcht und das Gefühl verloren zu sein.

Auf einer hölzernen Bank wartete sie und dachte an die Nächte, an die Geräusche von Tieren, die dann aus dem Park drangen und als Klangfetzen durch die Häuserschluchten der Stadt zogen. Inmitten der Hitze fröstelte Helen, lauschte in die Stille des Parks und verharrte regungslos. Die Zeit des Wartens schien der Zeit des gemeinsamen Glücks mit Iacub zu entsprechen.

Sie sah ihn von Weitem. Ihre Umarmung war Iacub Begrüßung genug. Sie küsste ihn und glaubte sich am Ziel.

»Wie hat sie reagiert?«

Mit einem Kuss mogelte er sich um eine Antwort. Er spürte ihre Ungeduld.

»Hast du es ihr gesagt?«

Zwischen Hoffen und Bangen stand sie vor ihm. Helen kannte die Antwort, bevor sich seine Lippen bewegten. Iacubs Körperhaltung hatte ihn verraten. Sie hätte es wissen müssen.

»Noch nicht.«

»Wann?«

»Es ist nicht einfach. Bitte gib mir noch ein bisschen Zeit.«

»Wozu? Geh zu ihr, sag es ihr. Je länger du wartest, umso schwerer wird es.«

»Ich weiß, Helen.«

»Dann tu's.«

»Bitte hab Geduld.«

»Warum lässt du mich warten?«

»Ich habe Angst.«

»Wovor? Es ist nur ein Satz. Du musst ihr nur einen Satz sagen, Iacub.«

»Ich weiß. Es tut mir so leid.«

»Sag es endlich. Zu mir oder zu ihr.«

»Bitte hör auf damit.«

Helen hatte recht. Was hätte er auch sagen können.

In Gedanken prüfte Helen den Wert der Bilder, Plastiken und Skulpturen in der Galerie. Millionenschwer war die Last.

»Ist die Kunst mehr wert als unser Leben?«

»Nein, Helen. Ist sie nicht.«

»Warum wartest du dann?«

Er schwieg, zwang sie zu reden.

»Es ist vorbei, Iacub.«

»Helen bitte.«

»Es ist vorbei.«

Nur drei Worte.

»Helen, Ich werde mit ihr reden.«

»Du belügst dich selbst. Du belügst mich.«

»Nein.« Er wand sich. Er litt.

Sie äffte nach, was sie von ihm so oft gehört hatte. »Ich will die Scheidung. Ich liebe sie nicht mehr. Ich verspreche es dir, Helen. Ich werde mit Anne reden. Ich liebe nur dich. Bald werden wir zusammen sein. Wir werden neu anfangen, dann, wenn ich meinen Triumph habe. Nur eine Weile noch, Helen. Denk an die Ausstellung, denk an die Möglichkeiten.«

Ihre Worte verspotteten ihn, demütigten ihn. Iacub schloss die Augen, lauschte ihrer Stimme. Ihr Tonfall erinnerte ihn an Anne. Iacub wehrte sich dagegen, öffnete die Lider und sah sie an. Nein, Anne zitierte ihn nicht. Helen war anders, und Iacub verstand ihre Wut. Mit Wut war er bestens vertraut. Er erwachte mit ihr, lebte mit ihr, versuchte, ihr zu entkommen. Die Wut folgte ihm in Annes Gestalt. Täglich suchte sie ihn heim. Sie kontrollierte ihn, belauerte ihn.

»Halt den Mund!«

Er schrie sie an, war überfordert. Frust hatte sich in Aggression gewandelt. Er ballte die Faust, in der Luft verharrte sie.

Iacubs Verhalten überraschte Helen. Nie hatte sie ihn wütend gesehen, nie körperlich stark. Es verunsicherte sie, und Zweifel, ob sie Iacub wirklich kannte, keimten in ihr auf.

Die Faust öffnete sich. Iacub hatte schlanke lange Finger, schöne Hände. Gewalt passte nicht zu ihm.

»Was ist los mit dir, Iacub?«

Ihre Stimme klang erschrocken, konnte sich nicht gegen so viel Aggression erheben. Sie spürte ihre Tränen und seine Arme um sich. Sie fühlte Zärtlichkeit. Iacub war wie ausgewechselt. Er war wie früher.

»Was ist los mit dir?«

»Es frisst mich auf. Glaub mir, ich liebe dich. Ich will nicht aus meiner Ehe mit Nichts in der Hand fliehen.«

»Bin ich Nichts?«

Er antwortete mit Schweigen.

Sie schleuderte ihm ihre Verzweiflung entgegen.

»Du bist ein Feigling, Iacub. Du siehst nur den Verlust, nicht den Gewinn. Du wägst ab, was für dich schlimmer ist. Ein Verlierer zu sein oder ein Feigling. Weißt du was? Es ist gleich. Egal, wie du dich entscheidest, du bist ein Versager. Hörst du? Ein Versager!«

Versager.

Sie hatte das Lieblingswort seiner Mutter gewählt.

Er drehte sich ab, floh, um sie nicht zu schlagen, hatte kaum noch Kontrolle über sich. Die Demütigungen mussten aufhören. Endlich aufhören.

Iacub lief davon. Sein Herz raste, seine Gedanken waren schneller. »Es muss enden.« Es war beschlossen.

## – 47 –

»Wir müssen reden.«

Anne reagierte mit einem spöttischen Zug um ihre Mundwinkel. Iacub hatte sie überrascht.

»Lass mich raten. Dein kleiner Liebesvogel will mehr. Will sie die Scheidung?«

Spott, Hohn, Überheblichkeit, stets begleitet durch ein leichtes Anheben ihrer Lippen. Iacub kannte Anne, doch wusste sie um all seine Facetten? Konnte sie ahnen, wozu er fähig war, wenn er seine Wut nicht mehr kontrollieren konnte? Solange sie ihn falsch beurteilte, war er im Vorteil.

Iacub hielt ihrem Blick stand und überraschte sie erneut.

Anne gab sich kaum beeindruckt. »Mir gefällt die Idee nicht, Iacub. Wie steht es mit dir. Würdest du einer Scheidung zustimmen?«

So hochmütig.

»Dein Job in der Galerie wäre Geschichte. Ohne mich bist du ein Niemand. Wer würde dir noch eine Chance geben, wenn ich dich rauswerfe und verbreite, wie unfähig du als Geschäftsführer meiner Galerie bist.«

Er schwieg und diesmal überraschte Anne seine Reaktion nicht.

»Sieh in den Spiegel und hör auf, dir und dieser Schlampe etwas vorzumachen. Du bist ein Feigling.«

Feigling, Verlierer, Versager. Die Begriffe begleiteten ihn sein Leben lang. Sie waren ein Teil von ihm. Er würde sie abstreifen.

Drei Mal waren sich Anne und seine Mutter begegnet. Als er sie einander vorstellte, als er Anne heiratete, als sie stumm am Grab der Mutter standen.

Seine lebenslang angestaute Wut hatte Anne nie erlebt.

Iacub fürchtete Anne nicht. Täglich wuchs seine Kraft, bald würde er sich von ihr befreien können. Letztlich würde sie aus seinem Leben verschwinden.

»Ist Helens Liebe so stark? Wird sie dich noch lieben? Einen arbeitsloser Kunsthistoriker? Es gibt Tausende und kaum einer findet einen Job im Kunstbetrieb. Der Großteil leistet unqualifizierte Arbeit, wenn er denn welche findet. Sag mir, Iacub, hast du schon mal mit den Händen gearbeitet? Schwere Arbeit, die kaum Geld bringt, ist das was für dich? Du bist zu schwach, um auch nur einen Tag als Hilfsarbeiter durchzuhalten. Stell dir dein neues Leben vor. Wirst du Helen noch lieben, wenn du dich an früher erinnerst? An die Galerie? Und wird sie dich noch lieben, wenn du ihr nicht mehr schenken kannst, was sie sich wünscht?«

»Ja.«

»Ja? Glaubst du das wirklich? Was bist du naiv.«

»Bin ich nicht. Ich habe ein Jobangebot. Und ja, Helen und ich werden glücklich sein.«

Es war ein Bluff und sie fiel darauf hinein. Zum ersten Mal sah Iacub Furcht in Annes Gesicht.

»Ein Leben ohne dich ist alles, was Helen und ich uns wünschen.«

Er verletzte sie mit Genuss. Seine sprachliche Gewalt versetzte ihn in einen Rausch und Iacub kostete den Triumph aus. Den Blick auf Annes Augen gerichtet, sog er ihre Angst in sich auf. Er hatte ihr Hohn, Überheblichkeit und Demütigung ausgetrieben und ihre volle Aufmerksamkeit errungen.

Es schmeckte nach Freiheit.

Sie rang um Selbstbeherrschung und verlor. Aufgewühlt floh Anne aus dem Raum, ließ ihn stehen. Sie sah nicht seine Nachdenklichkeit. Iacubs Triumph verlor an Glorie.

Liebte sie ihn?

Verunsichert sah er ihr nach, erinnerte sich an früher, an Annes Liebe. Fast hätte er vergessen.

Sie war sehr schön gewesen, sehr reich, und hatte bereits ihre eigene Galerie besessen. Auf einer Vernissage hatte er sie gesehen und nicht das Selbstbewusstsein besessen, sie anzusprechen. Jung war er damals gewesen, ein Student. Schüchtern und unsicher hatte er in einer Ecke der Galerie gestanden, hatte sich an einem Glas trockenen Weiswein festgehalten. Mit Blicken war er ihr gefolgt.

Sie hatte gelächelt.

Es war ein anderes Lächeln gewesen; ein ehrliches, ansteckendes Lächeln. Iacub hatte es erwidert.

Sie hatte ihn angesprochen.

Sein kunsthistorisches Wissen hatte Anne imponiert, und Iacub hatte sich in sie verliebt. Er hatte es selbst nicht verstanden. Anne hatte der Kindheitserinnerung seiner Mutter so sehr geähnelt. Hatte er sich die Zuneigung seiner Mutter gewünscht? War Annes Liebe ein Ersatz für die verlorene Liebe der Mutter?

Nie hätte er Anne seine Wahrheit gestanden. Sie war zu seiner Ersatzmutter geworden.

Es war sein Geheimnis.

Es hätte gut enden können.

Es war anders gekommen.

Verwirrt stand er am offenen Fenster und spürte der flimmernden Hitze nach. Die Lichter der Stadt beleuchteten schwitzende Menschen. Aus ihren Wohnungen drängten sie, rotteten sich auf den Straßen zusammen, tranken, redeten, lachten und stritten. Die Stadt war voller Menschen, nur wenige besaßen eine Klimaanlage, viele entflohen ihren Häusern.

Ein Käuzchen saß auf einem Dach und sah Iacub an. Er blinzelte ungläubig, öffnete die Lider. Das Tier war verschwunden.

– 48 –

Anne zog den Rückzug der Entlarvung vor. Sie war sich seiner so sicher gewesen, hatte Iacub verkannt. Anne spürte seinen Blick im Rücken und eilte zum Park.

Sie wusste Iacub am Fenster, sah zu ihm auf. Er starrte sie an. Die Vorstellung, Iacub verlieren zu können, schmerzte. Nie hätte sie damit gerechnet, nie mit seinem Widerstand. Anne hätte geschworen, Iacubs Seele zu kennen, nun schwor sie, ihn nie wieder zu unterschätzen.

Kannte sie Iacub wirklich? Wer war der Mann am Fenster?

Vor einem parkenden Fahrzeug blieb sie stehen. Im Außenspiegel des Wagens betrachtete sie Iacubs von Kunstlicht eingerahmten Körper. Die Hände am Sims abgestützt, stand er am offenen Fenster. Anne empfand seine zur Schau gestellte Physis als Drohung und entfloh seiner Gestalt. Die Ampel schaltete auf Grün. Anne hastete über die Straße. Ihre Hände zitterten. Sie griff nach einer Zigarette und verfluchte die Sucht. Das Nikotin hatte Falten in ihr Gesicht gezaubert. Früher hätte sie darüber gelacht. Keine Zigarette hatte ihre Schönheit geschmälert, ihr Gesicht grau gefärbt, die Haut dünn und furchig wie Pergament werden lassen. Jung und schön zu sein, hatte ihr Macht über die Männer gegeben.

Anne hatte sich für Iacub entschieden. Er war anders gewesen, schüchtern und beobachtend. Er hatte Abstand gehalten und war dennoch immer in ihrer Nähe geblieben. Seine Jugend hatte ihm geschmeichelt.

Das Geld anderer Männer hatte Anne nie interessiert. Sie hatte stets genug davon besessen. Anne hatte Iacub gewählt, weil er tiefgründig war, weil er unsicher wirkte und verletzlich.

Iacub hatte sich nicht verändert. Bis heute. Es musste an Helen liegen, dieser jungen und schönen Frau. Helen war der Feind, nicht Iacub. Ihren Einfluss musste Anne fürchten.

Achtlos ließ Anne die Zigarette fallen.

Sie würde Helen kündigen.

## – 49 –

Mehr Filter als Tabak rollte der Glimmstängel über den Gehweg, bis ein Finger ihn stoppte. Die Nägel waren eingerissen und unter ihnen sammelten sich Staub und Schmutz. Aufgeplatzte Lippen empfingen den Stummel und sogen gierig. Die Haut im Gesicht des Mannes war rot. Die Sonne hatte sie verbrannt, besonders dort, wo die Haut frisch war und eine Blutkruste an der Stirn umschloss.

Die Tür eines Cafés schloss sich hinter Anne und schaufelte die heiße Luft der Straße in den Raum. Ventilatoren surrten und verteilten die Hitze in dem nahezu menschenleeren Café. Es war ein Fehler gewesen, hierher zu kommen. Es war ein Abend voller Fehler.

Anne bestellte Kaffee.

Ihre Anfänge waren voller Glück gewesen. Sie hatten nächtelang diskutiert und Anne hatte sich wegen ihres Verstandes und nicht wegen ihrer Schönheit oder ihres Geldes geliebt gefühlt. Es war eine neue Erfahrung gewesen.

Iacub hatte ihr Leben bereichert, und sie hatte es nie bereut, ihn geheiratet zu haben.

Die Schmetterlinge waren gestorben und die Routine in Annes Bauch und ihren Alltag gezogen. Noch immer war sie glücklich gewesen. Die Galerie und ihre Beziehung hatten sie eng aneinander geschmiedet.

Der Blick in den Spiegel und die Gewissheit, ein weiteres Jahr verloren zu haben, hatten alles verändert. Seit ihrem vierzigsten Geburtstag zahlte Anne den Preis, ihr Alter entfernte sie von Iacub. Er sah so jung aus. Iacub schien in der Zeit stehengeblieben.

Anne begann ihren Anblick zu hassen und Iacub zu hinterfragen. Er war nicht blind, er sah was sie sah, musste fühlen, was sie fühlte. Ekel vor dem Alter. Seine Liebe konnte nicht echt sein. Sie wusste es und ließ ihn dies jeden Tag spüren. Ohne es beeinflussen zu können, hatte sie Iacub Hass gelehrt, bis sie beide das faltige Etwas, das Annes Gesicht war, ablehnten.

Anne fürchtete sich vor Messern. Eine Operation, ein Schnitt, die Straffung der Haut. Anne fürchtete sich vor Spritzen. Gift, das die Falten glättete und die Nerven im Gesicht abtöten konnte. Ein Überwinden der Angst konnte das Alter nicht stoppen. Sie hatte sich dennoch dafür entschieden. Für viel Geld hatte sie sich ein wenig ihrer Jugend zurückgekauft.

Spieglein, Spieglein an der Wand. Wer ist die Schönste im ganzen Land? Es war Helen. Für Anne blieb nur der Part der bösen Königin.

Der heiß servierte Kaffee war kalt. Sie hatte ihn nicht angerührt. Saß sie bereits lange hier? Anne tauchte aus ihrer Trübsal auf, ließ die Schwermut hinter sich, trank den Kaffee. Er schmeckte bitter, der Gewissheit gleich, Iacub in die Arme von Helen getrieben zu haben.

Anne fühlte sich verlassen.

Die Tür öffnete und schloss sich wieder. Sie spürte den feinen Luftzug. Seinen Blick fühlte sie nicht.

Stühlerücken. Holz wurde über den Boden gezogen.

Stille.

Er saß hinter ihr, musterte ihre Gestalt. Ein schmaler Rücken war durch die Stuhllehne zu erkennen. Blondes Haar fiel über Schultern. Ein dichter Schopf.

*So schön.*

Ein Gedanke nur. Er ertappte sich dabei und fühlte sich unwohl. Er spürte eine Unruhe, die er nur zu gut kannte.

»Wodka.«

Er sehnte sich nach dem Brennen in den Eingeweiden und hoffte, die Unruhe vertreiben zu können.

Dankbar nahm er das Glas entgegen.

Es half nicht.

Er starrte auf die Taille der Frau, ihre schmale Hüfte, ihre Beine. Er stellte sich ihr Gesicht vor. Oft war der Blick in das Gesicht einer scheinbar schönen Frau enttäuschend.

Er erhob sich, bewegte sich auf sie zu, ließ sie nicht aus den Augen. Jeder Schritt veränderte den Winkel zu ihr, ließ mehr und mehr von ihr erkennen.

Sie spürte seine Nähe, drehte sich zu ihm um.

»Ist hier noch frei?«

Er war aufgeregt, versuchte, ihren Blick an sich zu binden. Sie sah zur Seite, enttäuschte ihn.

Anne hoffte, er wäre gegangen. Sie drehte den Kopf, sah ihn neben sich. Er zog einen Stuhl vom Tisch und nahm Platz.

»Bitte gehen Sie.«

Arkady lächelte. Er meinte es nicht ehrlich. Sein Lächeln war eine Maske. Er wusste es, und sie wusste es auch.

»Eine schöne Farbe.«

Er verwirrte sie. Es gefiel ihm. Es war ein Anfang. Er sah die Ablehnung in ihren Augen und genoss die Herausforderung.

»Ihr Haar. Ist die Farbe echt?«

Sie verhielt sich nicht wie eine Frau. Sie verbarg ihre Abneigung nicht, trug sie offen vor sich her. Sie weckte seine Neugierde.

»Gehen Sie!«

Er lächelte, sah ihren Widerstand wachsen. Es war sein Spiel, sie spielten es bereits.

»Bitte gehen Sie!«

Ihr Tonfall übertünchte die Höflichkeitsfloskel. Er hatte sie richtig eingeschätzt. Sie bluffte. Ihr Nachdruck war nur Fassade.

Sein Schweigen verunsicherte sie. Seine unverschämte Art machte sie hilflos. Anne besaß keinen Einfluss auf die Situation. Sie wollte fliehen, suchte einen Weg, den Tisch zu verlassen, ohne sich eine Blöße zu geben. Sie fand keinen.

»Ich mag temperamentvolle Frauen.«

Er saß vor ihr, versperrte ihr den Weg zur Linken. Sie spürte die Wand im Rücken, den Tisch zur Rechten.

Ihr Blick suchte den Barmann und er verstand. Dankbar bezahlte Anne den Kaffee. Der Barmann geleitete sie zur Tür. Leise klickend fiel diese ins Schloss.

Achtlos legte Arkady ein paar Münzen auf den Tisch. Sein Blick musterte ihren Körper durch das Fenster. Er folgte der Bewegung ihrer Hüfte, ihrer langen Beine. Er hätte sie jünger geschätzt, hätte er ihr Gesicht nicht gesehen.

»So schön.«

Er dachte an Ruth. Wie eine Schwester glich die Tote der Unbekannten.

Arkady hatte keine Zeit zu verlieren, wollte er die Nähe zu dieser faszinierenden Frau nicht verlieren. Er stand auf, strebte zur Tür. Der Barmann blockierte seinen Weg, entschuldigte sich für die scheinbar zufällige Berührung. Er stahl Arkady wertvolle Zeit.

Die blonde Frau war entschwunden.

Frust. Anspannung. Unruhe. Er fühlte sie in sich und sah die Straße entlang. Zwei Richtungen, eine Wahl. In der Ferne leuchtete ein U-Bahn-Zeichen. Arkady folgte dem Licht, rannte ihm entgegen.

## – 50 –

Nur wenige Menschen hatten sich in die U-Bahn-Station verirrt, waren dem Glutofen der Oberwelt entflohen. Der einfahrende Zug drückte warme Luft vor sich her. Seine Lichter durchschnitten das Schwarz des Tunnels. Die Bremsen quietschten, kamen zum Stillstand. Für einen Augenblick herrschte Stille, bis sich die Türen des Zuges mit einem Klack-Geräusch öffneten.

Seine Augen hasteten von Öffnung zu Öffnung, suchten nach ihr.

Er sah sie, hielt den Atem an. In Leder gekleidete Finger tasteten nach seiner Klinge. Angespanntes Warten, Aufregung, Anspannung.

Sie kam auf ihn zu.

Sie erregte ihn.

Sie schaute durch ihn hindurch, strebte dem Ausgang entgegen.

Er ließ ihr den Vortritt.

Der Wind erhob sich und folgte dem Zug. Stickige Luft blieb zurück. Die U-Bahn Station war voll davon.

Sie ging schnell, fühlte sich unwohl, war allein. Kameras mit geborstenen Linsen starrten an ihm vorbei ins Leere, hatten das Ende des Gleises im gesplitterten Blick. Sie sahen ihn nicht, filmten nur Fragmente der blonden Frau.

Sie hastete aus dem Bild.

Seine Klinge biss in Fleisch.

Sie spürte den Schmerz.

Ihr Mund öffnete sich stumm.

Sie stürzte.

Hart schlug ihr Kopf auf dem Boden auf. Sie verlor das Bewusstsein. Sie hatte ihn anzublicken. Sie musste es tun. Sie hatte ihn reingelegt. Hilflos sah er in ihre toten Augen. Sie hatte alles verdorben.

Er tröstete sich mit der Erinnerung an die anderen. Sie hatten ihn angeblickt, hatten gewusst, was sie zu tun hatten. Unbefriedigt verließ er die U-Bahn-Station und lief davon. Seine Wut war nicht geringer geworden.

## – 51 –

Hell fiel der Schein des U-Bahn-Schilds auf seinen Körper. Das Laufen fiel ihm schwer. Er rang nach Luft, rannte weiter, zwang sich, nicht langsamer zu werden. Jeder Meter war ein Kampf gegen Hitze und Kurzatmigkeit. Er dachte an die Warnungen der Mediziner, in der Hitze Sport zu treiben, an das Ozon, den Feinstaub und an Kreislaufversagen, dem Hunderte von Menschen in zwei Monaten erlegen waren.

Der Frühling verspottete den Sommer.

Um nichts in der Welt würde er jetzt stehenbleiben und Atem schöpfen. Iacub dachte an die blonde Frau vor dem La Bocca, verglich ihr Gesicht mit Anne.

Zwei Obdachlose lagen totengleich an einer Hauswand. Betrunken oder Hitzschlag. Die Stadt war voll von ihnen. Iacub erinnerte sich an den Penner im Park, lief weiter und ignorierte das Seitenstechen. Er dachte an das blonde Mädchen im Park, an ihr Gesicht, ihre Tritte. In seiner Fantasie zähmte er sie. Ihre Haut war glatt und ohne Makel. In seiner Vorstellung alterte sie, ihre Züge wurden härter, wurden zu Annes Gesicht. Würde er es bedauern, Anne Gewalt anzutun?

Sie hatten glückliche Jahre zusammen verbracht. Die Anne von damals würde er nie verletzen, doch diese Anne war tot. In Gedanken spornte er sich an. Nur durch Laufen vermochte er die Wut in Zaum zu halten.

Iacub sprang über einen der beiden Obdachlosen hinweg. Glas barst und eine Weinflasche zersprang in Scherben. Splitter verfingen sich im Profil seines Schuhs und Rotwein ergoss sich über den Gehweg.

Eine Pfütze bildete sich, spritzte auf. Iacubs Ballen rollte darin ab. Die Sohle seines Schuhs stempelte den Boden, einem Street-Art-Künstler gleich. Der Stempel wiederholte sich, wurde heller und verblasste am Eingang des Parks.

## – 52 –

Das Telefon klingelte. Er rieb sich den Schlaf aus den Augen. Nur Minuten waren vergangen, seit er seine Wohnung betreten hatte und ins Bett gesunken war. Er klemmte den Hörer unter das Kinn.

»Ja?«

Er setzte sich auf. Arkady trug noch Hosen und Schuhe.

»Fuck, weißt du, wie spät es ist?«

Er roch altes Sperma in einem Taschentuch. Zerknüllt lag es vor dem Bett, neben Jessicas Bild. Er sah ihr Lächeln und lauschte in den Hörer. »Die U-Bahn am Park. Ja.«

Arkady verließ das Bett. Unter dem Kopfkissen war ein Hauch von Prada zu sehen, Ruths Slip.

Er drückte das Gespräch weg.

»Arschloch.«

Erneut wies ihm das U-Bahn-Schild den Weg zur Station. Auf der obersten Stufe blieb Arkady stehen, drehte sich im Kreis. Die Straße, der Gehweg, die Glasfront eines Gemüsehändlers, zwei Penner, die ihren Rausch ausschliefen. Er sah das zersprungene Glas und den Fußabdruck eines Joggingschuhs.

Er folgte den Stufen zur U-Bahn-Station hinab, setzte seine Schritte über schwarze, in der Hitze getrocknete

Kaugummireste. Eine Zeitung, zerrissen und zerknüllt, lag neben einer eingedellten Bierdose. Die Dose setzte sich in Bewegung, kullerte blechern die Treppe hinab, bis sie von einem Haargummi gestoppt wurde. Schwarze Haare hingen an dem Gummi, bildeten eine Art Nest. Arkady ging weiter, passierte einem überquellenden Mülleimer. Geschmolzenes Erdbeereis floss aus einer Waffel und zog eine Spur den Mülleimer hinab.

Sie lag da, ausgestreckt am Boden. Ein Bein war aufgestellt und angewinkelt. Er konnte ihr unter den Rock sehen. Sie trug einen Tanga aus billigem Polyester. Sie hatte keinen Stil.

Arkady blieb stehen, zog sich bedächtig seine Lederhandschuhe über. Er nahm sich Zeit, löste den Blick nicht von ihrem Hintern und schmeckte Magensäure auf seiner Zunge. Aus dem Augenwinkel erkannte er Patrick. Der Zauber der Nacktheit war gebrochen, der Blick durch den herannahenden Patrick verstellt.

Knapp nickten sich die Männer zu.

»Alles wie gehabt.«

Patrick brachte es auf den Punkt.

Er betrachtete die Blutergüsse um die ausgebluteten Wundmale. Es war dieselbe Form, stammte vom gleichen Messer. Ein dunkles Oval auf blasser Haut hatte der Handschutz der Waffe hinterlassen.

Die Frau war jung, ihr Blut hatte sich unter ihrem Kopf gesammelt. Ihr langes Haar lag darin wie ein Mob, im Begriff aufzuwischen.

Arkady wühlte in ihrer Handtasche.

»Ihr Name war April. Passend zur Jahreszeit.«

Wellenförmig lockte sich ihr Haar, floss um das Gesicht und verband sich mit dem Blut.

April war attraktiv und in Jessicas Alter. Frauen wie sie würden nie einen Blick für Arkady verschwenden. Er sah in ihre Augen. Sie fehlten.

Patrick stand vor ihm.

»Wir haben einen Zeugen. Ein Geschäftsmann sah ihn weglaufen. Durch den Park.«

Patricks Stimme zitterte, verriet seine Aufregung.

»Ihn? Wen?«

»Eine Silhouette …«

»Ah, eine Silhouette. Etwa eine schwarze Gestalt von unbekanntem Umriss?«

»Etwa.«

Patrick hasste die Gespräche mit Arkady. Er beobachtete ihn, sah ihn vor dem Opfer knien. Arkady begann zu fotografieren. Ihr Gesicht, ihren Körper und in einem unbeobachteten Moment knipste er unter ihren Rock.

In Gedanken sprach er ihren Namen.

*April.*

Ihr Name gefiel ihm. Ihr Hintern auf seinem Handy-Display ebenso.

»Arkady?«

Er drängte die Fantasie zurück, wollte sie später bergen. Arkady sah auf, der Blick des jungen Kollegen gefiel ihm nicht. Etwas Nachdenkliches fand er darin, etwas, das dort nicht hingehörte.

Er drehte sich ab, ließ Patrick stehen, ging an April vorbei, die Stufen hinauf. Er hörte Schritte hinter sich, erkannte an ihrem Rhythmus Patrick. Gelassen setzte Arkady den Ballen auf die nächste Stufe.

Patrick bemerkte es sofort. Am linken Turnschuh Arkadys hatte sich zwischen Absatz und Sohle ein Grashalm verfangen. Leuchtend grün schimmerte er im Kunstlicht der U-Bahn-Station.

Patrick dachte an die Aussage des Zeugen. Eine männliche Gestalt war in den Park gelaufen. Patrick wusste um Arkadys Wohnung, nah lag sie am Park. Der kürzeste Weg vom Tatort zu der Wohnung führte über das Gras. Dort war die fliehende Gestalt gesehen worden.

Stufe um Stufe ging Arkady weiter. Der Halm an seinem Schuh bewegte sich, neigte sich, fiel zu Boden.

Vorsichtig umschlossen Patricks Finger das Gras. Er zog den Latexhandschuh über Finger und Pflanze und verschloss den Grashalm darin.

Gewissheit. Bald würde er sie besitzen. Als pflücke er Rosen, knickte Patrick ein paar Grashalme im Park.

– 53 –

Das Licht ihrer Taschenlampen flammte auf und schuf mehr Schatten als Helligkeit. Der Park war in Schwarz getaucht. Die Dunkelheit strebte zum Himmel und entfachte ein rötliches Licht über der Stadt.

Hier war es still, friedlich, trügerisch. Die Geräusche der Menschen waren ausgesperrt. Das von der Hitze verbrannte Gras schluckte jeden ihrer Schritte. Patrick starrte auf Arkadys Schuhe und versuchte sich vorzustellen, Arkady würde ein Messer heben und töten. In Gedanken sah er ihn aus der U-Bahn fliehen, durch den Park laufen, der sicheren Wohnung entgegen. Er sah den schmalen, alten Mann die Tür öffnen, das läutende Telefon abnehmen und an den Tatort zurückkehren.

Auf einer Bank, umgeben von Büschen und Sträuchern lag ein Penner und schlief. Die Beine hatte er zur Brust gezogen, einem Fötus ähnlich. Sein Kopf ruhte auf der Schulter, ein Arm hing schlaff von der Bank hinab, deutete zu Boden, einer leeren Flasche Wodka entgegen. Der Mann stank. Das Licht der Taschenlampen beschien Speichel und Essensreste in seinem Bart. Es zauberte Schatten im Gesicht des Mannes, verwandelte ihn zu einem Monster, dem Haare aus der rot geäderten Nase quollen. Seine Hände waren schmal mit langen Fingern und passten so gar nicht zu dem von Alkohol aufgedunsenen Gesicht. Die Nägel waren bräunlich verfärbt, ihr Inneres noch dunkler. Das Licht der Lampe verharrte auf den Augenlidern und ließ sie blinzeln. Die Augen öffneten sich. Der Körper fuhr auf, Hände erhoben sich zur Abwehr.

Der Mann war ein Wrack.

»Fuck you.«

Ein Wrack mit Mut.

»Halts Maul, du Stück Scheiße.«

Es war Arkadys Spiel, Menschen zu verunsichern, sie zu Fehlern zu zwingen, ihnen Furcht einzuflößen, ihnen dunkle Geheimnisse zu entlocken. Seine Drohung zeigte Wirkung. Sie ließ den Penner verstummen.

»Wo ist das Messer?«

Der Obdachlose schwieg und fühlte Hände auf seiner zerlumpten Kleidung. Sie griffen zu, rissen ihn hoch, stellten ihn auf die Beine.

»Wo ist es?«

Sie tasteten ihn ab, fuhren an seinem Oberkörper, seinen Armen, seinen Beinen entlang. Sie suchten und fanden nichts.

»Wo?«

«Was für ein Messer?«

Arkady drückte seine Pistole auf die Stirn des Mannes.

Die Waffe in Arkadys Hand schien Patrick ein wahr gewordener Albtraum. Er zog seine Pistole und richtete sie auf Arkady.

»Waffe weg!«

Die Hose des Penners verfärbte sich, eine Pfütze bildete sich um seinen Fuß.

»Nimm sie weg.«

Regungslos verharrte Arkady.

Patricks Hand senkte sich vorsichtig auf den Lauf der Pistole und drückte sie zur Seite. Sein Körper schob sich zwischen den alten Kollegen und den Obdachlosen.

Es war vorbei.

## – 54 –

Das Büro war zu seiner Zuflucht geworden. Patrick war aus dem Park hierher geflohen und nicht zu Milla nach Hause zurückgekehrt. Sie fehlte ihm. Er traute sich nicht zu ihr. Es wäre ihm unmöglich gewesen das Erlebte am Schuhabstreifer vor ihrer Wohnungstür abzustreifen und zurückzulassen, so wie sie es vor langer Zeit vereinbart hatten. Zu oft schon hatte er diese Vereinbarung gebrochen.

Er rief sie an.

»Hallo Rotschopf. Schon wach?«

»Witzbold. Mein Wecker schläft noch.«

»Sorry.«

»Schon okay. Wie läuft's?«

»Bestens.«

»Lügner.«

Er lachte. Sein Lachen beruhigte sie.

»Müde?«

»Ja, war 'ne lange Nacht. Weck mich, wenn du kommst. Ich bin der mit der Stirn auf der Schreibtischplatte.«

»Klar. Weiß ich doch.«

»Du fehlst mir.«

»Du mir auch.«

»Ich lieb' dich.«

»Ich dich auch.«

»Schlaf gut.«

»Sei fleißig.«

Sie legte auf.

Er hörte das Klicken in der Leitung und sah sie vor sich. Milla mummelte sich in ihr Bett. Sie war froh, dem Albtraum über den Tod ihrer Schwester entkommen zu sein.

Patrick legte den Hörer auf die Gabel und betrachtete den Papierhut auf seinem Schreibtisch. Arkady hatte ihn gefaltet. Hätte er abgedrückt? Hätte Arkady den Mann erschossen? War seine Wut echt oder nur gespielt gewesen? Sie verbrachten jeden Tag miteinander und doch verstand Patrick nicht, was Arkady antrieb. Hatte er ein falsches Geständnis erzwingen wollen, um die eigene Täterschaft zu verbergen?

Patrick versuchte die Tat in Sequenzen zu zerlegen. Eine Frau wurde im Park ermordet. Wie kamen Opfer und Täter dorthin? Hatte der Killer bereits im Park gewartet? Oder folgte er der Frau in den Park? Stieg die Frau aus der U-Bahn und der Mann folgte ihr? In der U-Bahn und im Park wollte Patrick nach Zeugen suchen.

Immer wieder hatte der Mörder auf die Leiche eingestochen. Er hatte sie übertötet, seine Wut und seinen Hass an ihr abreagiert. Warum so viel Aggression? War es eine sexuell motivierte Tat? Oder war es nur die wiederholt ausgelebte Rache an einer blonden Frau? Er hatte ihr die Augen ausgehebelt. Warum?

Das Blut des Opfers musste auf den Täter übertragen worden sein. Doch bei keinem der Morde wurde nach der Tat ein blutbesudelter Verdächtiger gesehen. Wie schützte sich der Täter vor dem Blut seiner Opfer? Wie gelang es dem Täter, die Tatorte unbemerkt zu verlassen? Trug er einen Mantel als Schutz vor dem Blut? Packte er den Mantel nach der Tat in eine Tasche? Sollten sich

Zeugen finden, wollte sie Patrick nach einem Mann mit einer Tasche befragen.

Patrick durchsuchte die Schubladen von Arkadys Schreibtisch. Taschentücher, Stifte, nichts von Bedeutung. Es gab nichts Persönliches an und in diesem Tisch, er hätte jedem gehören können.

Auf Arkadys Stuhl sank Patrick nieder, lagerte die Füße auf der Tischkante. Abnutzungsspuren fanden sich am Holz. Nicht zum ersten Mal drückten Absätze in die Maserung.

Er brütete stumm, wartete auf den Laborbericht. Er wartete lange.

Um sieben Uhr klingelte sein Telefon. Die Grashalme waren identisch. Arkady war bereits im Park gewesen, bevor er ihn angerufen hatte. Machte dies Arkady zum Täter?

Viele Menschen litten unter schlaflosen Nächten. Die Hitze ließ sie sich im Bett wälzen, unruhig schlafen, schlecht träumen. Sie waren wach, verließen aber ihre Wohnungen nicht. Oder doch? Patrick hatte keine Antwort für sich.

Warum war Arkady im Park gewesen?

Patrick kannte die Antwort. Er musste mit Milla darüber reden. In einer Stunde würde sie auf dem Revier eintreffen.

Seine Beine wechselten die Position. Über den Schuhspitzen ragten die schwarzen Wipfel der Bäume durch das Fenster. Er blickte auf den Park, ging zum Fenster. Die Baumkronen bildeten ein dunkles Band am Horizont. Weit lehnte sich Patrick zu ihnen hinüber.

Der Sims war heiß. Unter ihm häuften sich Müll und Dreck auf der Straße. Es stank. Die warme Luft trug den Geruch zu Iacub hinauf.

Noch immer streikte die Müllabfuhr. Die Chancen der Müllmänner, mehr Geld zu verdienen, waren gut, lange würde die Stadt nicht mehr die Luft anhalten können. Sie würde einatmen, den Gestank spüren und zur Vernunft kommen.

Die U-Bahn. Ihr Eingang lag unmittelbar neben dem Polizeirevier. Es war der schnellste Weg zur Arbeit. Patrick mochte die U-Bahn nicht. Die Züge waren oft überfüllt. Leib drückte sich an Leib. Er stellte sich die Menschenmassen darin vor. In diesem Moment wurden sie durch die Stadt geschleust. Iacub mochte das Stadtleben nicht. Irgendwann würde er die Stadt verlassen. Ein kleines Haus auf dem Land, Kinder, ein Leben mit Milla. Das war die Zukunft. Er malte sie sich aus, seit er die Menschen in der Vorstadt gesehen und mit ihnen gesprochen hatte. Konservative Menschen, vermögend und darauf bauend, in

Sicherheit zu wohnen. Um dem Dreck und dem Elend der Stadt zu entfliehen, war Patrick bereit, konservativ zu werden, einer von ihnen zu sein. Nur durch eine Karriere konnte er dieses Ziel erreichen, und Brutus könnte der Weg dorthin sein.

Patrick dachte an Arkady, der beste Mann, die höchste Quote an aufgeklärten Verbrechen. Polizeichef Larkin hatte an Patricks erstem Tag über nichts anderes gesprochen. Als Vorbild hatte er Arkady gepriesen und ihn auf ein Podest gehoben. Eine Statue hatte er aus seinem besten Ermittler geformt, ohne den Mann zu kennen, von dem er sprach.

Bildersturm. Die Abbilder der Führer fallen zu Boden, ihre Statuen werden in den Staub gerissen. Die Geschichte war voller Beispiele dafür. Bald würde auch Arkady stürzen. Für Patrick gab es keinen Zweifel.

War Arkady Brutus?

Patrick nahm die Hände vom Sims und wischte sie an seiner Hose ab. Die Bewegung rückte das U-Bahn-Zeichen in sein Gesichtsfeld. Sein Blick blieb daran hängen, bis sein Unterbewusstsein einen Gedanken geformt hatte und ihn zu seinem Schreibtisch trieb.

Patrick entfaltete eine Karte der Stadt. Der Park. Die U-Bahn-Stationen. Die Tatorte. Er griff nach einem Bleistift, verband die Orte mit Linien. Ein jeder Mord in der

Nähe des Parks. Ein jeder Mord bei der U-Bahn. Vier Morde. Vier Zacken eines fünfstrahligen Sterns. Ein Pentagramm würden sie bilden. Patrick vollendete den fünfzackigen Stern. An dessen letzter Spitze würde Brutus töten. Er musste es tun, musste das Pentagramm schließen.

Patrick würde auf ihn warten.

Er dachte an das Häuschen im Grünen. Er dachte an Milla.

Patrick googelte »Pentagramm« und begann über Okkultismus zu lesen.

»Ein Pentagramm ist ein fünfstrahliger Stern. Ein magisches Symbol, auch Drudenfuß genannt. Das Pentagramm verspricht jedem Schutz und Gesundheit, der sich innerhalb seiner Grenzen aufhält. Der Stern wehrt die Druden ab.«

Druden. Er gab das Wort ein.

»Druden, übermenschliche weibliche Wesen, die das Verderben über die Menschen bringen können. Besessene Frauen, Priesterinnen, Jungfrauen, Geister.«

Die Morde markierten einen Schutzraum für den Täter. Er tötete blonde Frauen, glaubte, dadurch dem Einfluss einer blonden Frau zu entkommen.

Über einer Tasse Kaffee brütete Patrick über die Morde. Sie mussten ein Gebiet umschließen. Sie mussten Brutus Lebensraum begrenzen. Die Fläche des fünfstrahligen Sterns auf dem Stadtplan umfasste das Polizeirevier in seiner ganzen Ausdehnung – und noch etwas anderes lag innerhalb des Schutzraums des Pentagramms.

Das Telefon klingelte. Patrick nahm das Gespräch an und vernahm eine bekannte Stimme. Arkady fühlte sich nicht wohl. Er würde heute nicht zur Arbeit kommen.

Patrick legte den Hörer auf die Gabel.

»Er ist es.«

Er sprach leise zu sich selbst und nicht zu der Gestalt im Türrahmen.

Milla stand dort.

»Alles klar?«

Anstatt zu antworten, schloss er sie in seine Arme.

»Hey Großer! Was ist mit dir?«

Sie spürte seine Anspannung. Er nicht die ihre.

»Ich hab ihn.«

»Wen? Brutus?«

»Arkady.«

Sie lächelte.

»Hör zu, Milla. Er wird noch einmal töten. Jeder Tatort bildet den Strahl eines Sterns. Er bildet ein Pentagramm. Es soll ihm Schutz vor dem Geist einer Frau bieten. Fünf Morde, dann ist er vor ihr sicher. Das Pentagramm ist sein Schutzraum. Das Revier und Arkadys Wohnung liegen innerhalb der Grenzen des Sterns.«

Milla war verblüfft.

»Seine Frau. Angeblich starb sie bei einem Unfall. Sie war blond. Ich habe ein Foto von ihr in seiner Akte gesehen. Er wird sie getötet haben und will sich jetzt vor ihrem Geist schützen. Er glaubt sich von ihr verfolgt, deshalb zeichnet er mit Blut das Pentagramm.«

Sie glaubte ihm, wollte ihm glauben.

»Sein Gewissen wird ihn zerfressen. Er muss verzweifelt sein, wenn er an einen solchen Schutz glaubt.«

Milla brachte es auf den Punkt.

»Er ist verrückt.«

Patrick gab die markierte Position in ihrem Computer ein. Satellitenbilder zeigten Straßen, Häuser.

»Die Spitze des fünften Sterns.«

Eine U-Bahn-Station tauchte auf dem Monitor auf. Sie lag nur wenige Meter von einer Galerie entfernt.

»Wir werden ihn stoppen.«

Milla war wild entschlossen.

## – 55 –

Wer es sich leisten konnte, floh aus der Stadt. Diejenigen, die blieben, trieb die Hitze in die wenigen noch betriebenen Freibäder. Die Schulen schlossen. Kranke und Alte füllten die Krankenhäuser. Das Wasser wurde knapp. In der ganzen Stadt gab es nicht eine Klimaanlage mehr zu kaufen. Das Stromnetz drohte zusammenzubrechen. Maden bildeten sich im Müll, krochen aus den Säcken, Eimern und Containern. Die Stadt war im Ausnahmezustand.

Er trug seinen Teil dazu bei.

Die Hitze war überall. Er spürte sie, sah sie in den glänzenden Gesichtern der Menschen. Verschwitzte Haare. Blusen und Hemden klebten auf Haut. Alle litten.

Er war oft hier. Die U-Bahnen kamen und gingen, schossen aus Tunneln, stoppten, beschleunigten und waren verschwunden. Sie brachten neue Menschen, nahmen Menschen mit.

Er sah einen Mann. Bleich, zitternd brach dieser zusammen. Achtlos gingen die Pendler an dem Bewusstlosen vorbei. Ein Obdachloser streckte die verschwitzte Hand nach einem Almosen aus. Niemand nahm die bittende Hand wahr. Ein jeder hier war auf sich selbst reduziert. Die Menschen starrten ins Leere.

Keiner von ihnen war sehend.

Er war der Einzige. Er beobachtete sie. Er war ein Unsichtbarer. Sie wollten ihn nicht sehen, und doch konnten sie es kaum erwarten, über ihn zu lesen. Er war ein Star. Die Nachrichtensendungen, die Zeitungen, das Radio. Sie alle sprachen von ihm, verzehrten sich nach seinem Namen. Sie kannten ihn nicht. Sie hatten ihn getauft. Er hatte sich den Namen nicht ausgesucht. Sie hatten Brutus gewählt. Nun konnten sie über ihn berichten.

Sie hätten eine schlechtere Wahl treffen können.

Sein neuer Name war zu einer Marke geworden, wurde gehandelt und mit Aufmerksamkeit bezahlt. Brutus war ein Synonym für Mord. Alle waren von dem Namen fasziniert.

Unruhe trieb ihn an. Sie war ein Teil von ihm, zehrte ihn aus. Sie war nicht sein Freund. Manchmal setzte die Unrast aus, ließ ihn neue Kraft schöpfen, nahm ihn danach erneut in Besitz. Er hatte es oft erlebt, wusste, es würde wieder geschehen.

Die Unruhe führte ihn zu den Menschen und ihren Plätzen. Er sah sie sich sammeln und vorbeiströmen. Hier träumte er und entdeckte die Frauen, nach denen er sich sehnte. Sie waren blond. Sie waren schmal. Sie hatten symmetrische Gesichter. Es gab viele von ihnen.

Er wünschte, sie wären nur für ihn gekommen. Er träumte, sie würden alle anderen Menschen wegschicken, ihr Leben nur mit ihm teilen. Sie würden ihn ansehen, um Verzeihung bitten und mit geläuterter Seele sterben. Ihr Sterben würde sie reinwaschen. Nur zwischen ihrem Sterben und ihrem Tod liebte er sie.

Er konnte sie nicht alle erlösen. Sie wollten es nicht. Sie kamen, verhöhnten ihn. Sie versteckten sich in der Masse vor ihm. In ihrem Schutz sahen sie an ihm vorbei, verweigerten ihm ihre Aufmerksamkeit. Sie wollten nicht geläutert werden.

Sie hatten es nicht anders verdient. In seinen Träumen lockten ihn ihre Gesichter. Um sie zu sehen, kam er her. Er betrachtete sie und schuf mit ihnen seine Träume.

Manchmal, wenn die Unruhe zu stark wurde und die Dunkelheit kam, wurden die Träume wahr. War er mit einer Frau allein an einem einsamen Ort, war alles möglich, dann schenkte er ihnen die Gabe zu sehen, innezuhalten, zu betrachten. Sie sahen ihn an, machten ihn glücklich. Er sah es in ihrem Blick, bevor dieser stumpf wurde. Sie starben. Er aß ihre Augen, nahm ihre geläuterten Seelen in sich auf. Und die Unruhe ließ endlich von ihm ab.

Er sehnte er sich nach Ruhe und Frieden, schüttelte den Gedanken ab, erhob sich und verschmolz mit der Menge. In ihrem Strom ließ er sich treiben, suchte. Ein Ort, ein Opfer. Es war schwer, beide Dinge zu vereinen.

Er wünschte sich, zu träumen wäre genug.

– 56 –

Er vernahm ihre Stimme. Leise, höflich. Anne grüßte Helen. Iacub schöpfte Atem, reicherte sein Blut mit Sauerstoff an. Er dachte an ihr letztes Gespräch. Er hatte die Oberhand behalten. Hatte er erneut die Kraft dazu?

Sie betrat sein Büro und sprach ihn an.

»Ich habe über die Ausstellung entschieden und über uns.«

Selbstsicher war sie und herrisch.

»Es wird dir nicht gefallen.«

Einer Fürstin gleich, pflegte sie über andere zu entscheiden.

»Du wirst Helen zu dir ins Büro bitten und dich entscheiden. Entweder sie verlässt sofort und für immer die Galerie oder ihr werdet beide unverzüglich gehen.«

Er war ihr Vasall. Er wollte diese Rolle nicht mehr ausfüllen. Iacub schwieg. Dies war der Moment. Er hatte ihn zu vermeiden gesucht.

Sie stand vor ihm, sah in an.

»Ich will dich nicht teilen. Ich will dich nicht beherrschen.«

Tränen. Anne hatte Tränen in den Augen.

»Ich liebe dich, Iacub.«

Sie weinte. Sie war ihm fremd.

»Iacub, ich will dich nicht verlieren.«

Er dachte an früher, und mit der Erinnerung fiel das Fremde von ihr ab. Sie waren glücklich gewesen.

Zwei Monate Flitterwochen waren vergangen. Sie waren zurückgekehrt in ihre Stadt, hatten nach Veränderung gesucht. Zwei Monate waren sie fern gewesen. Gelacht hatten sie, über die Statik der Menschen, denn nichts hatte sich in ihrer Abwesenheit verändert. Die Zeit schien innegehalten zu haben, hatte auf sie gewartet.

Ihre Rückkehr hatte die Zeit erneut in Gang gesetzt.

Iacub tauchte aus seiner Erinnerung auf. Anne stand vor ihm. Er betrachtete sie. Sie entschied für ihn. Anne streifte ihre emotionale Härte wie eine Rüstung über.

»Ich will sie aus meinem Bett und aus meiner Galerie haben.«

Die Zeit war nicht umkehrbar.

»Tu es nicht, Anne.«

»Hol sie!«

Es war keine Bitte. Es war ein Befehl.

»Nein.«

»Wirklich ein *Nein*? Willst du all das hier aufgeben, Iacub?«

Er begann zu zählen, stumm reihte er Zahl an Zahl.

*Eins. Zwei.*

Er war kein Vasall.

*Drei. Vier.*

Sie sollte es wissen.

*Fünf. Sechs.*

Sie sollte es lernen.

*Sieben. Acht.*

Sie sollte ihn und Helen in Frieden lassen.

*Neun. Zehn.*

Sie sollte nicht nach Helen rufen.

Anne öffnete die Tür.

*Elf. Zwölf.*

Sie rief Helens Name.

Helen stand im Türrahmen.

Iacub blickte zu Boden.

Anne sprach.

»Helen, deine Dienste sind nicht länger gewünscht. Nimm den Tag frei und komm nicht mehr zurück.«

Helen blieb ruhig, blieb stark und überraschte beide.

»Es wird nichts ändern, Anne. Sie haben ihn verloren.«

Sie ging an Anne vorbei, würdigte die Rivalin keines Blicks. Vor Iacub blieb sie stehen und küsste ihn. »Bis später, Liebling.«

Iacub spürte Helens Kuss, er wünschte sich Helens Stärke und fühlte nur den Feigling in sich.

Anne sah ihn auch.

»Unterschreib.«

Er verweigerte sich und sah Helen den Raum verlassen.

»Unterschreib oder geh mit ihr.«

Er griff nach dem Stift und folgte Annes Aufforderung.

Iacub musste seine Frau nicht ansehen, er wusste um den Triumph in ihrer Miene und floh vor ihr.

## – 57 –

Iacub rannte Helen nach und fand sie im Park.

»Helen!«

Sie sah nicht auf, fühlte sich elend. Alles hatte sie verloren. Iacub, ihren Job, ihre Zukunft.

Helen suchte wie stets die Schuld bei sich. Sie hätte Iacub nicht drängen dürfen. So oft hatte er sie gebeten, bis nach der Ausstellung zu warten.

Sie spürte seine Hand in ihrem Haar. Seine Berührung machte alles noch schlimmer. Sie weinte, fühlte seine Umarmung.

Iacub hatte sie nicht verteidigt. Er hatte den Blick gesenkt und den Mund gehalten.

»Bastard!«

Sie brüllte ihn an, schlug zu und erschrak über sich selbst.

Iacubs Wange färbte sich rot.

»Es tut mir leid.«

Sie hatte ihn gedemütigt. Sie war nicht besser als Anne.

Erleichtert sah sie ihn nicken, floh in seine Arme, suchte Kraft, Rückhalt und Vergebung.

Müde hingen Iacubs Arme am Körper, erwiderten ihre Umarmung nicht.

Helen fühlte sich wie eine Idiotin und ließ von ihm ab. Einander fremd standen sie sich gegenüber.

*Ich habe Anne verlassen. Ich bin hier, um mit dir neu anzufangen.* Ihr sehnlichster Wunsch war es, diese Worte zu hören. Doch sie hörte Iacub nur schweigen. Beharrlich verharrte Helen und betrachtete seine geschlossenen Lippen.

Er hatte er ihr nichts anzubieten.

Er war ihr hierher gefolgt und es bedeutete ihr nichts.

Wut kochte in Iacub auf.

»Ich bin Annes Angestellter! Soll ich auch meinen Job opfern?! Sollen wir vielleicht eine Bank ausrauben? Ist deine Liebe so romantisch naiv?«

Er hatte recht. Sie hatte die Beziehung mit Iacub begonnen. Sie wollte immer mehr. Sie war nicht mehr damit zufrieden, nur seine Geliebte zu sein. Sie hatte ihn gedrängt, Anne zu verlassen. Sie hatte ihn verkannt.

»Du bist ein Träumer, Iacub.«

»Nein. Der Chinese hat den Vertrag unterschrieben. Ich werde ihn exklusiv vertreten, sein Galerist sein. Nach der Vernissage werden die Preise für seine Arbeiten in die Höhe schnellen. Er wird reich. Wir werden reich. Wir werden unabhängig sein, Helen. Wir müssen nur Geduld haben.«

»Glaubst du, Anne ist so dumm und weiß das nicht? Es wird keine Ausstellung geben, Iacub.«

Sein Eifer fiel in Nichts zusammen.

## – 58 –

Helen prügelte sich die Wut aus dem Leib, trieb ihre Gegnerin aus dem Ring und wollte mehr. Ihr Blick forderte Milla heraus.

»Das willst du nicht wirklich.« Milla schlüpfte durch die Seile des Rings. »Was ist passiert?«

»Es ist vorbei.«

Die verdammten Tränen. Helen hasste sie. Sie vergrub ihr Gesicht an Millas Schulter und war dankbar für die Nähe der Freundin.

»Er belügt sich selbst. Er ist so ein Feigling.«

Sie spürte Millas Arme fest um sich.

»Und du liebst ihn noch immer.«

»Ja.«

»Ganz sicher?«

»Ja.«

»Dann kämpfe um ihn, Helen.«

Milla hatte recht, Helen war eine Kämpferin. Sie würde ihren Eltern und Brüdern keine Genugtuung gönnen. Nie hatten sie an Helen geglaubt.

Milla beobachtete Helen und erinnerte sich an die zahlreichen gescheiterten Beziehungen in ihrem Freundeskreis. Viele Freundinnen hatten sich bei ihr ausgesprochen. Was war ihr Rat wert? Milla hatte keine tragische Beziehung durchlebt, vor Patrick hatte es nur Flirts und ab und an einen One Night Stand gegeben. Ein Rat von ihr musste der denkbar schlechteste Rat sein.

Es hieß, schlechte Erfahrungen böten einem Menschen die Möglichkeit, daran zu wachsen. Milla wollte nicht wachsen, nicht leiden, nur glücklich sein. Millas letztes Glück würde zu Hause auf sie warten. Mit einer Bierflasche würde es vor dem Fernseher sitzen und ein Fußballspiel sehen.

Mussten Menschen leiden, damit andere glücklich sein konnten? Gab es eine endliche, zu geringe Menge Glück? Der Gedanke war absurd und dennoch war er in Millas Kopf, ließ sie nicht mehr los, nicht während des Trainings, nicht auf dem Weg nach Hause. Erst als sie vor dem Fußabstreifer an der Wohnungstür stand, gab sie den Gedanken auf.

## – 59 –

»Alles okay?«

Seine Frage fiel in den Schlusspfiff des Spiels. Er spürte Millas Anspannung.

»Sag bloß, du hast verloren? Hat dich etwa diese Helen auf die Matte gehauen?«

Sein Versuch, sie aufzuheitern, streifte die Wahrheit. Helens Leid hatte Milla schwer getroffen.

Sie spürte seinen Kuss. Seine Hand tastete nach der Fernbedienung des Fernsehers und stellte den Ton aus.

»Komm, Milla, sag schon. Was ist los?«

»Es ist okay.« Sie belog ihn, küsste ihn. »Ich bin so froh, dass wir glücklich sind.«

»Nein, es ist nicht okay.«

Er durchschaute sie, und Milla begann zu erzählen.

»Eine Freundin liebt einen verheirateten Mann. Er liebt sie auch, doch das Geld seiner Frau liebt er noch mehr.«

»Kenne ich sie?«

»Nur dem Namen nach. Sie fürchtet, er werde sie verlassen.«

Seine Neugierde erlosch. Eine TV-Sondersendung über Brutus Morde hatte größeres Interesse geweckt. Patrick schaltete den Ton an.

»Und unser Gast ist Dr. Douglas, ein Psychologe, Tatortermittler und Spezialist für Gewaltverbrecher. Dr. Douglas, vier Mal hat …«

Der Fernseher wurde schwarz. Milla hatte Patrick die Fernbedienung aus der Hand genommen.

»Heh! Hier wird nicht gearbeitet.«

Sie zwinkerte ihm zu.

»Fernsehverbot?«

»So ist es.«

»Aber Mami, ich hab doch nichts Böses gemacht.«

Er brachte sie zum Lachen.

Milla küsste ihn und verzog das Gesicht.

Patrick versteckte die leere Bierflasche hinter seinem Rücken.

## – 60 –

Er überraschte sie, wartete vor ihrer Wohnung. Wie ein geprügelter Hund hielt er ihr Blumen entgegen.

»Danke.«

»Darf ich reinkommen.«

Helen ließ ihn ein, folgte ihm ins Wohnzimmer, beobachtete seinen Gang, seine Haltung. Seine Körpersprache verriet einen bedrückten Menschen. Es war ihr ein Trost, sie fühlte sich nicht anders. In einer gescheiterten Beziehung waren beide Partner Verlierer.

Er stand im Raum, wusste nicht, wohin mit sich.

»Setz dich, bitte.«

Sie spürte die Vertrautheit, die Hingezogenheit zu Iacub. Sie fürchtete sich davor und verließ das Wohnzimmer, wollte sich sammeln und holte eine Vase für die Blumen.

Das Wasser rauschte, füllte das Gefäß, floss über Helens Hände. Sie bemerkte es nicht sofort, war tief in Gedanken über Iacub versunken. Als sie das kalte Wasser fühlte, stellte sie Vase und Blumen zur Seite und drehte den Wasserhahn ab. Iacub hatte Geschmack bewiesen. Sie roch an dem gelungenen Arrangement aus roten Rosen, kombiniert mit schlichten Gräsern. Fünf Rosen waren es, er hatte ihren Namen buchstabieren wollen.

Sorgsam schnitt Helen die Stängel der Blumen ein und versuchte Zeit zu gewinnen. Sie fühlte sich leer und ausgebrannt. Wie gern hätte sie Iacub umarmt und geküsst. Würde sie sich erniedrigen, wenn sie ihren Gefühlen folgte?

Helen kehrte zu Iacub zurück. Der Fernseher lief.

»Entschuldigung.«

Er griff nach der Fernbedienung, zögerte und lauschte dem Studiogast.

*»Dr. Douglas. Raten Sie den Frauen nach Einbruch der Dunkelheit zuhause zu bleiben?«*

»Nun. Brutus ist ein Jäger. Er sucht nach einer bestimmten Beute. Er tötet ausschließlich blonde Frauen.«

Iacub sah Helen an. »Ich wollte mich entschuldigen. Ich war ein Idiot.«

Ihr Lächeln, es war plötzlich da. Sie hatte es nicht gewollt.

»Ja, das warst du.«

Sie umarmten sich.

Der Fernseher quäkte.

*»Warum blonde Frauen?«*

*»Es ist keine Frage des Geschmacks. Es ist eine Frage der Psychologie. Es gibt eine Verbindung zwischen dem Täter und einer blonden Frau in seinem Leben.«*

Helen spürte Iacubs Hände in ihrem Gesicht. Er hielt sie. Sie sah ihn an.

»Ich hatte Angst, dich verloren zu haben. Ich war ebenso von Anne überrascht wie du.«

Anne.

Blonde Opfer.

Brutus.

Helen wünschte, der Killer würde die Rivalin zu seiner Beute machen. Wäre Anne tot, würde Iacub ihr gehören. Zusammen würden sie die Galerie führen. Sie wären glücklich und reich, und Iacub könnte die Zukunft leben, nach der er sich so sehr sehnte.

*»Brutus sucht Rache. Jede der blonden Frauen, die er getötet hat, setzt er mit der Frau gleich, die ihn leiden ließ oder lässt.«*

»Ich liebe dich Helen.«

»Ich weiß.«

»Ich liebe dich.«

*»Die Morde werden weitergehen. Brutus tötet, um seine Seele zu befreien.«*

Helen sah Iacub an, glaubte ihm. Aber war er wirklich bereit? »Du kannst bei mir wohnen.«

Sie stellte ihm eine Prüfung. Iacub zuckte vor der Frage zurück, wurde still.

»Bitte zieh zu mir.«

Er schwieg beharrlich.

*»Was sonst können Sie uns über Brutus erzählen?«*

Die Fragen des Moderators waren zu simpel.

*»Nun, er ist Linkshänder. Seine Waffe ist ein schmales langes, einschneidiges Messer. Alle Opfer hatten eine durchschnittene Kehle. Sie konnten nicht schreien, fielen, wo sie standen. Danach stach Brutus wieder und wieder in ihre Körper. Wahllose, tiefe Treffer, bis seine Wut verrauscht war. Letztlich stach er ihre Augen aus.«*

Verloren stand Iacub vor ihr. Er würde Anne nicht verlassen. Er hatte Angst davor. Helen verstand ihn. Sie kannte ihn. Sie liebte ihn. Milla hatte recht. Sie war eine Kämpferin. Kämpferinnen gaben nicht auf.

»Würdest du um Anne trauern?«

Sie sah seinen Blick, seine Verwunderung.

»Sie ist blond, Iacub.«

Er antwortete nicht.

»Was denkst du?«

»Was soll ich denken?«

»Du liebst sie nicht mehr. Sie demütigt dich. Sie erpresst dich.«

Helen hatte recht.

»Töte sie, Iacub.«

Er schwieg und dachte an seine Träume.

»Die Galerie. Das Geld. Ich. Alles würde dir gehören.«

Der Gedanke, sie zu töten, war ihm nicht neu. Oft hatte er sich diesen Mord ausgemalt.

»Du wärst frei.«

Lange würde er dem Druck nicht mehr standhalten.

Iacub wollte die Freiheit.

»Ja.«

Er wollte Annes Tod.

## – 61 –

*»Brutus ist das Letzte, was die armen Seelen auf Erden zu sehen bekommen. Beten wir, dass ihn die Polizei findet, bevor er erneut tötet.«*

Dr. Douglas plapperte Allgemeinplätze vor sich, passte sich mühelos dem Niveau des Moderators an.

Arkady starrte auf den Fernseher. Douglas langweilte ihn, er hielt ihn für einen Idioten und schaltete ihn ab.

»Klugscheißer.«

## – 62 –

Sie hatten miteinander geschlafen. Zum Lesen hatten sie keine Lust und fanden sich vor dem Fernseher wieder. Patrick drückte die Tasten der Fernbedienung. Dr. Douglas erschien und beschallte das Wohnzimmer. *»Irgendwann wird Brutus einen Fehler begehen und dann …«*

Patrick schaltete um. »Sorry, schon wieder Arbeit.«

»Schon vergeben. Chips?«

Sie öffnete einen Beutel, hielt ihn Patrick vor die Nase.

»Danke.«

Er schaufelte eine Handvoll Chips in seinen Mund.

»Barbar.«

»Genau.«

Sie tat es ihm gleich.

»Barbarin.«

Sie lachten, surften durch die Programme, fanden nichts. Milla nahm Patrick die Fernbedienung aus der Hand und schaltete die Glotze aus.

»Heh!«

»Lass uns spazieren gehen.«

»Jetzt? Weißt du, wie spät es ist?«

»Faulpelz.«

»Genau.«

»Kiste hoch.«

»Komm, wir losen.«

»Nix da. Frische Luft wird dir guttun. «

»Ja, Frau Doktor.«

Sie zog ihn vom Sofa.

Sie lachten und Milla vergaß ihren Schmerz.

Gemeinsam verließen sie die Wohnung, schritten über ihren Fußabstreifer. Ein gelber Kreis, von zwei ovalen schwarzen Augen und einem fröhlichen Mund beherrscht. Milla hatte den Smiley-Fußabstreifer mitgebracht und am Tag des Einzugs vor die Tür gelegt.

»Der Mond.«

Er folgte ihrem Blick. Smiley lächelte sie an.

»Der Mond? Was ist damit?«

»Das ist es.«

»Was, Milla?«

»Verstehst du nicht? Denk doch mal nach.«

»Unentwegt. Aber worüber?«

»Über Brutus. Er tötet zwischen zunehmendem Mond und Vollmond.«

»Ein Zeitfenster von sieben Tagen.«

»Dieser Zeitraum steht für Wachstum, für Vergrößern und Vermehren.«

»Brutus weitet sein Territorium aus. Jeder Mord steht für den Strahl eines Sterns seines Pentagramms.«

Er küsste Milla auf dem Fußabstreifer.

Sie verließen das Haus. Sperrmüll lehnte an der rissigen Wand. Ein wurmstichiger Schrank war in einzelne Bretter zerlegt worden und bildete mit einem Nachttopf aus Porzellan, dessen Rand eine Scharte aufwies, ein Stillleben. Ein Fahrrad lehnte daneben, war durch drei Schlösser gesichert. Sattel und Pedale waren gestohlen worden.

Patrick und Milla gingen achtlos an dem Plunder vorbei. Vor einem offenen Fenster blieben sie stehen. Blau flackerte die Abstrahlung eines Fernsehers im Innern und untermalte Dr. Douglas Stimme. Brutus war allgegenwärtig in dieser Stadt.

»Wir kriegen ihn.«

»Nicht wir, Milla. Ich.«

»Du brauchst einen Köder.«

»Nicht dich.«

»Wen dann, eine blonde Barbiepuppe?«

»Das ist kein Spiel, Milla.«

»Ich bin eine gute Schützin. Ich kann mich wehren, Ken.«

»Haha.«

»Du hast angefangen. «

»Ich habe *Nein* gesagt.«

»Und wie willst du ihn fangen? Willst du ihn verhaften, wenn er im Mondschein spazieren geht?«

»Wie wäre es mit einem Durchsuchungsbefehl für seine Wohnung?«

»Den kriegst du nie. Arkady ist ein Held in dieser Stadt. Und wenn hundert Messer mit Blutspuren in seiner Bude liegen, kein Polizeichef und kein Richter werden dir helfen.«

Patrick schwieg.

»Du brauchst mich. Ich mach auf Blond. Er greift mich an. Wir machen ihn fertig.«

Patrick fürchtete ihre Entschlossenheit und bewunderte sie ein wenig. Er wusste, Milla war ein Starrkopf. Er würde es ihr nicht ausreden können.

»Und, wie sieht's aus, Sherlock? Sag schon ja.«

»Okay, Watson, okay.«

## – 63 –

Patrick bediente sich der Seilschaften, hatte seine Kontakte seit der Ausbildung vertieft. Einen Überwachungswagen zu bekommen, war nur eine Formalie, kannte man die richtigen Leute im Polizeiapparat. Die Ausbildung hatte sie alle zusammengeschweißt. Sie waren eine Gemeinschaft geworden, hatten sich durch den aktiven Dienst nie aus den Augen verloren. Es kostete Patrick nur einen Anruf. Am Abend hielt er den Schlüssel in der Hand. Der Mond gab das Zeichen zum Einsatz.

Patrick parkte den Wagen zwischen der Galerie und der U-Bahn-Station. Durch die einseitig durchsichtigen Fenster überblickten Milla und er das Gelände bis zum Park.

Glattes, blondes Haar fiel auf Millas Schultern. Ein kurzer Pony betonte ihre kecke Nase. Mit fahrigen Fingern überprüfte sie den Sitz der Perücke.

Die Veränderung gefiel Patrick. Die neue Frisur passte zu einem kleinen Häuschen in der Vorstadt.

Milla hätte ein solches Kompliment für einen Scherz gehalten.

Sie war angespannt, unsicher, entschlossen. Ihre Hände waren ruhig. Sie griff das Magazin der Waffe, inspizierte es, ließ es einrasten und versteckte die Pistole am Körper.

»Okay. Fang an.«

Milla öffnete die Bluse. Sender und Mikrofon wurden unter Stoff und Perücke unsichtbar.

Sie testeten das Funksignal. Patrick vermochte Milla atmen zu hören. »Fertig.«

Sie nickte und küsste ihn.

Der Kuss schmeckte wie ein Abschied für immer.

Er hatte Angst um sie.

»Milla, ich werde bei dir sein. Ich schwöre, dass dir nichts passieren wird.«

Er umarmte sie und musste niesen. Ein blondes Haar hatte seine Nase gestreift.

»Vorsicht Spurenübertragung.«

Sie lachten zusammen, und es gelang Patrick, seine Furcht vor ihr zu verstecken. Er konnte ihr am besten helfen, wenn er stark war.

»Wir schaffen das. Ich bin sofort bei dir, wenn du mich brauchst.«

Sie nickte.

Patrick würde sie beschützen.

Er hatte es Milla geschworen.

Patrick sah ihr unsicheres Lächeln. Es erinnerte ihn an ihr Kennenlernen. Sie hatte dasselbe Lächeln gelächelt, hatte ihn angesehen, war verlegen gewesen. Das Lächeln hatte ihre Unsicherheit versteckt.

Es war ein Fehler. Patrick wusste es, bevor sie den Wagen verließ. Er hatte es die ganze Zeit gewusst.

Leise verfluchte er ihren Dickkopf. Warum hatte er Milla nicht ausreden können, den Köder für Brutus zu spielen?

Die Tür schloss sich hinter ihr.

Die Spitze des Sterns lag über der U-Bahn-Station. Brutus würde auf der schmalen Straße oder in der U-Bahn nach einem Opfer suchen.

»Ich geh runter.«

Er hörte ihr Flüstern.

»Verdammt!«

Ihre Schritte auf den Stufen. Er zählte sie stumm.

»Komm zurück! Milla!«

Sie hielt sich nicht an die Abmachung, bewegte sich vom Van weg. Patrick hatte die Kontrolle verloren.

»Milla. Bleib in meiner Nähe. Wenn er da unten ist, wird er zu uns kommen. Geh nicht zu ihm. Hörst du mich? Geh nicht runter!«

Sie schwieg und blendete Patricks Worte aus. Sie wollte seine Vorwürfe nicht hören, wollte sich konzentrieren.

Milla ging die Treppe hinab. Langsam. Vorsichtig. Gefasst. Fünf Stufen später sah sie den Boden der Station. Sie ging weiter, der Winkel wurde flacher, offenbarte metallene Drehkreuze und von Graffiti verschmierte Automaten.

»Ich bin allein.«

Sie konnte sein Schweigen hören, wusste um seine Angst und um seinen Zorn.

»Ich seh mich kurz um, dann komm ich hoch.«

Getränkespritzer überlagerten Graffiti an den Wänden, bildeten Pfützen auf den orangefarbenen Kacheln des Bodens. Die Linsen der Überwachungskameras waren schwarz übersprayt. Für die Instandsetzung der Kameras hatte die Stadt kein Geld. Sicherheit war eine Erinnerung an bessere Zeiten.

Ein Luftzug streifte über Milla. Sie fröstelte, drehte sich um, fand sich allein.

Der Luftzug wurde stärker, eilte einer einfahrenden U-Bahn voraus. Die bewegte Luft stank, streifte über die überquellenden Mülleimer.

Milla ging zum Gleis. Nichts und niemand war außer ihr hier unten.

»Milla? Rede mit mir.«

»Ich bin okay.«

Sie hörte den Zug anfahren und wartete auf Menschen. Wer hier ausgestiegen war, musste an ihr vorbei.

Niemand kam.

Es konnte eine lange Nacht werden. Es konnten viele Nächte werden.

»Wünsch mir Glück, Patrick.«

»Komm zurück. Ich kann dir da unten nicht rechtzeitig helfen.«

»Ich bin Polizistin.«

»Du bist ein potenzielles Opfer.«

»Sag ich doch.«

Sie hörte ihn fluchen; ein kleiner, zorniger Mann in ihrem Ohr. Milla lächelte. Sie würde tun, was sie für richtig befand.

Stimmen erklangen, brachen sich an den Wänden, wurden lauter, waren hell und aufgeregt. Zwei Teenager näherten sich Milla, beachteten sie nicht. Sorglos schwatzten und kicherten die Mädchen. Sie hatten braunes Haar. Die Unbeschwertheit der Jugend und die Farbe ihrer Haare ließen die beiden Teenager unachtsam sein.

Ein Mann folgte den beiden. Mit dem Rücken an einer Wand beobachtete Milla ihn. Nicht eine Sekunde würde sie dem Mann ihren Rücken zuwenden. Er achtete nicht auf Milla, zog achtlos an ihr vorbei, der Oberfläche entgegen.

Milla war wieder allein.

»Ich lebe noch. Ein Mann ist auf dem Weg zu dir. Er folgt zwei Mädchen.«

Sie stand an der Kante des Gleises, schaute hinab auf die Schienen. Ihre Fußspitzen berührten eine weiße, durchgezogene Linie. Tausende von Schuhabdrücken zierten das

Band. Es war eine Grenze, eine Warnung vor einer tödlichen Gefahr.

Unter der Abrisskante verliefen kilometerweit Schienen. Nur wenige Meter wurden vom Licht der U-Bahn-Station erhellt. Kaum mündeten die Schienen in den Tunnelöffnungen, wurden sie von der Dunkelheit verschluckt.

Es war heiß, stickig. Milla schwitzte. Ihre Kopfhaut unter der Perücke juckte. Still stand sie da, lauschte.

Nichts.

Nichts, außer einem Rascheln.

Milla umfasste ihre Pistole. Die Berührung des Metalls verlieh ihr neuen Mut. Millas Blick huschte hin und her, versuchten den Ursprung des Geräusches zu orten.

Die Schienen. Es kam von dort, erklang jetzt leiser und kürzer.

Stille.

Milla hielt den Atem an. Ihr Mund war trocken. Sie schluckte und glaubte, das Hüpfen ihres Kehlkopfes wäre überall in der U-Bahn-Station zu hören.

Regungslosigkeit. Lauschen. Warten.

Milla starrte auf die Schienen, nahm aus den Augenwinkeln eine schnelle Bewegung wahr.

Ruckhaft bewegte sich ihr Körper, drehte sich Millas Kopf zur Seite. Dutzende von Körpern bewegten sich auf den Schienen. Ratten.

Die Nager huschten an Milla vorüber und verschwanden im Dunkel des Tunnels. Die Anspannung fiel von Milla ab.

Das Geräusch erklang erneut. Milla erstarrte, lauschte. Es hatte seinen Ursprung direkt vor ihr.

Eine Ratte kroch aus einer Papiertüte. Krümelige Überreste eines Cheeseburgers befanden sich darin. Tier und Mensch starrten sich an.

»Verfluchtes Vieh!«

Der Nager scherte sich nicht um den Fluch und beschloss die Frau nicht zu beachten.

Milla zog sich ins Innere der U-Bahnstation zurück. Ihr Herz raste. Sie spürte das Gewicht der Pistole und konzentrierte sich darauf. Sie war kein Opfer. Sie war Polizistin, eine gute Schützin.

Wie lange würde sie brauchen, um die Waffe zu ziehen?

Milla hatte noch nie einen Messerangriff erlebt. Sie hoffte, ihre Schusswaffe schneller abfeuern zu können, als sich Arkady mit der Klinge nähern konnte. Würde er sie unter der Perücke erkennen? Milla dachte an seine abschätzenden Blicke. Oft hatten seine Augen sie taxiert, sie verhöhnt.

Sie wünschte, er würde nicht kommen. Es war absurd. Wegen ihm war sie hier, wegen ihm würde sie jede Nacht zurückkehren, bis es zu Ende gebracht war.

Ein Luftzug streifte sie, wurde stärker. Das Geräusch einer U-Bahn vermischte sich mit dem lauen Wind, den der Triebwagen vor sich her drückte. Bremsen kreischten und brachten U-Bahn und Luftzug zum Stillstand.

Milla starrte auf die Türen, ihr Blick hastete von einer zur nächsten. Die Türen sprangen gleichzeitig auf und Hip Hop flutete die Station.

Teenager mit einem Gettoblaster drängten an einer alten Frau vorbei ins Freie. Ein Mädchen war unter ihnen. Es war blond, zog an Milla vorbei, die Jungs in ihrem Gefolge.

»Sei vorsichtig.«

Das Mädchen verstand Millas Flüstern nicht. Der Hip Hop erstickte jeden Laut und mischte sich mit dem Geräusch des anfahrenden Zuges.

*»Da gab es ein gewaltiges Erdbeben. Die Sonne wurde so dunkel wie ein Trauerkleid, und der Mond verfärbte sich blutrot. Wie unreife Feigen, die ein starker Wind vom Baum schüttelt, fielen die Sterne vom Himmel auf die Erde.«*

Einer der Jungs rempelte Milla an.

»Hoppla, 'Tschuldigung.«

Er lachte und die anderen stimmten ein. Das Lachen des Mädchens war glockenhell.

Ein Zahn fehlte in ihrem hübschen Gesicht.

Die Teenager entfernten sich von Milla. Dort, wo der Junge sie berührt hatte, lag etwas am Boden.

Das Mikrofon.

Milla hatte es unbemerkt verloren.

Sie glaubte sich nicht allein.

Sie hatte recht.

Brutus war bei ihr.

## – 64 –

Vergeblich sprach Patrick ihren Namen. Sie antwortete nicht. Es war Zeit, die Sache zu beenden. Patrick zog seine Dienstwaffe. Seine Hand schloss sich um den Türgriff des Vans. Erschrocken starrte er auf die Tür. Jemand riss sie auf.

Patrick stand Arkady gegenüber. Wütend starrte Arkady den jungen Kollegen an, dann sah er die Waffe in dessen Hand.

»Wo ist sie?«

»Was soll das, Patrick?«

Patricks Hände richteten den Lauf der Pistole gegen Arkadys Stirn.

»Wo ist Milla?«

Patrick hatte Angst um ihr Leben.

Arkady brüllte den jungen Polizisten an. »Du verdammter Idiot! Wäre ich Brutus, wärst du schon tot!«

Erstaunen. Unsicherheit.

Patrick senkte die Waffe. Er rannte an Arkady vorbei, auf das Schild der U-Bahn zu, die Treppe hinab.

Wertvolle Sekunden waren vertan.

– 65 –

Sie wartete angespannt. Weit standen die Türen eines U-Bahn-Zugs geöffnet. Niemand war ausgestiegen.

»Ich glaube, er kommt nicht.«

Milla flüsterte in ein längst verlorenes Mikrofon.

Der Zug ruckelte, beschleunigte, raste in den Tunnel. Sie spürte den Fahrtwind, lauschte dem gepressten Geräusch der Luft zwischen dem Zug und den Wänden des Tunnels.

Etwas stimmte nicht. Sie konnte es nicht benennen. Irgendetwas in der Stille war plötzlich anders.

»Patrick?«

Sie flüsterte, ging rückwärts. Ihr Finger berührte den Abzug der Waffe.

«Patrick?«

Schweißtropfen fingen sich in Millas Augenbrauen. »Verdammt Patrick!« Das ist nicht witzig!«

Ihre Lippen bewegten sich. Sang sie ein Lied?

Er beobachtete sie.

Sie drehte sich um, näherte sich dem Ausgang.

Er folgte ihr.

Sie war allein, war ohne Schutz.

Er hatte gefunden, was er sich erhofft hatte.

Glücklich betrachtete er ihr blondes Haar. Mit jedem ihrer Schritte bewegte es sich, schien ein eigenes Leben führen.

Suchend drehte sie sich um.

Er sah ihre Unsicherheit und flüsterte ihr zu.

*»Hab keine Angst! Ich bin der Erste und der Letzte. Ich bin der Lebendige! Ich war tot, doch nun lebe ich in alle Ewigkeit. Ich habe Macht über den Tod und die Totenwelt.«*

Sie hörte ihn nicht.

Ihre Körpersprache veränderte sich. Sie hatte Angst. Warum war sie hier, wenn sie Angst hatte? Wartete sie auf jemanden? Auf ihren Freund? Hatten sie sich hier verabredet? Lange schon hielt sie sich hier unten auf. Er würde nicht kommen.

Ihr Haar war schön. Sie war bei ihm. Er hatte es sich so sehr gewünscht. Sein Herz wummerte.

Sie war sein.

Er zog sein Messer.

Sie sah zu ihm, bemerkte ihn nicht.

Er spürte ihre wachsende Furcht.

Ihr Blick schweifte umher.

Was suchte sie? Was?

Er fand es vor ihr. Es lag auf dem Boden, nicht weit von ihr. In ihrem Rücken bewegte er sich darauf zu. Er wartete, bis sie es auch sah.

Sie ging auf ihn zu, hielt das seltsame Ding in ihrem Blick.

Er hob das Messer. Er genoss die Aufregung. Er fühlte sich gottgleich. Licht fiel auf die Klinge.

Milla sah den Schimmer, zog ihre Pistole, riss die Waffe nach oben.

So laut. Nie hätte er einen Schuss so laut vermutet. Es schmerzte.

Sie drehte ihren Körper von ihm, hob eine Hand schützend vor ihr Gesicht, richtete ihre Pistole auf ihn.

Ihr Hals. Er senkte die Klinge, verfehlte.

Milla schrie vor Schmerz. Durch ihr Schlüsselbein drang das Messer in ihren Körper.

Er riss die Klinge nach oben. Befreiung. Macht. Er genoss den Moment. Er stieß zu. Wieder und wieder.

Er fühlte den Rausch.

Er zögerte.

Erfüllung.

Sie blieb ihm verwehrt.

Sie war nicht blond. Er sah die rote Strähne in ihrer Stirn. Verwirrt ließ er von ihr ab. Sie war eine Hochstaplerin.

Er starrte auf die blonde Perücke, hörte Schritte, witterte die Falle.

Sie näherten sich von der Treppe. Schuhe, Hosenaufschlag, Knie. Er erkannte die Umrisse zweier Männer. Sie hielten Pistolen in den Händen.

»Milla!«

Angst und Sorge in der Stimme irritierten ihn. Er sah auf, sah die Pistolen in ihren Händen und rannte.

Er sprang auf das Gleis. Gebückt lief er davon, lauschte den lauter werdenden Schritten in seinem Rücken.

»Er ist im Tunnel!«

Sie hatten ihn entdeckt. Aus den Augenwinkeln sah er den Jüngeren niederknien und weinen.

– 66 –

Arkady sprang das Gleis hinab. Seine Taschenlampe berührte die Wand. Glas klirrte und das Licht erlosch. Arkady fluchte. Sein Vorteil war dahin. Zwei in Schwarz getauchte Tunnelöffnungen befanden sich vor ihm. Arkady dachte nicht nach und wählte einen der Fluchtwege. So schnell die Schwärze es zuließ, schob er sich voran.

Schüsse hellten das Dunkel auf. Arkady leerte sein Magazin, hoffte auf einen Schrei und den Aufprall eines Körpers.

Stille.

Er lud nach, feuerte Kugel um Kugel in den zweiten Tunnel. Mündungsfeuer blitzte auf und offenbarte den Umriss eines davonhastenden Mannes.

Arkady folgte dem Schemen, versuchte in der Dunkelheit nachzuladen. Eine Patrone fiel zu Boden. Sie prallte vom Metall der Schienen ab.

Etwas Weiches berührte seinen Fuß. Arkady erschrak. Fiepend huschte eine Ratte über seinen Schuh zu ihren Artgenossen. Die Ratten wuselten davon, verteilten sich in den Tunnelsystemen und der Kanalisation der Stadt. Ihre Zahl übertraf die der Menschen an der Oberfläche bei Weitem.

Licht flammte auf und blendete ihn. Er schützte seine Augen mit der Hand. Durch die leicht geöffneten Finger erkannte Arkady zwei runde Kreise.

Ein Zug raste auf ihn zu, erfasste, wonach Arkady suchte. Der Lichtkegel der Scheinwerfer zeichnete einen Schattenriss des Killers auf eine der Tunnelwände. Arkady verharrte, wartete auf den Aufprall. Er blieb aus. Brutus war verschwunden, der Zug war es nicht. Arkady drehte sich um und rannte davon. Er zögerte das Unvermeidliche heraus, hatte keine Chance zu entkommen. In seinem Rücken vernahm er das Kreischen der Bremsen. Es roch nach heißem Eisen und Gummi. Der Zugführer hatte ihn entdeckt.

Zum ersten Mal seit Jahren betete Arkady.

Licht umhüllte ihn, wurde heller. Arkady presste sich gegen die Betonwand des Tunnels, streckte seinen Körper, so gut er konnte. Regungslos verharrte er.

Etwas leuchtete im Dunkeln, glitzerte auf dem Gleis. Es war lang und schmal. Es war ein Messer.

Der Zug donnerte an Arkady vorbei. Die Fensterscheiben und Wände der Waggons befanden sich dicht vor seinem Gesicht. Der Fahrtwind riss an seinem Körper und presste die Luft aus seiner Lunge. Augen glotzten ihn an, erhaschten einen kurzen Blick auf einen verängstigten Mann, der sich an die Wand krallte. Nasen drückten gegen die Fensterscheiben des Zugs. Münder öffneten sich. Arkady sah ihre stummen Schreie.

Der Luftdruck ließ nach, der Lärm schwoll ab, der Fahrtwind wurde durch stickige Luft verdrängt. Er hatte überlebt. Arkady lachte ein helles, hysterisches Lachen. Es löste Angst und Schock, ging in ein Kichern über und ebbte ab. Sein Körper zitterte. Er löste sich von der Mauer. Seine Beine vermochten kaum sein Gewicht zu tragen.

Unweit von Arkady auf den Schienen lag das Messer. Matt schien das Licht der fernen U-Bahn-Station auf die Klinge. Millas Blut klebte daran.

Arkady streifte die Lederhandschuhe über und bückte sich.

– 67 –

Sie lag in einer Lache. Patrick drückte seine Hände und Knie auf die Eintrittswunden, presste die geöffneten Adern ab. Milla war bleich, sie hatte viel Blut verloren.

Patrick fühlte sich hilflos, verfluchte den Notarztwagen, den er mit seinem Handy gerufen hatte. Was hielt ihn so lange auf? Die Hilflosigkeit ließ ihn weinen. Sollte sie sterben, war es seine Schuld.

Ihr Gesicht war so blass. Sein Blick wanderte von Milla zur Treppe und zurück. Er hoffte auf das Eintreffen medizinischer Versorgung, wusste um die verstopften Straßen. Lange schon waren sie der Legion der Fahrzeuge nicht mehr gewachsen. Das Innere der Stadt war voller Baustellen, Flickwerk am aufgerissenen Asphalt. Täglich fielen Ampeln aus. Umleitungen wechselten ständig, führten Blechkolonnen zu den wenigen, nicht wegen Einsturzgefahr gesperrten Brücken ins Stadtinnere. Um den Verkehrsinfarkt zu vermeiden, fehlten der Stadt die finanziellen Mittel.

Irgendwo würde der Notarztwagen festsitzen.

»Halte durch. Du musst durchhalten, Milla.«

Eine U-Bahn kam zum Stillstand und entließ ihre Passagiere. Gaffend schlichen sie an Patrick und Milla vorbei. Niemand konnte oder wollte Hilfe leisten. Sie starrten auf das Opfer, Patricks flehenden Blick blendeten sie aus. Ein jeder wusste, was hier vorgefallen war, und hinter vorgehaltener Hand flüsterten sie einen Namen.

»*Brutus.*«

Sirenengeheul überlagerte ihr Wispern.

»Hierher! Schnell!«

Patrick hörte ihre Schritte, sah sie rennen.

»Sie sind da. Halte durch. Bitte halte durch.«

Milla reagierte nicht. Mit offenen Augen sah sie durch Patrick hindurch.

Er weinte um sie. Sie war alles, was er hatte. Milla war seine Zukunft.

Ihre Perücke war von Blut verklebt. Er löste sie, fand ihr Haar verschwitzt. Es glich Kupfer, ihr Blut roch danach.

Zwei Notärzte drängten Patrick beiseite, versorgten die Wunden, legten einen Zugang und setzten Spritzen an. Sie betteten Milla auf einer Bahre und hoben sie an.

»Bitte helft ihr.«

Sie rannten den Stufen entgegen. Der Notarztwagen wartete auf Milla.

»Wird sie überleben?«

Sie antworten ihm nicht, ließen ihn allein.

Patrick sackte auf die Knie. Der Stoff seiner Hose saugte ihr Blut auf. Hätte er es vermocht, hätte er mit Milla getauscht. Es war sein Versagen, seine Verantwortung. Warum konnte er nicht sein Leben opfern, um ihres zu retten?

Ein Forensiker brüllte ihn an, zog ihn hoch und machte ihm Vorwürfe, Patrick verunreinige den Tatort.

Es war nicht wichtig. Sie war wichtig. Er brüllte es dem Mann entgegen.

Sie beschlossen, ihn zu ignorieren. Die Frauen und Männer der Spurensicherung bewegten sich um ihn herum. Sie fanden Millas Überwachungsgerät und verpackten es in ein Plastiktütchen.

»Meine Schuld. Es ist alles meine Schuld.«

»Du hilfst ihr nicht, wenn du heulst.«

Arkady hielt das Messer in Händen. Die Klinge war lang und schmal. Welche Verwüstung hatte die Waffe in Millas Körper angerichtet?

Patrick wurde schlecht.

»Ich habe deinen Stadtplan gefunden, den Stern gesehen. Ich kam sofort hierher.«

Patrick schwieg.

»Es tut mir leid. Ich wollte, ich wäre früher hier gewesen.«

»Er wird dafür bezahlen.«

»Ja, das wird er.«

Das silberne Kruzifix um Arkadys Hals leuchtete im Licht der U-Bahn-Station. Es stand nicht für Vergebung. »Wir finden ihn Patrick. Wir haben sein Messer. Er hat endlich einen Fehler gemacht.«

»Ich habe den Fehler gemacht, nicht er.«

»Nein. Du hast sie gerettet. Wäre sie allein geblieben, wäre sie jetzt tot.«

»Sie war allein. Ich habe sie allein gelassen.«

»Es klingt hart, Patrick, aber es ist ein Sieg, den wir errungen haben.«

»Ein Sieg?«

Er brüllte Arkady an, war außer sich vor Wut. »Selbst wenn Brutus tot auf den Gleisen liegen würde, wäre es kein Sieg. Nicht, solange Milla dafür den Preis zahlen muss.«

»Sie lebt, Patrick! Zum ersten Mal hat Brutus nicht bekommen, was er wollte.«

»Er hat sie aufgeschlitzt.«

»Er ist vor uns davongelaufen. Wir haben ihn gestört, ihm alles verdorben. Überleg doch, was das bedeutet. Er muss zurückkommen, muss hier töten und das Pentagramm vollenden. Wir müssen nur auf ihn warten.«

»Genau das hat Milla auch gesagt.«

Sie war eine Heldin, eine naive, törichte Heldin.

Patrick sah sich an ihrem Grab weinen.

Arkadys Handy klingelte und die Stimme von Polizeichef Larkin informierte über die Sperrung des U-Bahn-Netzes rund um den Tatort. Kein Zug bewegte sich mehr. Die Kollegen vom Revier waren geweckt und von anderen Fällen abgezogen worden. Ein jeder befand sich an einer der U-Bahn-Stationen. Suchtrupps waren gebildet worden und folgten dem Schienennetz zum Tatort. Sie alle hofften, den Killer zu stellen.

Die Treibjagd auf Brutus war eröffnet.

– 68 –

Patricks Taschenlampe erhellte den Tunnel. Schienen, Holzbohlen, Ratten, dunkle Wände. Arkady und er folgten dem unendlich scheinenden Schienennetz. Blinde Tunnel und Ausweichgleise begegneten ihnen, sie alle konnten einem Fliehenden einen Ausweg bieten. Sie trennten sich, versuchten, über ihre Handys Kontakt zu halten. Sie hatten keine Verbindung, waren auf sich allein gestellt.

Patrick erreichte den nächsten U-Bahnhof. Kein Licht, keine Menschen, keine Polizei befanden sich dort. Die Station war lange schon stillgelegt worden. Zerfallen bot sie sich dem Schein seiner Lampe dar. Patrick suchte nach einem offenen Zugang zur Oberfläche und fand eine Treppe. Er eilte hinauf. Eine skelettierte Leiche erwartete ihn. Der Knochenmann kauerte an einer Mauer, durch die die U-Bahn-Station nach ihrer Schließung versiegelt worden war. Seine Kleidung bestand aus Lumpen, zu Lebzeiten waren sie bereits verschlissen gewesen. Neben dem Toten lag eine leere Schnapsflasche. Patrick kannte die Marke, den Hersteller gab es schon seit Jahren nicht mehr.

Ein Geräusch in Patricks Rücken ließ ihn um die eigene Achse wirbeln. Licht aus einer Stablampe blendete ihn. Er zielte auf die Lichtquelle.

»Waffe fallen lassen.«

Er kannte die Stimme, zögerte. Sein Finger am Abzug entspannte sich.

Weitere Lichtquellen erfassten Patrick.

Er streckte den Arm aus, hielt den Lauf der Pistole mit zwei Fingern.

»Ihr macht einen Fehler.«

Er bückte sich und legte die Waffe nieder.

»Wir sind Kollegen.«

Patrick zeigte seine Marke. Das Licht der Taschenlampen gab ihn frei. Die Kollegen entschuldigten sich und schoben die schlechten Lichtverhältnisse vor. Sie kamen vom nächsten U-Bahnhof, hatten auf dem Weg hierher keine Spur von Brutus finden können.

Sie kehrten an den Tatort zurück. Arkady und die anderen Suchtrupps erwarteten sie bereits.

Brutus war entkommen.

– 69 –

Die Polizei hatte den Tatort abgesperrt und leitete die Pendler an der Tragödie vorbei. Hektik und Lärm füllten den U-Bahnhof. Von Flatterband eingegrenzt standen Patrick und Arkady regungslos. Menschen strömten aus Zügen an ihnen vorbei und glotzten.

Menschen wie sie beschützte Patrick, es war sein Beruf.

Er schrie sie an.

»Verpisst euch!«

Wut und Frust brüllte er aus sich heraus, brüllte, bis Arkady ihn aus der Station geleitete und in einen Polizeiwagen setzte.

Der Wagen quälte sich durch die Stadt, an Baustellen, Umleitungen und Müllbergen vorbei.

»Bitte stirb nicht.«

Unentwegt sprach Patrick den Satz.

Während der Fahrt. Während des Wartens in der Klinik.

Milla hatte den OP-Saal noch nicht verlassen. Stunden operierten die Ärzte bereits. Flügeltüren öffneten sich, Schwestern schoben eine Gestalt heraus. Ihr Gesicht war mit einem Laken bedeckt. Sie schoben den Körper an ihm vorbei. Er hielt sie auf, sah unter das Tuch.

Eine alte Frau lag darunter.

Patrick ließ sich auf einen der Stühle fallen und das Warten begann erneut. Allein saß er in einem Korridor, glaubte sich vergessen und verloren. Er sprach eine Schwester an. Sie wusste um Milla, um ihn. Sie spendete Trost und war bei Milla, als sie aus dem Operationssaal gebracht wurde.

Sie war am Leben.

Er weinte vor Glück.

Patrick blieb bei ihr, wachte über sie. Zwei Tage verließ er Milla nicht. Sie schlief. Er schloss kein Auge. Man duldete ihn hier. Er war Polizist. Er jagte Brutus.

Am dritten Tag kehrte er an den Tatort zurück.

Die Jagd musste weitergehen.

## – 70 –

Die Flatterbänder waren verschwunden. Ein Putztrupp schrubbte den Boden. Patrick beobachtete die beiden Männer mit ihren Bürsten. Pendler drängten am Reinigungstrupp und ihren Wascheimern vorbei. Niemand hielt inne, keiner interessierte sich noch für das Verbrechen. Der Alltag der Menschen bot keinen Raum für Vergangenes. Immer weiter drängte es sie. Ihre tägliche

Routine basierte auf Wiederholung und kannte kaum Abwechslung vom täglichen Muster.

Patrick sah in ihre Gesichter, fand sie abweisend, uninteressiert, unter Zeitdruck. Ihre Körper waren in Bewegung, strahlten Hektik aus. Unverhohlen starrte er sie an. Wie Maschinen gingen sie an ihm vorüber. Hatte er Milla geopfert, um sie zu beschützten?

»Wir werden ihn finden.«

Ein Gesicht schälte sich aus der Menge, kam näher, blieb stehen. Patrick erkannte Arkady.

»Lass mich allein.«

Er benötigte keine Belehrungen aus dem Munde eines bequemen Cops, der gern wegsah.

Arkady blieb.

»Hau ab!«

Passanten sahen auf, senkten die Augen, huschten davon.

»Ich will dir helfen, Patrick. Ich will euch helfen.«

»Warum? Weil es dich aufgeilt? Bist du hier, um ein Souvenir zu finden? So wie bei den anderen? Was darf es sein, Arkady? Eine Locke der Perücke? Ein Stück blutgetränkter Stoff?«

»Deshalb bin ich nicht hier.«

»Was willst du?«

»Ich bin, was ich bin, Patrick. Ich sage nicht, dass ich es gut finde, wie es ist. Es ist nun mal so. Es ist ein Teil von mir. Vergangenes Leben zieht mich an. Ich sehe ihre Leichen, ich gehe in ihre Wohnungen, ich rekonstruiere ihr Leben. Ich sehe all die Dinge, die sie zurückgelassen haben. Ich entdecke ihre intimsten Geheimnisse. Sie berühren mich und ich nehme etwas von ihnen mit, das mich immer an sie erinnern wird. Deswegen bin ich Polizist geworden. Deswegen bin ich gut darin. Ein guter Polizist muss nicht zwingend ein guter Mensch sein.«

»Warum bist du hier?«

»Um dir zu helfen. Um ihn zu finden.«

Sie knieten am Boden, schrubbten das Blut von den Fliesen. Patrick riss einen der Männer um.

»Hört auf damit!«

Patrick fixierte die Pendler.

»Alle sollen es sehen! Sie hat es für euch getan! Sie wollte euch beschützen! Ihr seid es nicht wert!«

Die Pendler erschraken, gingen schneller, sahen weg.

»Unser Job stumpft die Seele ab, Patrick. Menschen werden zu Dingen. Opfer zu Statistiken. Meine Trophäen halten mich wach. Ohne sie könnte ich schon lange kein Polizist mehr sein.«

»Es ist mir scheißegal, warum du das tust, Arkady!«

»Und warum machst du das, Patrick? Warum schreist du? Warum haderst du? Es war eure Entscheidung. Es war ein Fehler. Milla kannte das Risiko.«

Er schmeckte das Blut, spürte den Schmerz an seiner Lippe und den kühlen Boden im Rücken. Arkady hatte Patricks Schlag nicht kommen sehen. Er nahm ihn hin, rappelte sich auf.

Patrick reichte ihm die Hand.

»Sorry.«

»Schon okay.«

Arkady zog sich an Patrick hoch.

»Wie geht es ihr?«

»Die Ärzte wissen nichts. Sie liegt einfach da, als würde sie schlafen.«

»Tut mir leid.«

»Das muss es nicht. Gefühle halten einen am Leben.«

Patrick kickte die Putzeimer um.

Zusammen verließen sie den Tatort, reihten sich in das Heer der Menschen, ließen sich über Rolltreppen durch die U-Bahnen der Stadt schleusen und verließen sie.

»Deiner Karte nach wird er zurückkehren. Wenn er den letzten Stern des Pentagramms schließen will, muss er es hier tun.«

»Er wird zurückkehren, sowie er sich ein neues Messer besorgt hat.«

Gemeinsam betraten sie den Park.

## – 71 –

Tauchermesser, Bowie-Messer, Kampfmesser, Teppichmesser, Jagdmesser, Küchenmesser, Butterflymesser, Wurfmesser, Trachtenmesser, Klappmesser, Rasiermesser, Fischermesser.

Helen sortierte die kurzen Klingen aus, wählte die einschneidigen Messer. Ihre Finger schlossen sich um den Griff eines Jagdmessers.

Die Verkäuferin lächelte Helen an. Helen nickte und folgte der jungen Frau zur Kasse. Das Messer verschwand in einer ledernen Scheide.

»Ein Geschenk? Wir haben drei Papiere zur Auswahl.«

Helen wählte blau und sah der Verkäuferin beim Verpacken der Waffe zu. Für die Frau schien es eine Selbstverständlichkeit, ein Jagdmesser als Geschenk zu erwerben. Im Grunde war es dies auch. Ein Geschenk für Anne.

Eine rote Schleife zierte die Verpackung.

Helen zählte ein paar Scheine ab und lauschte dem Klingeln der Kasse. Zögerlich nahm sie die Tüte entgegen und verließ das Geschäft.

Das Messer war schwer. Die Bürde ebenso. Helen trug beides über den Asphalt davon. In einer U-Bahn-Station tauchte sie ab.

»Ein wenig Geld. Bitte.«

Mit ausgestreckten Armen kauerten zwei Obdachlose am Boden und bettelten sie an. Helen sah zur Seite und ging weiter. Sie dachte an Iacub, an Anne.

Helen beschleunigte ihren Schritt, sprang durch die sich schließenden Türen der überfüllten U-Bahn. Hitze schlug ihr ins Gesicht. Es stank nach Menschen. Sie atmeten Helen an. Ihre Nähe und ihr Geruch waren abstoßend.

Mit einem Ruck setzte sich der Zug in Bewegung. In der Menge eingekeilt, vollzog Helen die Bewegung mit.

Es fiel ihr schwer, sich an ein Leben ohne Arbeit zu gewöhnen. Morgens ausschlafen, ohne Pflichten den Tag beginnen, frei über die Zeit verfügen zu können. Helen hatte sich oft vorgenommen, die zahlreichen Museen der Stadt abzuklappern. Doch der Gedanke, sich mit Kunst zu umgeben, stieß sie ab. Die Wunde war zu frisch.

Sie bemerkte einen Mann. Er stand ihr gegenüber und lächelte sie an. Es war noch nicht zu spät. Ein Neuanfang war möglich. Es gab eine Alternative zu Iacub.

Der Mann hatte freundliche Augen. Er gefiel ihr. Ohne es zu wollen, lächelte auch Helen und ertappte sich dabei. Ihr Lächeln gefror und nahm dem Mann den Mut, sie anzusprechen.

Was hielt sie bei Iacub? Waren es die vielen Enttäuschungen, an die sie sich gewöhnt hatte? Suchte sie das Leid?

Die U-Bahn hielt, ihre Türen öffneten sich. Die Menschen atmeten auf, bewegten ihre erstarrten Körper. Der Zug entließ einen Teil der Pendler und nahm neue Fahrgäste auf.

Der Mann war verschwunden.

War Iacub nur ein großer Fehler?

»Du bist eine Kämpferin.«

Helen wiederholte Millas Worte und freute sich auf ein Wiedersehen. Training und Reden. Es war eine Therapie. Helen hatte lange schon die wahre Bedeutung ihrer Freundschaft zu Milla erkannt.

Sie hatten sich nie privat getroffen. Helen war Millas Freund Patrick nie begegnet und doch kannte sie ihn aus Millas Erzählungen. Patrick hielt zu Milla. Er war immer für sie da.

Warum war Iacub nicht wie Patrick?

An der nächsten Haltestelle verließ Helen die U-Bahn.

## – 72 –

»Es ist seine Waffe. Das Muster der Blutergüsse und der Handschutz stimmen überein. Die Länge und Form der Klinge entspricht den Wunden.«

Die beiden Männer waren in ein Gespräch vertieft und bemerkten Helen nicht.

»Es gibt keinen Hinweis auf den Täter. Keine Fingerabdrücke, keine Teilabdrücke, keine Hautzellen, nichts. Die einzigen Rückstände auf dem Messer stammen von einem Desinfektionsmittel. Ein banaler Hausreiniger, man kann ihn überall kaufen.«

Helen ging an den Ermittlern vorbei, strebte dem Ausgang der U-Bahn entgegen.

In Gedanken streifte sie auf der Treppe Patricks Schulter. Helen erschrak und ließ das Messer fallen. Patrick fing die in Geschenkpapier verpackte Waffe auf, bevor sie den Boden berührte. Schwer wog die Klinge in seiner Hand. Er reichte Helen das Päckchen. Zögerlich nahm sie die Waffe entgegen.

»Danke.«

Sie wandte sich ab, eilte davon.

»Ich will eine Kamera in der U-Bahn-Haltestelle bei der Galerie.«

»Wir bekommen eine. Heute. Aus Polizeibeständen. Die Kameras in der U-Bahn-Station sind alle übersprayt. Die Stadt ist unfähig, den Status quo zu erhalten. Sie kommen mit Wartung, Instandsetzung und Austausch nicht hinterher. Es fehlt an Geld. Die Wartung von Netz und Zügen hat in klammen Zeiten Vorrang vor der Sicherheit. Etwa drei dutzend Kameras sind derzeit zerstört. Die Personaldecke der U-Bahn ist durch die Hitze ausgedünnt, der Krankenstand hoch.«

Sie betraten das Innere der U-Bahn-Station. Ihre Schritte hallten auf der steinernen Treppe wider, bildeten einen Klangteppich, den Anschlägen einer alten Schreibmaschine ähnlich. Ihre Augen suchten die Überwachungskameras, sahen zerschlagene und übermalte Objektive. Überall fanden sich Graffiti auf den Wänden. Politische Botschaften, Cartoons, obszöne Bilder. Die Ermittler betrachteten die überquellenden Mülleimer, den Dreck auf dem Boden. Papier, Kaugummis, Zigarettenkippen, Essensreste, zersprungenes Glas. Es war ihre Stadt. Sie war ein Müllhaufen, ein Getto für alle. Patrick dachte an das Haus im Grünen, die sauberen Wege und Straßen darum. In Gedanken öffnete er die Haustür und zwei Kinder liefen ihm entgegen. »Papa«, riefen sie und umarmten ihn. Dann entdeckte er sie. Sie stand im Türrahmen und lächelte ihn an. Sie war glücklich. Sie hatte ihm verziehen.

Er dachte an Milla.

»Brutus ist in der Lage, sich jeder Umgebung anzupassen. Er scheint unsichtbar.«

In Gedanken war Patrick weit fort.

»Niemand hat Brutus gesehen. Es gibt keine Zeugen. Es gibt keine Spuren. Als wäre er ein Geist, der sich vor einem anderen Geist in einem Pentagramm verkriechen will.«

Nähe und Aufmerksamkeit waren nicht dasselbe. Patrick hörte kein Wort.

## – 73 –

Der Zufall hatte sie zusammengebracht. Im Gleichschritt näherten sich die drei Männer derselben U-Bahnlinie.

Iacub war auf dem Weg zur Galerie. Ein Frühstück mit der Museumsleiterin lag hinter ihm. Sein Tag hatte gut begonnen, er fühlte sich seiner Freiheit näher denn je. Iacub war guter Dinge.

»Als wäre er ein Geist, der sich vor einem anderen Geist in einem Pentagramm verkriechen will.«

Iacub hatte sich nicht verhört. Neugierig musterte er die Rücken der beiden Männer. Wer waren sie?

Iacub folgte ihnen und ihrem Gespräch.

»Er hat sich weiterentwickelt. Er nimmt ihnen ihre Augen.«

»Sagt man nicht, was ein Sterbender zuletzt sieht, bleibt für immer auf der Netzhaut des Auges?«

»Wer glaubt heute schon an Märchen.«

»Es reicht, wenn er daran glaubt.«

»Wird er aber nicht, und trotzdem muss es einen Grund geben, warum er die Augen aussticht.«

»Ein sexuelles Motiv?«

»Vielleicht.«

»Es könnte ihm helfen, den Kick aufrecht zu erhalten, wenn er die Augen mit sich nimmt. Schließlich war Brutus das Letzte, was sie gesehen haben.«

»Er hat ihnen von hinten die Kehle durchgeschnitten. Woher willst du wissen, dass er ihnen beim Sterben zusieht?«

»Ein Gefühl?«

»Vielleicht nimmt er ihnen die Augen, damit sie in Dunkelheit sterben. Blindheit als Strafe.«

»Brutus ist nicht blind.«

»Ja, aber vielleicht hat Dunkelheit etwas mit seinem Motiv zu tun?«

Iacub war elektrisiert. Er kannte die Dunkelheit und ihre Macht nur zu gut. Erstaunt verharrte er in Erinnerungen und verlor die beiden Polizisten aus den Augen. Iacub stellte sich das Blut der Geblendeten vor, sah ihre rot verschmierten Körper auf dem Boden in einer pervertierten Performance von Yves Klein. In Gedanken tauschte er das Rot ihres Blutes gegen International Klein Blue. Die Vorstellung nahm ihn gefangen.

– 74 –

Sie betrat den Park und wurde umzingelt. Tauben pickten auf dem verbrannten Gras herum, forderten Futter von Helen. Der Park wimmelte von Tauben. Viele hatten verkrüppelte Beine, Verletzungen durch drahtgesicherte Dächer. Die Stadt ließ die Tauben vergiften und sammelte die toten Körper vor Morgengrauen auf, bevor die ersten Jogger sie finden konnten. Das Gleichgewicht der Natur wurde so gewahrt und die Seelen der Bürger nicht erzürnt.

Friedenstauben, Ratten der Lüfte, Parkbewohner. Sie pickten auf Helens Schuh, flogen von einer Bewegung aufgeschreckt davon. Helen ging weiter, erkannte obdachlose Frauen und Männer. Unter Bäumen lagen sie im Schatten. Ihre Parkbänke hatten sie geräumt, waren vom heißen Sonnenlicht vertrieben worden.

»Bitte helfen Sie mir.«

Helen ekelte sich. Sie sah die Frau nicht an, ihren Geruch nach Schweiß, Tabak und Fäkalien riechen zu müssen, war abstoßend genug. Helen eilte weiter, hielt an einer Stelle des Parks inne. Hier waren Iacub und sie Zeugen des Angriffs auf den obdachlosen Mann geworden. Sie erinnerte sich an die Hip-Hop-Kids und sah Iacub vor sich, außerstande, dem misshandelten Mann zu helfen. Sie hatte kein Recht gehabt, Iacub deswegen zu verurteilen. Weder hatte sie dem Opfer geholfen, noch hatte sie den Obdachlosen in der U-Bahn ein paar Münzen gegeben.

Betroffen blieb Helen stehen, öffnete ihre Handtasche und nahm ein paar Münzen aus ihrem Geldbeutel. Sie kehrte um, sah der obdachlosen Frau ins zahnlose Gesicht und ließ das Geld vor sie zu Boden fallen.

»Vergelte es Gott.«

Helen nickte und hastete davon. Was würde Gott von dem Messer in Helens Handtasche halten?

## – 75 –

Sie bauten die Falle auf, sprangen auf die Schienen, betraten im Schein ihrer Lampen den Tunnel. Den Metallbändern folgten sie zu einem Ausweichgleis. Ein Zugwagen der U-Bahn stand dort. Die Uniformen zweier U-Bahn-Arbeiter warteten auf sie, wiesen die Polizisten als Techniker aus.

»Die Kameras?«

»Sind installiert.«

»Der Ausfall eines Triebwagens. Die Nachrichten werden davon berichten. Die Zeitungen werden darüber schreiben. Es wird ein paar Tage dauern, bis unser Wagen wieder flott ist. Wenn Brutus über das Schienennetz kommt, wird er nicht überrascht sein, einen Wagen zu sehen.«

– 76 –

Still stand er inmitten der fließenden Bewegung hastender Menschen. Ein Strom scherte aus, eilte nach links, einer U-Bahnlinie entgegen. Der Hauptstrom ergoss sich weiter geradeaus und teilte sich Sekunden später erneut. Iacub roch die Menschen. Die Hitze verteilte ihren Schweiß in der Luft, einem Parfum gleich. Der Zufall hatte ihm exklusives Wissen der Polizei verschafft. Iacub hatte keinen Zweifel, die beiden Männer ermittelten die Mordfälle.

Es faszinierte ihn.

Es veränderte Iacubs Pläne.

Er suchte Ruhe, wollte sie der Aufregung des Erlebten entgegensetzen. Er spürte die Unrast. Sie trieb ihn voran und aus der U-Bahn-Station. Iacub eilte auf die Straße.

Die Mittagssonne verlangsamte das Leben. Alles bekam einen neuen Rhythmus. Iacubs Unruhe bildete keine Ausnahme, sie wurde durch die körperliche Anstrengung abgemildert. Er genoss es, in der Sonne zu gehen, und beobachtete seinen Schatten, einen kleinen, schwarzen Fleck. Er huschte vor seinen Füßen davon, hielt sich in seiner

Nähe, einem kleinen Hund an einer Leine gleich. Eilig hasteten beide die Straße entlang, querten Stichstraßen und bewegten sich durch die Stadt fort.

Iacub folgte der U-Bahn an der Oberfläche. Er kannte ihren Streckenverlauf, war in seiner Kindheit fast täglich mit der Linie von der Schule nach Hause gefahren.

Das Ozon brannte in seinem Hals, die Hitze trieb ihm den Schweiß aus dem Körper. Er genoss die Anstrengung, sie half ihm, sich zu beruhigen, und dämmte die Aufregung ein. Seit dem Gespräch der beiden Polizisten hielt ihn die Vorstellung eines Blutrausches im Griff.

## – 77 –

In ihrer ersten gemeinsamen Nacht hatte er Milla im Schlaf beobachtet, ihrem Atem gelauscht, das sanfte Heben und Senken ihres Bauchs beobachtet. Den eigenen Atem hatte Patrick ihrem Rhythmus angepasst.

Ihre Lider hatten im Traum geflackert. Eingeigelt wie ein Baby hatte sie dagelegen, regungslos, hilflos, schutzbedürftig. Sollte Milla überleben, würden Albträume sie verfolgen. Unendlich viele Nächte würde sie das Messer vor sich sehen. Sie würde aufwachen, Panik fühlen und ihn ansehen. Milla würde wissen, wessen Schuld sie diesen immer wiederkehrenden Traum träumen ließ. Ihre Hände würden die Narben tasten und sie würde sich fragen, ob sie Patrick noch liebte.

Würde sie ihn hassen?

Millas möglichen Tod klammerte er aus, es durfte nicht so weit kommen. Patrick verleugnete die Möglichkeit, Milla für immer zu verlieren.

Viel Blut hatte sie verloren. Zweimal und tief war das Messer in ihren Körper eingedrungen. Brutus hatte das Heft fest umklammert gehalten. Im Sturz hatte sich die Klinge aus Millas Schulter herausgeschnitten.

»Du musst kämpfen.«

Er griff ihre Hand. Millas Finger waren schlaff.

»Ich liebe dich Milla.

Es war banal. Es war wahr.

»Ich werde ihn finden. Wenn du aufwachst, brauchst du keine Angst vor ihm zu haben.«

Patrick übertrug seine Schuld auf Brutus. Der Killer sollte für Patricks Fehleinschätzung bezahlen.

»Bitte verzeih mir.«

Er hoffte, sie würde ihn verstehen.

Die Besuchszeit war lange schon überschritten. Patrick erhob sich, blieb stehen, blickte zurück. Millas Augen waren geschlossen, ihr Gesicht bleich.

Patrick küsste sie, bevor er aus dem Klinikzimmer floh.

## – 78 –

Die Gänge rochen nach Desinfektionsmittel. Der Geruch verfolgte ihn. Er hastete an Zimmern vorüber, sah Menschen darin, an Maschinen angeschlossen. Sie alle kämpften unter ihren Bandagen und Schläuchen um ihr verbliebenes Leben. In einem der Räume lag ein Berg von Fett. Leise flüsterte der Koloss den Namen einer Frau. Patrick blieb stehen. Betroffen vom Anblick und der Stimme harrte er aus. In immer längeren Abständen wisperte der Mann den Namen. Schließlich verstummte die Stimme. Patrick vermochte sich nicht zu regen. Minuten vergingen, in denen er lauschte und darauf wartete, der Mann möge erneut zu Wispern ansetzen. Er blieb still. Patricks Gegenüber war verstorben.

Patrick verließ das Krankenhaus, verharrte vor dem Betonklotz der Klinik. Graffiti verzierten die graue Fassade. *Punk's not dead* stand neben weiteren Parolen zu lesen. Patrick dachte an Milla, an ihre roten, stacheligen Haare. Sie war ein Punk. Sie würde überleben. Sie musste es einfach.

Die Klinik befand sich im Zentrum einer langen Straße. Kilometerweit wand sie sich zu beiden Seiten. Schmale Stichstraßen mündeten auf sie ein. Ihr Anblick erinnerte an die Tunnel in der U-Bahn-Station und ihre unterirdischen Ableger. Patrick schüttelte die Erinnerung ab.

Die Luft flirrte über dem Asphalt, stieg nach oben in den Nachthimmel und beleuchtete rot das Firmament der Stadt. Patrick dachte an Millas Blut und floh nach Hause.

Zu Hause spielte er ihre Platten. »Fuck the USA« von *The Exploited* dröhnte durch das Zimmer und in Patricks Erinnerung tanzte Milla Pogo durch den Raum. Er folgte ihr mit Blicken, sah ihr glückliches Gesicht, ihren schmalen Körper in schneller Bewegung vor sich.

Milla verblasste mehr und mehr, war schließlich verschwunden. Der Tagtraum endete, Patrick war allein. Die Nadel des Plattenspielers kratzte in der Leerrille. Er stoppte sie.

Patrick blätterte durch ihre Bücher. Ernst blickte ihn H.P. Lovecraft an. Patrick las die Rückseite des Schutzumschlages, stellte H.P. zurück ins Bücherregal zwischen Edgar Allan Poe und Ambrose Bierce.

Patrick drehte sich im Raum, sah sich um, versuchte sich vorzustellen, was Arkady fühlte, wenn er sich in der Wohnung eines Opfers orientierte und nach einer Trophäe suchte. Was aus Millas Leben hätte Arkady mit nach Hause genommen? Wäsche und Fotos waren erotische Fetische, Arkadys bevorzugtes Ziel. Patrick sah den alten, schmalen Mann im Schlafzimmer, beobachtete ihn, Millas Wäsche durchstöbern. Würde sich Arkady Milla darin vorstellen?

Patrick weinte und ließ sich fallen. Auf dem Rücken ausgestreckt starrte er an die Decke. Sie drehte sich um ihn, erinnerte an ein Karussell. Auf einem Jahrmarkt war er mit Milla gewesen. Sie waren Achterbahn gefahren. Milla hatte vor Vergnügen gejuchzt, ihm war schlecht geworden. Die Zuckerwatte in seinem Magen hatte sich wie ein Stein angefühlt. Hinter der Achterbahn hatte er sich erbrochen.

Patrick sehnte sich mit Milla hinter die Achterbahn zurück.

## – 79 –

Iacub blätterte durch einen Bildband in seiner bevorzugten Kunstbuchhandlung. Es war keine Buchhandlung im üblichen Sinne, mehr ein Sammelsurium ungeordneter Stapel antiquarischer Bücher. Türme stapelten sich um Iacub, ermöglichten es dem Buchhändler mehr Bücher im Laden zu lagern, als ein jedes Regalsystem dies ermöglicht hätte. Eine Fotografie von Cindy Sherman zierte eines der Bücher. In Wut und Spannungshaltung war die Frau erstarrt, ihre Arme hielt sie eng am Körper, die Fäuste waren geballt. Langes, blondes Haar hing ihr ins Gesicht und verdeckte ein Auge. Ihr zweites Auge starrte Iacub an. Erschrocken wich er dem Blick der blonden Frau aus, wendete das Buch und entfernte sich hastig von dem Bücherstapel. Iacub begann zu zählen, konzentrierte sich auf die Reihung von Zahlen.

Eine Arbeit von Kurt Talos zeigte einen erstochenen Puppenkörper. Mitten im Rumpf war die Puppe durchbohrt. Iacub dachte an die ermordeten blonden Frauen.

Er wünschte Anne tot.

Nie würde er Anne töten können.

## – 80 –

Die Verletzung auf der Stirn des Obdachlosen kitzelte und er kratzte sie ab. Mit der Zunge schmeckte er das verkrustete Blut. Die Haut um die Platzwunde war entzündet. Mit einem Haushaltsreiniger aus einer überquellenden Mülltonne hatte er die Wunde behandelt. Besserung war keine eingetreten.

Wo er ging, war kein Gedränge. Die Menschen wichen ihm aus. Sie wollten ihm nicht nahe kommen, wünschten ihn weg. In ihren Augen war er nur ein stinkender Obdachloser.

Die Menschen ahnten nicht, wer er war und dass sie beim Frühstück die neusten Meldungen über ihn verschlangen. Dank ihm waren die Auflagen der Tageszeitungen sprunghaft gestiegen. Sie waren süchtig nach ihm, solange sein wahrer Name ein Geheimnis blieb.

Er war Brutus.

Der Obdachlose blieb stehen. Das Jucken auf seiner Stirn war vergessen, etwas anderes hatte seine Aufmerksamkeit geweckt, etwas Weibliches, etwas Blondes. In der Menschenmenge hatte er sie bemerkt.

Er folgte ihrem Haar. Hell leuchtete es und wies ihm den Weg durch die Menschenmassen. Er berührte den Handlauf der Rolltreppe, dort wo ihre Hand vor wenigen Sekunden geruht hatte.

Es erregte ihn.

Ihr Gang. Ihre schmalen Hüften. Ihr Haar passte sich jeder Bewegung ihres Körpers an, versuchte ihn zu verführen. Er erhaschte einen Blick auf ihr Gesicht. Sie war nicht mehr jung. Noch war sie schön.

»Nur die, die schön wie Engel sind, werden Erlösung finden. Nur sie werden sehen.«

Er spürte seine Unruhe wachsen. Ihr Gesicht, ihre Augen.

Er wollte ihr gegenübertreten.

Er war nah bei ihr.

Er stand hinter ihr.

Es war unmöglich. Seine Hand war leer, sein Messer verloren.

Er konnte ihr die Augen nicht öffnen.

Er wollte sie wenigstens berühren.

Sie spürte seinen Blick und drehte sich um. Sie sah ihn an und durch ihn hindurch. Sie wollte ihn nicht wahrnehmen, Menschen wie er existierten nicht für sie.

Sein Gestank überlagerte ihr Parfum. Sie bewegte sich, drängte sich gegen die am Gleis verharrende Menge.

Wind. Der Luftzug kündigte ihr Kommen an.

Seine Finger prickelten, zitterten, tasteten sich vor. Seine Arme streckten sich, seine Finger öffneten sich weit. Er wollte sie stürzen sehen, ihren Blick einfangen, bevor die U-Bahn ihren Körper überrollte.

Sie wich ihm aus. Seine Arme stießen ins Leere. Er verlor das Gleichgewicht, stürzte, schrie.

Unversehrt lag er auf den Schienen.

Luftmassen schob die U-Bahn vor sich her.

Der Wind spielte mit seinem Bart.

Sie sah in sein Gesicht und erblickte eine schreiende Grimasse aus Angst und Schmerz.

Der Zug überrollte Brutus.

Die Bremsen überlagerten das Geräusch brechender Knochen und Brutus verlor das Bewusstsein.

Niemand würde je das Schicksal des Serienkillers erahnen.

## – 81 –

Eine Frau schrie. Patrick und Arkady verließen den Triebwagen und rannten durch den Tunnel der U-Bahn auf die Gleise. Sie folgten dem Schrei, eilten eine Rolltreppe hoch zum nächsten Gleis. Sie sahen die Menschenmenge, drängten sich hindurch.

Blut befand sich auf den Gleisen, der Kleidung und den Gesichtern der Umstehenden.

Patrick sah eine blonde Frau unter Schock. Vor ihr auf den Schienen ragte der Oberkörper eines Obdachlosen unter dem Triebwagen einer U-Bahn hervor.

»Ein Unfall.«

»Der Mann stürzte und fiel vor den Zug.«

»Er war bestimmt betrunken. Einfach ekelhaft.«

Die Menge war sich einig. Zwei unter ihnen hatten einen Notarztwagen über Handy angefordert.

Patrick sprach mit den Zeugen, befragte sie einzeln.

»Er ist von allein gefallen.«

»Gestoßen sagen sie? Eine Frau? Nein.«

»Was für ein Messer? Ich hab nichts gesehen.«

Keiner von ihnen hatte einen Angriff wahrgenommen. Sie alle blieben bei ihrer Aussage.

Patrick rang seine Enttäuschung nieder. Niedergeschlagen sah er zu der Frau. Sie stand neben Arkady. Ihr Körper zitterte. Sie stand unter Schock. Ihre Aussage war Patricks letzte Hoffnung.

»Was ist passiert?«

Sie hyperventilierte. Patrick führte ihre Hände vor Mund und Nase, half ihr, ruhig zu atmen.

»Wie heißen sie?«

»Anne. Anne Dugary.«

»Was ist passiert?«

»Der Mann verlor das Gleichgewicht.«

»Hat er Sie angegriffen?«

Sie schüttelte den Kopf.

»Hatte er ein Messer bei sich?«

»Nein.«

Patrick hob den Blick. Rechts und links an den Gleisen mussten sich zwei Überwachungskameras befinden. Er entdeckte sie, eine war beschädigt, die andere gestohlen.

Patrick wachte über die Frau, bis der Notarzt eintraf und sich um sie kümmerte. Der Zug fuhr rückwärts und der Körper des Mannes wurde geborgen. Der Obdachlose war am Leben. Es war ein Wunder. Vielleicht war es ein gutes Omen, vielleicht würde auch Milla überleben.

Vergeblich suchte Patrick in der Kleidung und auf den Schienen nach einem Messer. Wie sehr hatte er sich gewünscht, dort eine Klinge zu finden, um seine Schuld zu schmälern und Milla von Brutus Tod berichten zu können.

»Geh zu ihr. In dem Triebwagen kann ich auch allein warten.«

Arkady spürte Patricks Zögern.

»Jetzt geh schon. Ich ruf dich, wenn sich was tut.«

Er schob ihn an. Unwillig verließ Patrick den Bahnhof. Arkady sah ihm nach, wartete, bis Patrick außer Sicht war, bevor er sich Anne zuwandte.

Er hatte sie sofort erkannt.

Arkady sprach sie an, gab ihr seine Visitenkarte und notierte ihre Adresse. Er war voll Mitgefühl und versprach ihr, sie in ein paar Tagen zu besuchen. Der Ehering an ihrem Finger störte ihn nicht.

Er griff ihre Hand. Sie war weich, die Finger lang, die Nägel manikürt. Arkady brachte Anne zur Oberfläche, setzte sie in einen Streifenwagen und ließ sie nach Hause bringen. Er verfluchte seinen Job. Wie gern hätte er Anne nach Hause begleitet.

– 82 –

Unbewegt lag Milla in ihrem Klinikbett. Patrick betrachtete sie durch den offenen Türspalt und betrat den Raum.

»Hallo Rotschopf.«

Die einsetzende Stille schmerzte.

Patrick setzte sich an die Bettkante, fühlte ihre kalten Hände und erkannte einen Zugang auf ihrem Handrücken. Er stellte sich vor, die dünne, elastische Nadel würde in seinem Körper stecken. Patrick spürte seinen Kreislauf wegsacken, streifte sich die Schuhe von den Füßen. Der kalte Boden des klimatisierten Raums half ihm, sich zu kontrollieren.

»Du fehlst mir. Deine Stimme fehlt mir. Ich komm nicht klar ohne dich.«

Sie glich einem schlafenden Engel. Es fiel so schwer, an ein besseres Morgen zu glauben.

Er betrachtete die Schläuche an ihrem Körper.

»Wir haben uns geirrt. Es tut mir so leid. Ich wollte das nicht.«

Die Wunde. Ihr regloser Körper.

»Ich habe nachgedacht. Wir ziehen aufs Land, fangen neu an. Ein langweiliges Revier irgendwo.«

Die Überwachungsgeräte, er hörte ihr leises Surren.

»Ich habe im Internet nach Häusern gesucht. Ich glaube, wir könnten das Geld zusammenkratzen. Lass es uns versuchen, ja? Du musst nur aufwachen und gesund werden. Bitte versuch es. Bitte.«

Sie war blass, totengleich.

Unzählige Male hatte sich Patrick gewünscht, Brutus hätte in dieser Nacht eine andere Frau gefunden. Er dachte an die Frau in der U-Bahn. Anne Dugary war ihr Name gewesen. Wäre Anne an jenem Abend in der U-Bahn-Station gewesen, vielleicht hätte Brutus sie und nicht Milla gewählt.

In Gedanken opferte er Anne.

Für Millas Unversehrtheit wäre Patrick bereit gewesen das Leben von hundert Annes zu tauschen.

## – 83 –

Annes Stärke war verschwunden. Sie zitterte, schmiegte sich an ihn.

»Sein Gesicht. All das Blut.«

Ihre Selbstsicherheit, ihre Kontrolle, ihre Macht, sie hatte alles abgelegt. Ihre Veränderung gefiel Iacub und doch wusste er, der Wandel würde vergehen. Stets waren die Momente ihrer Annäherung und Harmonie flüchtig.

Sie weinte, und er fühlte sich unwohl dabei. Sie suchte seine Stärke. Er umarmte sie, zögerlich und ohne Liebe.

»Es ist vorbei, Anne.«

Sie hielt seine Worte für Trost.

Sein Wortspiel durchschaute sie nicht.

Nur selten hatte sich Iacub in Annes Gegenwart stark gefühlt. Jetzt war er stark. Es war eine Veränderung, auf die er gehofft und hingearbeitet hatte.

Er malte sich ihren Schrei aus, dachte an das Gespräch der Polizisten, an das Pentagramm des Killers. Vielleicht bot der fünfstrahlige Stern doch Schutz. Mit jedem Mord bröckelte die Macht Annes über Iacub. Vier Frauen waren bereits tot. Vier Strahlen des Sterns waren vollendet. Würde er bald frei sein? Die Idee faszinierte ihn, berauschte ihn. Um sich von Annes Einfluss loszuketten, bedurfte es eines weiteren Mordes. Sollte er auf den Tod einer weiteren Frau hoffen? Sollte Anne diese Frau sein?

Warum fünf Frauen töten, um eine Frau zu bannen? Warum nicht die Frau selbst töten? Brutus handelte irrational. Er war ein Irrer, ein Psychopath, ein Spinner. Iacub verstand nicht, warum die Medien diesem verrückten Schlächter so sehr huldigten. Es waren kranke Zeiten, in denen ein solcher Mann der Aufmerksamkeit der Massen sicher sein konnte. Bestimmt gab es andere, Würdigere.

Iacub fiel keine geeignete Person ein.

Annes Hände waren kalt, waren es immer gewesen. Früher schon waren ihre Hände kühl gewesen, selbst im Sommer. Ihre Finger hielten ihn fest.

Sie brauchte ihn.

»Lass uns neu anfangen.«

Sie sah in Iacubs Augen, hoffte, bangte. Sein Schweigen verletzte sie. Iacub entfernte sich täglich mehr von ihr. Er liebte sie nicht mehr. Sie wusste es schon lange. Sie teilten nur Erinnerungen an eine schöne Vergangenheit. Es war ihr Fehler. Mit Macht und Kontrolle hatte sie versucht, ihn an sich zu binden. Alles aus Angst vor dem Altersunterschied. Warum hatte sie immer daran gezweifelt, ihre Liebe könnte auch im Alter überdauern?

Anne wünschte sich eine zweite Chance.

»Versuch zu schlafen.«

Seine Stimme war voller Anteilnahme. Log er? Sie wusste es nicht, kannte ihn nicht mehr.

»Komm, leg dich hin.«

Anne ließ sich führen.

Er zog ihr die Schuhe aus. Sie spürte das kühle Leinentuch auf dem Bett, hörte den Lichtschalter klicken. Dunkelheit umfing sie. Die Klimaanlage surrte. Anne vergrub ihren Kopf im Kissen, lauschte. Das Surren war leise, gleichmäßig. Es beruhigte sie.

Es beruhigte sie nicht genug.

Sie öffnete die Nachttischschublade. Ihre Hand spürte die Folie auf, nahm zwei Tabletten. Sie sammelte ihren Speichel und schluckte das Valium hinunter. Anne wartete und starrte an die Decke. Ihre Augen gewöhnten sich an die Dunkelheit, schälten Umrisse aus der Schwärze.

Bleierne Müdigkeit kroch durch ihren Körper. Ihre Augen wurden schwer. Sie schlief ein, ohne es zu bemerken.

Iacub stand im Türrahmen und wartete.

*Zwanzig, neunzehn, achtzehn.*

Zu zählen hatte ihm schon so oft geholfen.

*Siebzehn, Sechzehn, Fünfzehn.*

Sein Finger berührte den Schalter. Licht flutete den Raum.

*Vierzehn, dreizehn, zwölf.*

Sie schlief tief und fest.

*Elf, zehn, neun.*

Ihre Züge waren entspannt.

*Acht, sieben, sechs.*

Die Nachttischschublade stand leicht offen.

*Fünf, vier, drei.*

Er zögerte.

*Zwei, eins, null.*

Sie würde nicht aufwachen.

Seine Hände umfassten dass Kissen neben ihrem Kopf. Es war sein Kissen. Zum Schlafen hatte er es nie benötigt. Es war nur Zierde.

Er drückte zu.

Ihr Widerstand war schwach. Er begann erneut zu zählen, bis ihr Körper schlaf wurde. Er spürte ihren Puls, fand ihn nicht.

Iacub hob sie an und trug Anne ins Bad. Eine Plastikfolie lag in der Wanne. Er hatte sich gut vorbereitet.

Das Gespräch der beiden Männer. Er hörte ihre Stimmen. In der U-Bahn-Station. Brutus würde dort töten.

Das Messer war lang und schmal. Es hatte eine einseitige Klinge. Sein Vater hatte ihm die Klinge einst geschenkt. Damals war Iacub noch ein Junge gewesen. Er hatte damit töten gespielt. Es war so leicht gewesen, in unsichtbare Leiber zu stechen, Kopfgeburten zu ermorden.

Iacub legte die Klinge an, zog sie über ihren Hals. Blut spritzte ihm ins Gesicht. Er schloss die Augen.

Wieder und wieder versenkte Iacub das Messer in Annes Körper.

Die Polizisten hatten ihm den Weg gewiesen. Es war ein Zeichen gewesen. Das Gespräch der Männer, das Pentagramm, der letzte Strahl des Sterns.

Iacub schloss die Folie über Anne, trug sie in ihrem Blut zum Aufzug, der Loft und Garage verband. Eine Videokamera zeigte die Ansicht der Straße. Bis zur U-Bahn-Station reichte das Sichtfeld. Es waren nur wenige Schritte dorthin. Nichts und niemand war zu sehen.

Iacub öffnete das Garagentor. Er trug Anne durch die Nacht. Die Wahrscheinlichkeit, jetzt gestört zu werden, war gering. Iacub kannte den Fahrplan.

Er öffnete den Leichensack, leerte ihn vor den Stufen der U-Bahn-Station.

Sie lag auf dem Rücken. Sie starrte ihn an. Ihre Augen fehlten.

Das Klingeln des Telefons riss Iacub aus seinem Tagtraum. Noch immer stand er im Türrahmen und starrte auf Annes Bett, behütete ihren Schlaf.

Iacub ging zum Telefon. Es war Helen.

»Wirst du es tun?«

Er schwieg und starrte auf das Kopfkissen neben Anne.

»Iacub. Rede mit mir. Wirst du es tun?«

Er legte den Hörer zur Seite und ging zurück. Helens Stimme folgte ihm, ein Flüstern im Raum.

Anne war schutzlos. Ob sie träumte?

Er hörte ein Klicken. Helen hatte aufgelegt. Sie wollte ihn beherrschen. Sie wollte wie Anne sein.

Iacub liebte Helen. Er wollte frei sein. Iacub wusste nicht, ob sich Freiheit und seine Liebe zu Helen vereinen ließ.

Er stand im Schlafzimmer und betrachtete Anne. Ihre Gesichtszüge waren entspannt. Er würde warten, bis sie erwachte, dann würden sie reden. Iacub war von ihrer Schwäche fasziniert. Er streichelte ihr Haar, dachte an all ihre Fehler und den Neuanfang, den sie sich wünschte. Es war nicht möglich. Er war kein Fantast. Menschen änderten sich kaum im Laufe eines Lebens. Wenn er Helen und die Galerie nicht verlieren wollte, musste Anne sterben.

Unruhe stieg in ihm auf. Iacub hielt es im Loft nicht mehr aus. Der Drang, sich zu bewegen und auszubrechen, war groß. Er wollte nicht über Anne wachen und sich sein Scheitern eingestehen. Iacub mochte vieles sein, ein Mörder war er nicht.

Er beschloss, sich müde zu laufen. Die Anstrengung würde die Unruhe tilgen. Im Lift fuhr er in die Garage, schlängelte sich an Annes auf Hochglanz polierten Sportwagen vorbei. Iacub betrachtete das runde weiß-blaue Logo, dachte an Himmel und Wolken, an die Freiheit.

Über den Überwachungsmonitor der Videokamera kontrollierte Iacub die Straße. Menschenleer erstreckte sich der Asphalt bis zur Treppe der U-Bahn-Station. Iacub öffnete das Tor, entkam seinem Zuhause und folgte dem Déjà-vu. Sein Laufschuh setzte an der ersten Stufe auf. Hier hatte er Annes Körper ablegen wollen.

Iacub rannte davon. Er floh vor seiner Fantasie.

## – 84 –

Am Ende eines langen Tages verließ Arkady das Revier. Bald würde sein Dienst für immer zu Ende sein. Ein Leben im Ruhestand konnte er sich nicht vorstellen. Er wollte nicht wie die Alten werden und zuhause aus dem Fenster oder in den Fernseher starren. Keine Aufgabe mehr zu haben, bedeutete überflüssig zu sein und vor Langeweile zu sterben. In Gedanken öffnete Arkady das Papier eines Schokoriegels. Sein Magen schmerzte. Das Verlangen nach Süßigkeiten war größer. Klebrig und warm floss die Schokolade über seine Hand.

Einen Fluch auf den Lippen hüllte Arkady den Riegel wieder ein, warf ihn weg und leckte seine Finger.

»Mahlzeit.«

»Sehr lustig, Kaspar.«

»Wenn du meinst.«

Sie gingen ein paar Schritte.

»Und, kommt ihr voran?«

»Wenn Brutus da unten ist, Patrick ist es auch.«

»Du hättest ihn von dem Fall abziehen müssen.«

»Stimmt. Drauf geschissen.«

»Charmeur.«

»Danke, ich hab's erst mit Altersweisheit versucht. Der jugendliche Charme steht mir aber besser.«

Sie lachten.

»Und du glaubst, euer Killer lungert da unten rum?«

»Ja. Er kennt sich in den U-Bahn-Tunneln blendend aus.«

»Vielleicht war es nur Glück.«

»Wer fünf Frauen angreift, ohne Spuren zu hinterlassen, der hat nicht nur Glück.«

»Hast du sein Gesicht gesehen?«

»Nur eine schwarze Gestalt in einem schwarzen Tunnel.«

»Und Patrick?«

Arkady schüttelte den Kopf. »Er will ihn unbedingt.«

»Töten?«

»Und wenn?«

»Würdest du ihn daran hindern?«

»Sie ist sein Mädchen. Er liebt sie. Wenn er ihn tötet, wird es leichter für sie.«

»Für ihn auch?«

»Ja.«

Arkady ließ Kaspar stehen. Er sollte nicht die Trauer in seinem Gesicht sehen. Nach so vielen Jahren fühlte er den Schmerz des Verlustes noch immer.

Sie hatte für ihn kochen wollen. Ein Gewürz hatte gefehlt. Irina war nochmals einkaufen gegangen, sie kam nie mehr zurück. Er hatte in der Küche gestanden, die Zutaten betrachtet und gewartet. Er hatte den Tisch gedeckt, einen Wein geöffnet und gewartet. Stunden. Er hatte zum Telefon gegriffen und auf dem Revier angerufen. Niemand hatte etwas gewusst. Am Fenster hatte er gesessen und hinausgestarrt. Irgendwann hatte das Telefon zu läuten begonnen. Er hatte Angst gehabt den Anruf entgegenzunehmen und zu erfahren, was er längst wusste.

Einen Koffer mit ihren Sachen hatte er aufgehoben. Ihren Reisepass, Wäsche, ihr Lieblingskleid. ihre roten Pumps, eine Schachtel voller Fotos.

Irina fehlte ihm. Sie war der Grund, warum er nachts ziellos durch die Stadt wanderte. Er hielt das Alleinsein nicht aus.

Arkady wusste genau, was Patrick fühlte.

## – 85 –

Das Telefon klingelte und weckte Anne. Der dumpfe Klang wurde klarer, lauter.

»Hallo?«

»Ich bin's. Helen.«

Die Stimme vertrieb die Schleier des Valiums.

»Wir müssen reden. Über Iacub.«

»Es ist alles gesagt.«

Anne legte auf.

Es klingelte erneut, und sie wusste, wer in der Leitung auf sie wartete.

»Was willst du, Helen?«

»Iacub wird dich verlassen, wenn ich es will.«

Die Furcht schnürte Anne die Kehle zu, klemmte ihre Stimmbänder ab.

»Ich will ein Treffen. Bei der U-Bahn vor der Galerie. In zehn Minuten.«

Anne hörte das Klicken in der Leitung. Lange noch hielt sie den Hörer. Als sie auflegte, zitterte ihre Hand.

Hätte Anne aus dem Fenster gesehen, hätte sie Helen erblickt. Vor der Galerie stand sie, im Schatten der Hausfassade, verborgen vom Licht der Straßenlaternen.

Helen hatte Iacub beim Verlassen des Hauses beobachtet. Sie wusste um seine innere Unruhe und sie kannte den Grund. Anne. Ihr Telefonat war der Auslöser seiner Unruhe gewesen. Helens Frage hatte Iacub aus dem Gleichgewicht gebracht. Immer lief Iacub den Dingen davon.

Ohne Druck gab es von ihm keine Entscheidung. Sie hatte den Druck erhöht, er hatte mit Flucht reagiert. Warum nur war Iacub kein Kämpfer? Warum musste sie für ihn kämpfen?

Helen dachte an Milla, von ihr hatte sie gelernt, eine Kämpferin zu sein. Milla war nicht zum Training gekommen. Ihr Handy war stumm geblieben. Sie alle hatten vor der geschlossenen Tür des Gyms gewartet. Helen wusste von den Überstunden im Polizeidienst, den überraschenden Einsätzen. Sie hatte gehofft, mit Milla reden zu können. Es hätte ihr geholfen, eine Entscheidung zu fällen.

Helen war auf sich allein gestellt. Darauf lief es im Leben immer hinaus. Die Entscheidung und die Verantwortung konnte man nicht abgeben.

Noch fünf Minuten.

Genug Zeit für eine Entscheidung.

Es würde seine Entscheidung sein.

– 86 –

Sein Handy klingelte. Iacub atmete schwer, nannte seinen Namen. Verblüfft vernahm er Helens Stimme.

»Wo bist du, Helen?«

»Du fehlst mir.«

»Ist alles in Ordnung?«

»Ja. Und bei dir.«

»Ja.«

»Du hast mir nicht geantwortet.«

»Ich weiß.«

»Hast du dich entschieden?«

Er schwieg lange.

»Ja.«

»Und?«

»Ich kann es nicht tun. Es tut mir leid.«

»Es ist gut, Iacub.«

Sie hatte nichts anderes erwartet. Iacub war feige. Er wählte stets den Fortbestand und nie die Veränderung. Stagnation war Rückschritt.

Helen lauschte seinem Atem.

»Liebst du mich?«

Ihre Stimme zitterte.

»Was ist los Helen?«

Sie wartete und schwieg.

»Helen, red mit mir. Bitte.«

Es war seine Entscheidung.

«Wo bist du, Helen? Ich komme zu dir.«

»Nein.«

»Warum nicht?«

»Gib mir nur eine Antwort.«

»Helen, bitte.«

»Liebst du mich?«

«Ja, Helen. Ja, ich liebe dich.«

Helen beendete das Gespräch.

Iacub hatte sich zu ihrer Liebe bekannt.

Eine Minute verblieb.

Es war seine Entscheidung gewesen.

## – 87 –

Anne war auf das Maß einer normalen Frau geschrumpft. Keine Arroganz, keine Macht, nur eine Frau, die ihren Mann nicht verlieren wollte. Sie war überpünktlich.

Anne senkte den Blick. »Was willst du?«

»Gehen wir ein paar Schritte.«

»In den Park?« Verwundert blieb Anne stehen.

»Hast du Angst?« Helen ging voran.

Anne folgte trotzig. »Sag endlich, was du von mir willst.«

Die scherenschnittartigen Silhouetten der Bäume schluckten das matte Licht der Straßenlaternen. Die Lichter im Park hatten nicht die Strahlkraft für einen nächtlichen Bummel. Jede zweite Lampe war abgeschaltet. Die Stadt sparte Strom. Die vielen Klimaanlagen in den Behausungen der Menschen trieben die Elektrizitätswerke in die Knie.

»Du wolltest reden. Dann rede!«

Anne war wütend. Es würde die Sache für Helen einfacher machen.

»Wie viel willst du?

»Was denkst du? Was ist ein angemessener Preis für die Liebe? Tausend? Zehntausend? Hunderttausend?«

»Ich werde nicht feilschen, Helen. Nenn mir deinen Preis und dann hau ab in das Kaff, aus dem du gekommen bist.«

»Ich will kein Geld. Ich will Iacub.«

Anne lachte gespielt.

Hier befand sich nicht die Bühne dafür.

Hier war nicht die Galerie.

Hier galten Helens Bedingungen.

»Gib ihn frei, Anne.«

»Du bist verrückt.«

Anne kehrte Helen den Rücken zu.

»Nein. Du bleibst.«

Finger in einem Latexhandschuh umklammerten das Jagdmesser.

Anne versuchte zu schreien. Kein Laut drang über ihre Lippen. Noch bevor sie zu Boden stürzte, füllte Blut ihren Mund. Neben ihrer Handtasche kam sie zum Liegen. Um ihre Leiche verstreuten sich Geldbörse, Handy, Lippenstift, ein Spiegel, Taschentücher, ein Schlüsselbund. Annes Besitztümer glichen archaischen Grabbeigaben.

Wieder und wieder stach Helen zu und sammelte Annes Augen.

Helen würgte, kämpfte den Brechreiz hinab, suchte nach Fußabdrücken im Blut. Es gab keine. Dann entledigte sie sich ihrer Schuhe. Feine Blutspritzer zierten die Spitzen. Sie entnahm ihrer Umhängetasche eine Plastiktüte mit einem frischen Paar, tauschte Turnschuhe gegen Turnschuhe, legte Waffe und Augen dazu.

Helen rannte davon, floh vom Tatort so weit und schnell sie konnte. Dann übergab sie sich.

Er liebte sie.

Er hielt zu ihr.

Er hatte es ihr gesagt.

Es war Iacubs Entscheidung gewesen.

Im Schutz der Dunkelheit mächtiger Baumstämme wechselte sie in einem Meer von wild wuchernden Farnen ihr Kleid, ließ es in der Plastiktüte verschwinden. Sie überprüfte ihr Gesicht mit einer Taschenlampe in einem Schminkspiegel, fand dort feine rote Spritzer. Mit einem Erfrischungstuch tilgte sie die Spuren.

Helen verließ den Park.

## – 88 –

Die beiden Polizisten beobachteten Helen auf dem Kontrollmonitor. Videokameras übertrugen ihr Bild. Arkady und Partrick saßen in dem alten Triebwagen, in einem blinden U-Bahn-Tunnel. Unsichtbar für Helen überwachten sie sie.

Helen war die erste Frau in dieser Nacht. Seit Brutus Angriff auf Milla mieden die weiblichen Pendler zu später Stunde diese U-Bahn-Station. Sie schienen die drohende Rückkehr des Killers zu spüren.

Glück, Intelligenz und die Handschrift, mit der ein Killer tötete, waren entscheidend für den Erfolg der Polizei. Brutus Handschrift war bekannt, er näherte sich von hinten seinen Opfern, schnitt ihnen Kehle samt Stimmbändern durch. Er ließ sie verstummen, reagierte seine Wut an ihnen ab, zerstörte mit zahlreichen Stichen ihre Körper. Bevor er sie zurückließ, nahm er ihnen ihre Augen, hebelte sie mit dem Messer aus dem Kopf, hob sie auf, wo seine Klinge sie hingeschleudert hatte.

Jeder Bewohner der Stadt, der lesen oder eine Fernsehbedienung in Händen halten konnte, wusste das. Mit dem Killer ließ sich gutes Geld verdienen. Eines nicht fernen Tages würde sich auch die Stadt einen Bonus verdienen, den leeren Säckel füllen und geführte Spaziergänge zum

Park und den U-Bahn-Stationen anbieten, um Touristen und Hobbykriminologen das Geld aus den Taschen zu ziehen.

Der Umsatz der Taxen war seit Beginn der Mordserie stark angestiegen. Die Fahrer waren glücklich. Das Geld stimmte und die Fracht war attraktiv. Frauen suchten den Schutz der Fahrzeuge und mieden die nächtlichen U-Bahnen.

Patrick betrachtete die junge Frau auf dem Monitor. Ihr Schritt war unsicher. Sie sah sich mehrfach um. Ihre Hand umklammerte verkrampft ihre Tasche.

»Sie hat Angst.«

»Vor Brutus.«

»Sie ist hübsch.«

»Sie ist nicht blond.«

Haartöner waren in vielen Drogerien ausverkauft. Aus Furcht, ein Opfer zu werden, färbten sich die Frauen die Haare. Mahagoni war die meistverkaufteste Farbe des Frühlings. Ihre Finger waren in Bewegung, fuhren durch ihr Gesicht, ihr Haar. Ihre Körperhaltung war angespannt. Sie tigerte auf und ab, wartete auf den Zug. Ihr Blick suchte die Uhr über dem Bahngleis. Sie war stehengeblieben.

Patrick kannte die Pläne auswendig. Zu lange hockte er schon in dem Triebwagen. Die Fahrpläne zu studieren, war ihm Zeitvertreib und Ablenkung geworden. Die Fahrpläne überlagerten die Gedanken an Milla in seinem Kopf.

Wind und Lärm kündigten die U-Bahn an, in deren Innerem Helen verschwand. Die Türen schlossen sich. Patrick erhaschte einen Blick auf Helens Gesicht.

Sie war blass.

»Sie wird froh sein, wenn sie sicher zu Hause ist.«

## – 89 –

In Kleidern stand Helen unter der Dusche, fühlte das warme Wasser, wusch sich das Blut vom Leib, welches sie an sich glaubte, ohne es an sich zu tragen.

»Er liebt mich.«

Unzählig oft wiederholte sie den Satz, versuchte, das Erlebte zu bannen.

Das Jagdmesser lag über dem Abfluss, zwischen ihren nackten Füßen. Das Wasser wirbelte um die Klinge, bildete einen Strudel.

Helen drückte ihre nassen Hände gegen die Glaswand der Duschkabine.

»Er liebt mich.«

## – 90 –

Wasser drang aus allen Poren. Iacub lief, seine Lunge saugte die Hitze ein. Die Luft flirrte. Es war die heißeste Frühlingsnacht seit Beginn der Temperaturmessung. Die Bevölkerung der Stadt mied die Straßen. Ärzte warnten vor Sonne, Hitze, Bewegung und Sport.

Passanten kreuzten seinen Weg und hielten ihn für verrückt. Sie wussten nichts über Iacubs Verwirrung und Sorge um Helen, nichts von dem inneren Zwang, seine Unruhe in Bewegung umzusetzen.

Essensreste quollen aus einem Müllsack und verteilten sich auf dem Asphalt. Er passte seine Schrittlänge den Hindernissen an, sprang über eine Fischstäbchen-Verpackung, über verschmutzte Windeln, einen gebrochenen Spiegel. Ein beißender Geruch stieg auf und schien Iacub zu verfolgen.

Den Park vor Augen lief er unter dem Schild der U-Bahn-Station vorbei. Es hing schief, war lose. Wochen schon. Er rannte weiter, beschleunigte, wollte weg von hier. Sich zu bewegen, fiel ihm schwer. Er spielte mit dem Gedanken in einen langsamen Trott zu verfallen und verwarf ihn.

Iacub erreichte die ersten Bäume. Kein Blatt bewegte sich.

Er erkannte sie sofort, starrte auf ihre Zunge, den Kaugummi in ihrem Mund. Sie zu sehen, gab ihm einen Stich. Sie war schön, vulgär, gefährlich.

Ihre Freunde saßen bei ihr. Der Gettoblaster schwieg, verweigerte bei der Hitze seinen Dienst. Sie lümmelten auf einer Bank. Der Park schien ihnen zu gehören.

Iacub erinnerte sich an die Schläge, an den Obdachlosen.

Es war ihr Territorium.

Sie sahen ihn an, erst gleichgültig, dann neugierig, letztlich interessiert.

Er beschleunigte, lief im Schein der Wegbeleuchtung vor ihren Blicken davon. Iacub spürte ihr Starren und plötzlich war er dankbar für die Hitze. Es war zu heiß, sie würden ihm nicht folgen, ihn nicht schlagen.

Sie blickten ihm nach, wunderten sich über seine Angst und die Geschwindigkeit, mit der er sich von ihnen fortbewegte.

Sirenen erklangen.

Er hörte sie. Die Kids vernahmen sie ebenfalls.

Iacub sah Polizeifahrzeuge und verließ den Park.

– 91 –

Andere warteten auf sie, ebenso hilflos wie die junge Frau. Die Krankenschwester tupfte Millas Gesicht ab und betrat einen anderen Raum.

Der Mann war ohne Bewusstsein, seit er eingeliefert worden war. Man hatte ihn sofort operiert. Die untere Hälfte seines Körpers fehlte. Seine Wunden waren infiziert und die Antibiotika schlugen nicht an. Sie wusste warum. Hygiene war das Problem. Die Hände von Ärzten und Schwestern waren nicht ausreichend desinfiziert. Der Zeitdruck war zu groß. Das Personal war unterbesetzt. Niemand sprach über das Problem. Alle wussten davon. Starb jemand an einer Infektion, wurde ein anderer Grund vorgeschoben. Niemand würde lügen, wenn der Mann vor ihr seinen Verletzungen erlag, denn ohne Verletzung hätte es nie eine Infektion gegeben.

Haar und Bart waren verfilzt. Er stank, war fast zahnlos. Wundmale zierten seinen Körper. Schorf, Madenbefall. Sein Körper war durch das Leben auf der Straße frühzeitig gealtert.

Ihr Beruf verlangte, sich mit allem Menschlichen auseinanderzusetzen. Leid, aber auch Ekel, gehörte dazu. In all den Jahren in der Klinik hatte sie reichlich davon kennengelernt. Sie wollte Leben bewahren. Deshalb war sie hier.

Sie musste selbst leben. Ihr geringes Einkommen war ein gleichgewichtiger Grund.

Sie hielt sich nicht lange bei ihm auf, holte die Zeit auf, die sie bei der jungen, bleichen Frau mit den roten Haaren verbracht hatte.

Die Krankenschwester begegnete Patrick auf dem Korridor und erkannte ihn. Sein Leid schien ihn zu krümmen. Er kam jeden Tag hierher. Seinen Namen hatte er ihr genannt. Sie hatte ihn vergessen. Er gehörte zu der rothaarigen Frau.

Sie lächelte ihn an. Mut machen, freundlich sein. Beides war Teil ihrer Arbeit.

Sie würde ihn nicht stören, auch dann nicht, wenn die Besuchzeit vorüber war.

Er tat ihr leid.

Sie straffte die Schultern, versuchte sein und Millas Schicksal abzuschütteln und betrat das nächste Zimmer. Sie lächelte und verbarg ihre aufgewühlten Gefühle vor dem Patienten. Sein Kissen schüttelte sie auf. Er flirtete mit ihr. Morgen würde er die Intensivstation verlassen. Sie freute sich für ihn, dachte an Milla und wünschte ihr dasselbe Glück.

## – 92 –

Zeit hatte für sie keine Bedeutung mehr. Sie schien nicht mehr zu existierten. Dort, wo sich Milla aufhielt, gab es weder Zeitverlauf noch Zeitverlust.

Sie fühlte seine Anwesenheit. Sehen konnte sie ihn nicht. Seine Worte klangen fremd.

Es tat gut, seine Stimme zu hören.

Gern hätte sie für ihn gelächelt, gesprochen, ihn angesehen. Milla fühlte sich in ihrem Körper gefangen. Ein Gefängnis aus Fleisch und Knochen.

Es war schön, seine Nähe zu spüren.

Es war schön, in ihrer Nähe zu sein.

Für Patrick war es der Beginn einer neuen gemeinsamen Zukunft ohne Gefahr. Milla würde aufwachen, sowie er Brutus eliminiert hatte. Patrick war sich dessen sicher. Sein Erfolg würde ihm die Schuld und Milla die Angst nehmen. Es gäbe für Milla keinen Grund mehr, sich im eigenen Körper zu verstecken.

Er fühlte Millas kalte Hand, lauschte dem sanften Surren der medizinischen Geräte und streichelte ihre Finger. Er suchte nach Worten, bevor er damit begann, ihr über seinen Tag zu berichten.

Es gelang ihm nicht, die Eindrücke eines Arbeitstags am Eingang der Klinik zurückzulassen. Er berichtete über Brutus und Arkady wie andere über das Wetter.

Patrick begann über Anne zu reden, über seinen Wunsch, Annes Leben mit Millas zu tauschen, sprach er nicht. Auch nicht über den schwer verletzten Obdachlosen unter dem U-Bahn-Zug und nicht über die junge, verängstigte Frau in der U-Bahn, die er auf dem Monitor beobachtet hatte.

Milla war so blass.

Man hatte ihm gesagt, er solle viel mit ihr reden. Zu oft hatte er schon von seiner Schuld gesprochen, seiner Jagd nach Brutus, von seiner Liebe, seiner Hoffnung. Es war schwer, über Gefühle zu sprechen.

Er sprang auf, lief aus dem Raum. Eine SMS auf dem Handy forderte ihn dazu auf. Brutus hatte erneut gemordet.

Patrick rannte über den Gang. Ein Alarmsignal ließ ihn zögern. Patrick fürchtete um Milla, kehrte um und blieb erleichtert stehen. Das Geräusch hatte seinen Ursprung in einem anderen Zimmer.

»Schwester! Schnell!«

Patrick rief um Hilfe für den Mann ohne Beine.

Sie drängte an ihm vorbei, eine blonde Strähne hing in ihre Stirn. Die Schwester beugte sich über den Mann, wusste, seine Zeit war gekommen.

## – 93 –

Er starrte die Krankenschwester an. Es fiel ihm schwer, die Hand zu öffnen, den Arm zu strecken. Ihr Haar, so nah, so blond. Er griff nach ihrer Haarsträhne, sah sie zurückweichen. Seine Gedanken brüllten ihr ein »Nein« entgegen.

Sie hörte nicht, zog sich zurück. Seine Hand folgte ihr. So viel Schmerz. Er richtete sich auf. Finger krümmten und schlossen sich. Sein Griff ging ins Leere. Sein Körper fiel zurück. Schmerz. Wut. Es durfte nicht sein. Aufbäumen, Verzweiflung. Sie war so nah.

Er wollte sie berühren.

Er musste sie berühren.

Er konnte es nicht.

Ihre Furcht. Er sog sie in sich auf. Ihre Augen, so voller Schrecken. Es machte ihn glücklich.

Sie wich zurück, verlangsamte, kehrte wieder, griff seine Hand, wollte ihm helfen. Niemand sollte dem Tod allein entgegentreten. Die Schwester verstand nicht, woher der Mann die Kraft nahm, sich aufzubäumen. Um ihre Hand spürte sie die Muskeln seiner Finger.

Er gab nicht auf.

Sie half ihm.

Ihr Blick, voll Anteilnahme und Mitgefühl.

Er zögerte.

Es war so fremd.

Seine Hand erschlaffte.

Patrick und die Krankenschwester sahen ihn sterben.

Brutus war tot.

Patrick fühlte Mitleid.

– 94 –

Er fühlte sich wie ein Idiot. Im Triebwagen der U-Bahn hatte Arkady ausgeharrt und geschwitzt, hatte die Bilder der Polizeikameras überwacht und auf den Killer gewartet. Brutus hatte ihn verhöhnt, hatte im Park nahe der U-Bahn-Station gemordet.

Arkady verließ den Triebwagen, ließ die U-Bahn-Station hinter sich und hastete zum Tatort.

Blutspritzer überzogen die wild wachsenden Farne neben der Leiche. Ihr Körper war leicht verrenkt, ihr Mund geöffnet, die Augen waren ihr genommen worden. Arkady kannte sie. Es war ihre dritte Begegnung. Sie war vor ihm aus der Bar geflohen. Was, wenn sie geblieben wäre?

Er hatte sie aus der U-Bahn-Station geleitet. Was, wenn er Anne Dugary nach Hause gebracht hätte? Vielleicht hätten sie sich verabredet, sich in der Stadt getroffen und sie wäre nicht hierher gekommen.

Hätte er Anne ausgeführt, hätte Patrick in der U-Bahn auf Brutus gelauert und vielleicht hätte die Suche nach einem Opfer den Killer die Stufen hinabgetrieben, vor Patricks Pistole.

Wäre es so gekommen, wäre Brutus in dieser Nacht gestorben.

## – 95 –

Patrick atmete schwer, er war den letzten Kilometer bis zum Park gejoggt. Nur unweit von der letzten Spitze des Sterns hatte Brutus gemordet.

»Das Pentagramm ist vollendet.«

Patrick nickte und überspielte seine Verzweiflung. Er kauerte über dem fünften Opfer.

Die Falle war seine Idee gewesen. Er hätte seine Zeit nicht im Krankenhaus verbringen dürfen. Patrick hatte seine Chance auf Rache leichtfertig vertan.

»Ich hätte hier sein müssen.«

»Und dann? Wir hätten beide da unten gesessen. Er hat uns verarscht, Patrick.«

»Hat er das wirklich oder haben wir versagt?«

»Zwanzig Meter sind es von da unten bis zur Oberfläche. Der Park beginnt direkt neben der U-Bahn-Station.

Der Tatort ist hundert Meter davon entfernt. Hätten wir jeden Cop im Revier einsetzen dürfen, es hätte nicht ausgereicht, diese Fläche abzudecken.«

»Er ist weg Arkady. Er hat, was er wollte.«

»Er wird feststellen, dass das Pentagramm ihm nicht hilft. Der blonde Dämon wird nicht aufhören seine Seele zu quälen. Brutus wird weiter töten.«

»Und wenn nicht?«

»Dann wird niemand mehr sterben.«

»Hoffentlich.«

Patrick dachte an Milla. Arkady und er mussten eine Spur finden. Es war ihre letzte Chance.

Patrick hatte die Frau sofort erkannt. Ihr Leben hatte er mit Millas tauschen wollen. War ihr Tod Zufall, Schicksal oder ein erhörter Wunsch? Vielleicht hatte Anne Dugarys Tod Milla freigekauft.

Patrick täuschte sich selbst. Es war ihm zu einer schlechten Angewohnheit geworden.

Er öffnete ihre Handtasche, nahm ihren Ausweis. Ihre Wohnung lag nicht weit von hier.

»Lass uns hingehen.«

Sie ließen den Tatort hinter sich, folgten dem Weg durch den verwachsenen Park zur U-Bahn-Station und ihrem Dienstwagen.

– 96 –

Arkady sah sie zuerst. Sie war schön, auf eine derbe und billige Weise, die Männer sofort an Sex denken ließ. Aufreizend lungerte sie auf der Bank. Ein Bein hatte sie auf der Sitzfläche neben einem Gettoblaster aufgestellt, das andere ausgestreckt. Schmale Knöchel endeten in Turnschuhen. Schlanke Beine ragten aus Hotpants.

Arkady stellte sich ihren Hintern vor. Klein. Rund. Knackig. Er hätte ihn gern gesehen.

Gelangweilt sah sie zu ihm und ihre Freunde taten es ihr gleich. Die Teenager schwiegen, erkannten dann die Männer als Polizisten und wurden unruhig.

Am liebsten wäre sie davon gelaufen. Arkady erriet ihre Gedanken, änderte die Richtung und hielt sein Polizeiabzeichen vor ihr junges Gesicht. Sie schwieg. Einer der Jungs begann an ihrer Stelle zu reden.

»Wir haben nichts gemacht, Mann.«

Auf diesen Satz hatte Arkady gelauert.

»Warum hast du dann ein schlechtes Gewissen?«

Der Junge dachte an die Penner, die sie im Park gestellt und verprügelt hatten, an den Frust, den er und seine Freunde an Obdachlosen abreagierten. Keiner seiner Freunde besaß einen Job oder eine Lehrstelle, nicht einmal die Aussicht darauf. Sie besaßen keine Bildung, ihr

Ehrgeiz und ihr Selbstwertgefühl war ihnen genommen worden. Schnell hatten sie ihre Lektion gelernt. Niemand benötigte sie. Mit siebzehn Jahren waren sie bereits gescheitert. Frust und Wut fanden in Gewalt ein Ventil. Die Penner waren ihre Opfer. In der Hierarchie der Stadtmenschen standen Ausländer und Obdachlose an unterster Stelle, dicht gefolgt von kriminellen Jugendlichen wie ihnen, Kids ohne Zukunft.

Die Stadtratten waren ihre Beute, der Park der Außenseiter war ihr Revier. Hier waren sie die Jäger. Wer interessierte sich schon für einen Penner? Niemand würde wegen einer Stadtratte die Polizei rufen. Für die Teenager waren die Obdachlosen Abschaum.

»Aufstehen. Alle.«

Sie folgten Arkady zögerlich.

»Umdrehen. Arme und Beine ausstrecken.«

Arkady sah, was er sehen wollte, den knackigen Hintern des Mädchens.

»Heh Mann, wir sitzen hier nur rum. Wir tun nichts. Niemandem. Kapierst du?«

Sie hatte einen breiten Dialekt, klang vulgär.

Seine Anwesenheit schüchterte sie ein. Er ging um sie herum.

»Ich suche einen Killer.«

Arkady sah getrocknete Blutspritzer auf ihren Schuhen.

Das Mädchen hielt seinem Blick nichts stand, keiner von ihnen. Sie erinnerten sich an all die von ihnen zusammengeschlagenen Obdachlosen. Hunderte waren es gewesen, denn die Stadt bot ein nicht versiegendes Reservoir an Menschen, die Arbeit und ihr Zuhause verloren hatten. Sie überlebten auf den Straßen der Stadt und im Park.

Hatten sie einen von ihnen getötet? Warum sonst war der Bulle hier? Es konnte nur diesen Grund geben.

»Ich suche einen Mann, der mit einem Messer tötet. Er hat eine Frau erstochen. Hier im Park.«

Niemand hatte Brutus bis heute gesehen. Es würde auch hier keine Zeugen geben. Arkady folgte einem anderen Plan.

Er isolierte das Mädchen.

»Wo ist das Messer?«

Er sah ihre Tränen.

»Ich schwör's. Wir waren's nicht.«

Einer der Jungs kam ihr zu Hilfe, bekräftigte ihre Worte. Arkady glaubte ihnen und tastete dennoch ihre Körper nach Waffen ab. Er tat es wegen ihr. Er wollte sie spüren.

Sie schöpfte keinen Verdacht.

»Ein Typ is' hier vorbei gerannt. Hat uns angeglotzt. Sah aus wie 'n Psycho. Ich mein', es ist arschheiß. Wer rennt da schon rum, Mann?«

»Mitkommen, los.«

Vergeblich hatte sie gehofft, er würde sie in Frieden lassen.

Sie spürte seine Hand an ihrem Arm. Seine Finger hielten sie zärtlich. Sie war überrascht, ließ sich führen.

Willfährig folgten die anderen.

Arkady und Patrick führten die Teenager zurück zur Polizeiabsperrung des Tatorts. Die Jugendlichen mieden die neugierigen Blicke der Frauen und Männer der Spurensicherung. Das Mädchen fühlte den sanften Druck auf ihrem Arm nachlassen und schließlich verschwinden.

»Nehmt sie mit. Vielleicht haben sie Brutus gesehen. Und untersucht das Blut auf ihren Schuhen.«

Patrick und Arkady verließen den Park. In ein paar Stunden würden sie über ein Phantombild des Psychos verfügen. Es war ein Anfang.

## – 97 –

Der Morgen nach der Bluttat kannte nur ein Thema: Brutus. Die Zeitungen und Lokalsender der Stadt berichteten von nichts anderem mehr. Sonderbericht jagte Sonderbericht, und ein jeder bemängelte die Ermittlungsarbeiten.

Stets, wenn sich die Medien nach einer Mordtat auf den Killer einschossen, wurde die Polizei von verbalen Kugeln getroffen. *Untätig, unterbesetzt, unfähig* waren die am häufigsten gebrauchten Vokabeln. Nur ein Wort war noch öfter zu vernehmen gewesen. Es lautete »Blind« und wurde immer wieder im Zusammenhang mit Übertragungsspuren geäußert, die nie an den blutgetränkten Tatorten aufzufinden gewesen waren. Es schien ein körperloses, mordendes Wesen zu sein, ein Unsichtbarer, an dessen Körper das Blut seiner Opfer nicht haften blieb.

Eine Reporterin konfrontierte Arkady mit dieser These und zitierte seinen Kommentar in ihrem Zeitungsartikel: *Vielleicht war es auch ein Känguru.*

Sie spürten dem Känguru nach, hofften in Annes Leben eine Spur zu finden. Arkady und Patrick waren auf dem Weg zu ihrer Galerie, auf dem Weg in eines der feinsten Viertel der Stadt. Patrick kurbelte das Fenster hinunter, schloss die Augen und spürte den Fahrtwind in seinem Gesicht. Der sanfte Luftstoß fühlte sich wie Millas Hände an, strich ihm über die Stirn und die Wangen, zerzauste sein Haar.

Das Hupen eines Fahrzeugs vertrieb den Gedanken. Patrick starrte in das verschwitzte Gesicht eines Fremden. Der Mann saß in seinem Wagen und fluchte. Arkady hatte dem Mann die Vorfahrt genommen. Es roch nach verschmortem Gummi. Auf dem heißen Asphalt zeichneten sich schwarz die Bremsspuren des Fahrzeugs ab.

Arkady zeigte dem Fahrer den Stinkefinger und fuhr weiter.

Patricks Tagtraum stellte sich nicht mehr ein, wurde durch die Furcht ersetzt, Milla könnte etwas passiert sein. Es gelang ihm nicht, den Gedanken zu vertreiben. Er griff zum Handy, wählte die Nummer der Klinik, wartete auf eine Stimme, die Gewissheit bringen würde.

»Sie schläft wie ein Engel.«

Ihr Zustand war unverändert.

Arkady parkte den Wagen auf einem Gehweg.

Sie stiegen aus und sahen zu dem mächtigen Gebäude auf. Große Fensterfronten durchbrachen die historische Fassade. Ein jeder Raum bot freie Sicht auf den Park.

»Wow. Ein Logenplatz.«

»Von dort hätte er sie sterben sehen können.«

»Ja. Mit einem Nachtsichtgerät. Was glaubst du, Patrick? Hat er eins?«

»Du wirst es gleich erfahren.«

»Ein bisschen an der Linse schrauben und den Park abschwenken. Sich liebenden Pennern beim Fummeln zusehen. Dann *Biff Bang Pow*.«

»Du bist krank Arkady.«

»Mein Magen. Stimmt.«

»Im Kopf.«

»Wer ich?«

»Ja.«

»Du vielleicht.«

»Ich? Vergiss es, Opa.«

»Kindskopf.«

»Fossil.«

Arkady lachte. Es steckte an. Patrick war froh, Arkady in seiner Nähe zu wissen. Es half ihm über die Trauer und Furcht hinweg.

## – 98 –

Patrick drückte mit dem Knöchel seines Fingers die Klingel. Als Junge in der Schule hatte er eine Geschichte über eine Münze gelesen. Hunderte Male war diese von Hand zu Hand, von Besitzer zu Besitzer gewechselt. Er hatte sich vorgestellt, was diese Hände zuvor getan hatten. Seitdem vermied er es, Türklinken und Klingeln, Fahrstuhlknöpfe und Haltgriffe in U-Bahn-Wägen mit den Fingerkuppen zu berühren.

In der Stadt lebten Millionen Menschen auf engem Raum. Patrick hatte es sich zum Zeitvertreib werden lassen, ihre Hände zu beobachten. Arkady war Linkshänder, hatte kurze Finger mit ovalen Nägeln. Am ersten Tatort hatten sie sich die Hände geschüttelt.

Ein Linkshänder öffnete die Tür und bevor er die Gesichter seiner Besucher betrachten konnte, hatten diese ihm bereits ihre Dienstausweise vors Gesicht gehalten. Der Mann war jung, reagierte erstaunt und schnell, vielleicht zu schnell für zwei Polizisten, die einen Mord untersuchten. Unverzüglich fragte er nach seiner Frau.

»Danke, dass wir reinkommen dürfen.«

Sie drängten an dem jungen Mann vorbei in die Wohnung, ignorierten seine Frage. Er hinderte sie nicht, schloss die Tür und verriegelte sie. Iacub hatte die beiden Männer aus der U-Bahn erkannt.

Arkady und Patrick sahen sie sich im Innern der Wohnung um. Die meisten Innenwände waren entfernt worden. Weite Räume waren entstanden. In einem der Zimmer rotierte eine Waschmaschine. Jogginganzug und Turnschuhe schleuderten darin. Die Sohlen der Schuhe schlugen gegen das Glas der Trommel.

Patrick und Arkady folgten Iacub über zwei identische Stockwerke hinweg. Sie verließen eine Galerie, betraten ein Loft. An den Wänden hingen Fotografien nackter Frauen. Brustwarzen und Geschlecht waren in den Werken von Inez van Lamsweerde digital entfernt worden. Noch nie hatten Patrick und Arkady solche Bilder gesehen.

## – 99 –

Iacub spürte die Blicke der beiden Polizisten in seinem Rücken, seit diese ihm ins Innere des Hauses gefolgt waren. Ihre Anspannung aber auch ihr Erstaunen über Kunst und Reichtum in diesem Haus waren ihm nicht entgangen und auch den Grund für ihren Besuch ahnte er. Sie waren wegen Anne gekommen.

»Ich habe sie als vermisst gemeldet. Es ist nicht ihre Art, nachts einfach zu verschwinden.«

Er hoffte, sie würden das Zittern seiner Stimmbänder erkennen und es als Sorge um Anne werten.

Arkady hatte gelernt, Schauspieler zu erkennen, wenn sie mit ihm sprachen. Er forderte eine Emotion und provozierte sie mit der Wahrheit.

»Wir haben sie gefunden. Sie lag tot im Park. Ermordet.«

Iacub war geschockt, Arkady zufrieden. Die Überraschung des jungen Galeristen schien glaubwürdig.

Iacub hatte Annes Leben verschont. Nun dankte er dem Zufall. Die von Helen auferlegte Forderung war ihm abgenommen worden? Doch was war mit Helen? War Helen Annes Mörderin? Ihre Worte hallten in seinem Gedächtnis nach. *Du liebst sie nicht mehr. Sie demütigt dich, erpresst dich. Töte sie, Iacub. Die Galerie. Das Geld. Ich. Alles würde dir gehören.*

Er fühlte sich schwach, schwindelte. Sein Blick klammerte sich an die Lippen des älteren Mannes. Zeitverzögert vernahm er dessen Worte.

»Ihre Kehle wurde durchschnitten. Ihr Körper weist mehrere Stichwunden auf. Ihre Augen wurden entfernt.«

Iacub wurde schlecht.

»Sie wurde sein fünftes Opfer.«

Iacub dachte an Helen.

*Wirst du es tun?*

Er hatte geschwiegen, hatte Helen eine Antwort verweigert.

*Wirst du es tun?*

Hätte er Annes Tod verhindern können?

Der Gedanke verriet ihn. Unzählige Male hatte Arkady Iacubs Gesichtsausdruck in den Mienen schuldiger Menschen gesehen. Ihre Mimik hatte sie ihrer Verbrechen überführt. Sie alle hatten sich schuldig gefühlt.

Der junge Galerist fühlte sich schuldig.

Er war doch ein Schauspieler.

Iacub ahnte nicht, welches Bild er den beiden Männern bot. Patricks Zweifel an Iacubs Schuld verflogen. Seine Hoffnung, Milla die gute Nachricht überbringen zu können, stieg mit jeder Sekunde. Iacub wand sich unter seinem Blick.

»Wo waren Sie in der letzten Stunde?«

»Hier. Unter der Dusche. Und unten in der Galerie.«

»Sie schwitzen stark. Gibt es unten in der Galerie keine Klimaanlage?«

»Doch. Sie funktioniert nicht.«

Patrick glaubte ihm nicht und tauschte einen Blick mit Arkady. Die Männer waren sich einig.

»Sehen wir nach.«

Patrick strebte zum Lift.

Fahrig fuhr sich Iacub mit den Händen durchs Haar. Ein Muskel unter seinem Augenlid begann zu pulsieren.

»Rede mit uns, Junge.«

Iacub starrte Arkady an, wusste sich durchschaut und schwieg.

»Mein Bauchgefühl sagt mir, dass du mit uns reden solltest. Es macht mich krank, wenn Typen wie du meine Zeit verschwenden.«

Iacub schwieg.

»Gehen wir runter und sehen uns das Ding an. Wenn du gelogen hast, nehmen wir dich mit.«

Arkady schon Iacub zum Aufzug.

Patrick öffnete die Tür.

»Halt. Warten Sie.«

Eine Tat zu gestehen, kostete Überwindung, selbst wenn alle im Raum die Wahrheit kannten. Arkady hatte es oft erlebt. Die ersten Worte waren schwer. Kamen sie dann ins Rollen, fiel es den Schuldigen leichter. Ein Geständnis konnte die Seele reinigen.

Iacub dachte nicht daran, zu gestehen.

»Ich, ich habe trainiert.«

»In der Galerie?«

»Nein. Ich war kurz joggen.«

»Sie sagten, Sie waren die ganze Zeit in der Galerie.«

»Ja. Ich wollte nicht, dass Sie denken …«

Sie glaubten ihm nicht. Warum glaubten sie ihm nicht? Nichts wünschte er sich sehnlicher.

»Bitte. Ich habe sie nicht getötet. Sie war meine Frau.«

»Wie alt sind Sie?«

»Einunddreißig.«

»Sie war sechsundvierzig.«

»Was hat das damit zu tun?«

»Wem gehört das alles hier? Ihnen?«

Iacub schüttelte den Kopf, und die Ermittler tauschten einen Blick. Sie hatten das Motiv für einen Mord gefunden, den Iacub nicht begangen hatte.

Iacub dachte an Helen, an ihren letzten Anruf.

*Liebst du mich?*

Ihre Stimme hatte gezittert. Er hatte sich um sie gesorgt.

*Sag es. Bitte.*

Er war ihr ausgewichen.

*Gib mir nur eine Antwort.*

Er hatte am Telefon nicht über Gefühle reden wollen.

*Liebst du mich?*

Er hatte ihr die erhoffte Antwort gegeben. Er hatte nicht gelogen. Er liebte sie.

Vor zwei Stunden hatte sie aufgelegt.

Wie lange war es her, seit er in der U-Bahn-Station dem Gespräch der beiden Männer gelauscht hatte?

Sie waren auf der Jagd nach Brutus. Sie waren zu ihm gekommen. Sie glaubten ihm nicht. Iacub hatte Angst.

»Ging Ihre Frau nachts öfter aus dem Haus?«

Iacub schüttelte den Kopf. »Nicht allein.«

Arkady erinnerte sich an Anne im Café und lächelte. Er hatte Iacub bei einer Lüge ertappt.

»Hatte sie einen Liebhaber?«

»Das ist lächerlich.«

»Warum könnte sie sonst diese Nacht aus dem Haus gegangen sein?«

»Anne sah einen Mann, der vor die U-Bahn fiel. Als ich joggen ging, lag sie im Bett und schlief. Sie hatte Tabletten genommen. Ich weiß nicht, warum sie das Bett verlassen hat.«

»Sie haben sie nach einem solchen Schock allein gelassen?«

»Es war ein Fehler. Ich weiß. Sie müssen verstehen, meine neue Ausstellung. Ich wollte, ich musste sie vorbereiten. Ich konnte mich nicht konzentrieren. Ich ging laufen. Es hilft, den Kopf freizubekommen.«

»Deshalb haben Sie sie allein gelassen?«

»Sie schlief.«

»Woher wussten Sie, dass sie nicht aufwachen würde?«

»Ich habe nicht darüber nachgedacht.«

»Warum nicht?«

»Ich weiß es nicht.«

»Weil es Ihnen scheißegal war?«

»Nein!«

»Warum haben Sie ihr dann nicht beigestanden?«

»Das stimmt nicht. Ich war den ganzen Tag und den Abend bei ihr.«

»Haben Sie sie geliebt?«

Sie lauerten auf eine Antwort.

»Ich weiß es nicht.« Iacub starrte zu Boden.

»Könnte es sein, dass Ihre Frau jemanden im Park treffen wollte?«

Iacub dachte an Helen und schwieg.

»Ein *Nein* also.«

Sie stellten keine Fragen mehr.

»Hier. Wenn Ihnen etwas einfällt, rufen Sie an.«

Mit der linken Hand nahm Iacub die Karte von Patrick entgegen. Es war ein Test, eine Bestätigung. Das Öffnen der Tür mit der linken Hand war kein Zufall gewesen.

Der jüngere Polizist sah an Iacub vorbei zu einem Regal voller Bücher. Iacub folgte dem Blick. Ein Buchrücken hatte die Aufmerksamkeit des Polizisten geweckt. Er griff nach dem Buch, las den Titel: Okkultismus in der Kunst.

Iacub sah Patrick darin blättern, der alphabetischen Ordnung der Buchstaben folgen. Bei ›P‹ wie Pentagramm stoppte Patricks Hand und er legte das Buch auf den Tisch.

»Bitte drehen Sie sich um.«

»Was?«

»Umdrehen!«

Angst ließ ihn Patricks Aufforderung folgen.

»Die Hände auf den Rücken.«

»Warum? Was soll das? Ich habe nichts getan?«

»Wir werden das herausfinden. Meinen Sie nicht auch?«

Das Metall der Handschellen war kühl, passte sich schnell der Temperatur des Körpers an. Die Fesseln schränkten Iacubs Bewegung ein, drückten seine Arme auf den Rücken.

»Sie haben sicher nichts dagegen, wenn wir bei uns weiterreden? Wir haben da ein warmes und gemütliches Plätzchen … und übrigens, wo waren Sie in den Nächten, in denen die anderen Frauen getötet wurden?«

Iacub wusste es nicht.

## – 100 –

Der Ältere drückte Iacubs Kopf nach unten und schob ihn ins Auto. Iacub kannte das Ritual aus Filmen. Nie hätte er geglaubt, es am eigenen Leib erfahren zu müssen. Man hielt ihn für Brutus, für einen fünffachen Mörder.

Iacub hatte nicht die Kraft, den jungen Polizisten anzusehen, spürte dessen Starren unentwegt. Iacub suchte nach einem Strohhalm, suchte Kraft und fand sie in der Hoffnung, Brutus und nicht Helen habe die tödliche Klinge gegen Anne geführt. Iacub klammerte sich an diesen Gedanken, brachte Helen außer Gefahr und Verdacht.

Im Wagen war es stickig und heiß. Die Polster waren abgewetzt, der Kunststoff an der Innenwand der Türen verkratzt und aufgeschabt. Iacub schwitzte und sah aus dem Fenster. Es schloss nicht richtig. Der Fahrtwind zog ihm in die Augen. Er roch den Müll. Alles Organische in den Abfalltüten verrottete. Iacub sah Ratten. Sie versetzten Müllberge in sanfte Bewegung, erweckten den Anschein, der Müll würde ein Eigenleben führen.

Iacub dachte an Helen, an ihr letztes Gespräch, an ihre Stimme. Er stellte sich ihr Gesicht vor, hörte ihren Liebesschwur. Oft hatte sie ihre Liebe bekräftigt. Hatte Helen Anne getötet, weil er nicht stark genug war? Oder war es ein Zufall, der Anne zu Brutus geführt hatte, zu einem

Killer, der nach Belieben tötete und die Polizei narrte?

Brutus passte zu dieser Stadt, die Machtmenschen wie Anne hervorbrachte, Menschen wie Helen anlockte und veränderte, bis sie zum Töten bereit waren, die Teenager aufzog, die wehrlose Menschen zusammenschlugen, die immer mehr Obdachlose bettelnd auf die Straßen trieb, die gewaltbereite Psychopathen durch die Straßen spülte und unschuldige Menschen wie ihn selbst in ein Opfer von Polizeigewalt verwandelte.

Die Stadt hatte Iacub in einen Duckmäuser verwandelt. Für einen Mord war er zu feige gewesen, nun musste er sich für fünf bestialische Taten verantworten.

Arkady fuhr über eine Dose. Cola spritzte durch das Fenster in Iacubs Gesicht. Das Getränk war heiß, schmeckte schal und süß.

Iacub verfluchte die streikenden Müllmänner und er verfluchte sich selbst.

## – 101 –

Sie sperrten ihn in einen Raum, ließen ihn allein. Es gab keine Fenster, keine Klimaanlage. Die Sonne hatte das Gemäuer aufgeheizt. Der Holzstuhl war warm. Über dem Stuhl hingen Lampen, strahlten Hitze und helles Licht ab. Iacub nahm Platz. Er stützte seine Ellenbogen auf den Tisch vor sich, vergrub seinen Kopf zwischen den Händen. Seine Haare waren feucht. Schweiß rann ihm den Rücken hinab. Das Atmen fiel ihm schwer. Sie ließen ihn warten. Er wusste sie hinter einer Scheibe. Nur eine Blickrichtung erlaubte das Glas, auch das kannte Iacub aus Filmen. Die Wirklichkeit schien die Fiktion nachzuahmen. Seit ihn die Polizisten aufgesucht hatten, schien Iacubs Leben Konzeptkunst zu sein.

Stunden ließen sie ihn bereits schmoren, beobachteten ihn. Er dachte an Filme, in denen Lichtfolter und Schlafentzug einen Menschen zerbrachen, in denen Polizisten ein Rollenspiel mit ihrem Gefangenen spielten, das »Guter Polizist – Böser Polizist« hieß. In Gedanken teilte er die Rollen ein. Es war nicht schwer, Patrick den Part des Wütenden und Gewaltbereiten zuzuschreiben.

Sie beobachteten ihn. Manche Menschen randalierten anfangs, schrien, schimpften. Andere verfielen gleich in eine Starre, einige nahmen diese erst nach etlichen Stunden ein. Irgendwann begannen alle zu grübeln, bemitleideten sich selbst, hofften, es würde ein Happy End für sie geben, ohne daran zu glauben. Sie warteten, und während sie warteten, wuchs ihre Verzweiflung.

Läuterung durch Warten führte oft zum Erfolg.

In diesem Raum war der heiße Frühling ein Segen. Patrick und Arkady beobachteten die Schweißränder unter Iacubs Achseln wachsen. Schweiß perlte auf seiner Stirn. Iacubs Unterarm wischte sie beiseite. Es schien eine letzte Geste des Trotzes.

Sie wandten sich ab, hatten keine Eile.

»Lasst ihn nicht schlafen.«

Die Kollegen nickten zu Patricks Worten. Ungewohnt verbittert und hart klangen sie. Sie sahen Patrick und Arkady nach und glaubten, die Nähe zu Arkady habe den jungen Polizisten verändert.

## – 102 –

Sie beschlossen, sich in Iacubs Leben umzusehen, begannen mit seinem Geldbeutel. Arkady fand das Foto zweier Frauen darin. Beide waren jung, hübsch. Die eine blond, die andere dunkelhaarig. Erstaunt betrachtete Arkady das Bild der blonden Frau. Sie lächelte und erinnerte ihn an Jessica.

Zwischen zwei Geldscheinen befand sich ein kleiner Zettel mit abgerissener Kante. Eine Telefonnummer stand darauf.

Arkady und Patrick ermittelten Name und Adresse, fuhren hin und klingelten die Frau aus dem Schlaf. Es dauerte lange, bis sie die Tür öffnete. Sie hielten ihre Dienstausweise in das erschrockene Gesicht und fragten nach Iacub.

»Ist ihm was passiert?«

Ihre Sorge vertrieb die Schläfrigkeit.

»Sagen Sie uns, was mit ihm los ist.«

»Ich verstehe nicht.«

»Wirklich nicht?«

Sie fürchtete sich vor dem aggressiven Ton in der Stimme des Jüngeren. Der Ältere blieb ruhig.

»Was können Sie uns über seine Frau erzählen?«

»Was wollen Sie denn wissen? Was ist denn eigentlich los?«

»Anne Dugary ist tot.«

Sie schwieg und sah die Polizisten an. Ruhig und gefasst war die junge Frau.

»Tot?«

»Sind Sie taub?«

Patricks Stimme brachte sie zum Weinen. Arkady drängte sich zwischen ihn und die Frau.

»Hatte sie Feinde? Wie war ihre Ehe?«

Sie trocknete die Tränen, überlegte, und begann zu erzählen.

»Ich hatte nicht viel mit ihr zu tun. Oder mit ihrem Mann.«

»Alles was ihnen einfällt, könnte uns helfen.«

»Ich weiß nicht. Ich möchte ihm nichts unterstellen. Er war immer nett und höflich zu mir. Ich … ich meine, es schien mir, er würde sie hassen.«

»Hassen? Wofür?«

»Sie behandelte ihn wie den letzten Dreck. Sie demütigte ihn, hatte Spaß daran, ihn vor anderen bloßzustellen.«

»Wie hat er reagiert?«

»Er hat alles in sich reingefressen. Er tat mir leid.«

»Hat er ihr gedroht? Sie geschlagen?«

»Ich weiß es nicht. Ich kann es mir nicht vorstellen. Verstehen Sie, ich bin nur spät abends in der Galerie. Ich putze dort und einmal in der Woche in ihrer Wohnung.«

»Kennen Sie diese Frau?«

»Und diese Frau?«

Arkady reichte ihr das Foto der Blonden.

»Wer ist sie?«

»Ich kenne das Bild. Es steht in ihrem Schlafzimmer.«

Es war Anne. Das Foto stammte aus glücklichen Zeiten. Auch die andere Frau auf dem zweiten Foto wurde von Iacubs Putzfrau erkannt, es war Helen.

Arkady bedankte sich und entließ die Frau ins Bett.

## – 103 –

»Er hasst sie, frisst die Wut in sich hinein. Er traut sich nicht an sie heran. Sie ist stärker als er. Er hat Angst vor ihr, wünscht sie tot. Er sieht Jessica. Sie ähnelt der jungen Anne. Er tötet sie an ihrer Stelle. Er findet Gefallen daran. Es baut den Druck und den Hass ab. Er tötet weiter, tötet Ruth, die Anne ebenfalls ähnelt.«

»Kauf ich dir nicht ab, Patrick.«

»Wieso nicht?«

»Vielleicht ist er unschuldig.«

»Unschuldig? Glaubst du doch selbst nicht.«

»Oder er hatte keine Lust mehr, nur ein Angestellter zu sein. Zu intelligent für ein Leben als Handlanger. Die Ehe ist für ihn ein Zweckbündnis. Sie ist älter als er. Er liebt sie nicht. Ihr gehört die Galerie. Sie ist sein Boss und lässt ihn das spüren. Schließlich tötet er sie.«

»Und die anderen?«

»Vielleicht gibt es noch einen Killer da draußen.«

»Vergiss es, Arkady. Iacub ist unser Mann. Er hat das Buch über das Pentagramm. Er ist der Killer. Er ist Linkshänder. Er hat kein Alibi. Iacub ist Brutus.«

»Warum hat er dann Milla angegriffen? Anne sollte sein fünftes und letztes Opfer sein.«

»Milla war allein, blond, in einer idealen Umgebung. Keine Menschen, überall defekte Kameras, fünf Minuten bis zum Eintreffen der U-Bahn. Iacub konnte nicht widerstehen. Er hatte den Angriff nicht geplant. Es war Zufall. Die perfekte Gelegenheit. Er konnte nicht anders.«

»Das kauf ich dir nicht ab, Patrick.«

»Weißt du was Hirnforscher glauben? Dass es keinen freien Willen gibt.«

»Dafür glauben sie an Leben im Weltall.«

»Sehr witzig, Arkady.«

»Dann überzeug mich.«

»Okay. Du klaust Fotos und Slips aus den Wohnungen der Opfer.«

»Das geht dich ein Scheiß an.«

»Es ist deine freie Entscheidung.«

»Stimmt.«

»Hast du jemals daran gedacht, nichts mitzunehmen?«

»Nur bei 'nem Kerl.«

»Witzbold.«

»Danke.«

»Bei Frauen?«

»Nie.«

»Und warum? Ich sag's dir. Du kannst nicht anders. Du glaubst, du hast die Wahl, aber du entscheidest dich jedes Mal gleich. Verstehst du's jetzt?«

»Was?«

»Es gibt keinen freien Willen. Du glaubst nur, die Wahl zu haben.«

Patricks Argument stimmte Arkady nachdenklich.

## – 104 –

Sie fühlte sich schwach, saß auf ihrem Bett und starrte zu Boden. Ihre nackten Zehen fühlten das kalte Metall der Klinge. Die Berührung und der Anblick des Messers waren der Schlüssel zur Erinnerung. Ihr Magen krampfte sich zusammen. Auf zittrigen Beinen hastete Helen zur Toilette, würgte bittere Galle aus sich heraus. Lange schon war ihr Magen leer.

Ihre zahlreichen Gänge zur Toilette verhinderten ein Füllen des Spülkastens mit Wasser. Nur ein dünnes Rinnsal vermengte sich mit Helens Auswurf und entschwand vor ihren Augen. Schwach erhob sie sich, wischte sich den bitteren Geschmack aus dem Mund und kehrte zu der Waffe zurück. Vor Helens Bett lag die Klinge und glitzerte im Licht der Deckenlampe. Sie glich einem Schmuckstück, bereit, Helen zu schmeicheln.

Vor dem Stahl kauerte Helen nieder, zog die Beine an den Körper und wartete, wartete auf Iacub, auf seinen Anruf.

Helen öffnete das Adressbuch ihres Handys, lauschte dem Klang seiner Stimme. Seine Mailbox bat darum, ihm eine Nachricht zu hinterlassen.

»Wo bist du? Rede mit mir. Bitte rede mit mir.«

Er verweigerte sich, und sie beschloss zu warten. Sie starrte auf die Tasten, bis diese verschwammen. Ein Rauschen folgte dem Flimmern vor ihren Augen. Der Raum begann sich zu drehen und Helen kippte zur Seite.

Der Flüssigkeitsverlust war zu groß.

Im Vierfüßlerstand bewegte sie sich in die Küche. Mit zitternder Hand umklammerte sie eine Wasserflasche, trank sie leer. Kohlensäure stieg ihr in die Nase, ließ ihren Magen gurgeln. Mit dem Unterhemd wischte sich Helen das Gesicht sauber.

Ein altes Stück Brot lag auf der Spüle. Sie griff danach, kaute langsam, bis das Zittern verschwand.

Auf schwachen Beinen kehrte Helen zu Messer und Handy zurück. Iacub hatte nicht angerufen.

Helen verglich die Uhrzeit auf dem Display mit der Zeit ihres Anrufs. Drei Stunden waren vergangen.

Sie schrie, durfte nicht an Iacub zweifeln. Er liebte sie. Er hatte es ihr gesagt.

Helen wählte erneut. Bevor die Mailbox sie zum Reden aufforderte, legte sie auf.

»Ich liebe dich.«

Sie säuberte den Boden und wiederholte ihre Worte. Sie wusch ihr Unterhemd aus und erneuerte ihr Bekenntnis. Sie beteuerte ihre Liebe und legte das Messer zurück in die Schachtel, in der sie es gekauft hatte.

Sie wollte nicht allein sein. Nicht jetzt.

Helen schaltete den Fernseher ein.

Ein Mädchen auf dem Lande. Eine glückliche Großfamilie. Drei Generationen von Bauern. Das Mädchen im Film erinnerte Helen an ihre Kindheit im Elternhaus.

Die Fünfjährige führte ein glückliches Leben, hatte eine Schwester. Helen hatte sich immer eine Schwester gewünscht, jemand zum Reden.

Sie hatte das Land verlassen müssen und in der Stadt eine Art Schwester gefunden. Sie hatte nicht bewusst danach gesucht. Die Freundschaft zu Milla war ein Glücksfall gewesen.

Wie gern hätte sie Millas Stimme gehört. Was hätte sie sagen sollen? Die Wahrheit? Eine Lüge? Milla war gut im Erraten von Gedanken. Vielleicht hätte sie Helen durchschaut. Milla kannte Helens Leben, ihre Gefühle, die Art wie sie dachte. Milla war Polizistin. Wie würde sie zur Wahrheit stehen? Würde sie die Freundschaft zu Helen der Pflicht einer Polizistin opfern? Helen wollte es nicht herausfinden.

Über ihre Arbeit hatte Milla nie ein Wort verloren, Helen hingegen hatte oft von der Galerie und den Menschen darin gesprochen. Helen fragte sich, ob Milla nicht über ihre Arbeit sprechen durfte oder ob sie Beruf- und Privatleben nicht vermischen wollte.

Es klingelte an der Tür. Auf schwachen Beinen schleppte sich Helen zum Türspion, hoffte Iacub zu sehen. Zwei Männer standen vor dem Spion, der eine faltig und schmal, der andere jung und gut aussehend. Sie klingelten erneut, warteten stoisch vor ihrer Tür. Helen öffnete nicht. Es war gefährlich, in dieser Stadt Fremden die Tür zu öffnen.

Helen hatte kein Recht, sich vor Fremden zu fürchten. Sie war eine Mörderin, hatte grausam und vorsätzlich getötet. Sie wusste nur von zwei Bewohnern dieser Stadt, die dazu fähig waren, einen Menschen abzuschlachten und zu verstümmeln. Brutus schien ihr Gegenstück zu sein. Wo sie aus Liebe tötete, tötete er aus Hass.

Die Stadt zerstörte die Menschen, verwandelte sie in Täter oder Opfer. Kein Monat verging ohne düstere Schlagzeile. Sie reihten sich aneinander, verbreiteten Tragödien, an denen die Leser ihre Fähigkeit, Mitleid zu empfinden, testen konnten. Drei Kinder waren von ihrer Mutter getötet worden. Ein Menschenschmugglerring schleuste junge Frauen ins Land, zwang sie zur Prostitution, immer wieder verschwanden Kinder spurlos, überforderte Väter schüttelten ihre Neugeborenen zu Tode, konnten deren Geschrei nicht mehr ertragen, Journalisten und Politiker wurden bestochen, Mädchen missbraucht und getötet, Briefbomben zerrissen Unschuldige, bewaffnete Schüler liefen Amok. Die Stadt war ein Ort des Verfalls und der Veränderung. Täter und Opfer, Jäger und Beute. Helen hatte sich angepasst. Neugierig war sie gewesen, froh, dem Landleben und der Familie entkommen zu können. Sie hatte nur glücklich sein wollen. Hier und jetzt schien das ein hochmütiger Wunsch.

Iacub hatte sich nie gegen Anne entschieden. Er antwortete nicht auf Helens Anrufe. War er in Gedanken bei Anne? Wie groß war seine Trauer um sie? Wie groß seine Liebe zu Helen? Sie hatte für ihn getötet, für sie beide. Es war so unendlich schwer gewesen. Wusste Iacub um die Größe ihres Opfers und ihrer Liebe?

Ein erneutes Klingen riss sie aus ihren Gedanken. Helen blickte durch den Türspion, betrachtet die beiden Männer, sah sie zögern, sich abkehren und verschwinden. Helen hielt die beiden für Zeugen Jehovas und schleppte sich zum Sofa. Sich in die Kissen sinken lassen und die Fernbedienung des Fernsehers zu greifen war eins. In den Nachrichten wurde über einen Grabschänder berichtet. Die Knochen einer Frau hatte er auf dem Friedhof ausgegraben und gestohlen.

Über Anne fiel kein Wort.

## – 105 –

Arkady und Patrick fuhren schweigend zum Loft, lauschten dem Fahrtwind durch die offenen Fenster und versuchten hartnäckig den Gestank der Stadt zu ignorieren. Der Streit zweier Männer weckte Patricks Aufmerksamkeit. Sie stritten um einen Parkplatz, schrien sich an, wurden mit jedem Meter, den der Dienstwagen fuhr, leiser, bis ihre Stimmen verklangen und von dem Meckern eines Kindes abgelöst wurden. Ein Eis wollte es von seiner Mutter. Der Dienstwagen fuhr an den beiden vorüber, legte Meter um Meter zurück und kreuzte den Weg einer Ambulanz. Zwei Sanitäter trugen eine alte Frau auf einer Bahre aus einem Haus. Kinder spielten vor dem Rettungswagen, das Leid der alten Frau kümmerte sie nicht. Die Kinder lachten und ließen Säcke voller Müll platzen.

Patrick parkte den Wagen in zweiter Reihe vor der Galerie. Iacubs Schlüssel öffnete ihnen die Garage. Einen richterlichen Durchsuchungsbefehl trugen sie bei sich. Sie nahmen sich Zeit, durchsuchten erst den luxuriösen Sportwagen Annes, betraten dann die Wohnräume des Lofts. Raum für Raum suchten sie nach den Augen der Opfer und der Tatwaffe ab. Ein großer Kühlschrank, Fleisch, Wurst, Eier, Käse, Gemüse, Champagner, Kaviar darin. Der Gefrierschrank erwies sich als leer, war frisch abgetaut. Der Messerblock in der Küche war vollständig, der Stahl frei von Blut. Teures Porzellan befand sich in den Schränken, Besteck in Schubladen. Kupfertöpfe, Silberbesteck, Kristallgläser. Alles hatte seinen Platz, war Teil einer übersichtlichen Gliederung.

Gemüseabfälle, leere Champagner- und Milchflaschen, eine Müslipackung, Brotreste, ein leeres Marmeladenglas. Der Küchenmüll erwies sich als nicht hilfreich. In einem Besenschrank fanden sie Putzutensilien. Ein Desinfektionsreiniger war darunter. Die chemische Zusammensetzung entsprach dem Desinfektionsmittel auf Brutus Klinge.

Sie waren zuversichtlich und setzten die Suche fort. Unmengen edler Anzüge, Hemden, Krawatten, Gürtel, feine Lederschuhe und Freizeitkleidung fanden sich in Schränken. Patrick und Arkady verstanden nicht, warum ein Mann eine solch umfangreiche Garderobe besaß.

Das Ankleidezimmer glich einer Boutique, nach Herren- und Damenmode sortiert.

Annes Garderobe bestach durch Qualität und Quantität. Edle Kleider zu jedem Anlass, in jeder Länge. Anzüge und Blusen. Röcke fanden sich keine, dafür hunderte Schuhe, nebeneinander aufgereiht.

Arkady fand Annes Wäsche und ließ seine kundigen Finger über ein Seidenhöschen wandern, bevor er es in sein Eigentum verwandelte.

Patrick betrachtete vier Plastiken im Wohnzimmer. Tierknochen in neuer Anordnung montiert, ergaben fantasievolle Wesen in der Größe eines Menschen. Sie hatten Flügel, waren knöcherne Engel. Fasziniert betrachtete Patrick Glaskörper und Pupillen, die manchen knöchernen Flügel zierten. Die Augen waren nicht menschlich. Waren sie Iacubs Quelle der Inspiration gewesen, seinen Opfern ihre Augen zu nehmen? Für Patrick waren sie ein weiteres Indiz für Iacubs Schuld.

Patrick trat neben die knöchernen Seraphim. Die Engel teilten den Raum, betonten dessen Größe und Leere. Zwei riesige Sofas standen je zwei Plastiken gegenüber, boten Rast und Ruhe unter den Augen der Engel.

Patrick tastete die Möbel ab, suchte vergeblich nach Hohlräumen, die einem Messer hätten Platz bieten könnten.

Landhausdielen aus Akazie versiegelten den Boden, gaben dem Raum eine Linie und führten auf ein Regal zu. Es füllte die riesige Front des Raumes aus. Hunderte Bücher riss Patrick heraus. Kunst und Literatur fielen achtlos zu Boden. Patrick schälte das Regal bis aufs Gerippe, bis es in seltsamer Weise mit den Knochenplastiken korrespondierte.

Er fand nichts.

Das Bad war ein Sammelsurium aus Flakons und Seifen. Es war das Bad einer Frau, der Badmüll einer Frau.

Binden, Tampons, Parfümschachteln. Der Wasserkasten der Toilette war leer. Arkady klopfte die Fließen an den Wänden und am Boden ab, suchte einen Hohlraum, den es nicht gab.

Mit dem Lift fuhren sie in die Galerie, unterbrachen unbeabsichtigt eine Lichtschranke und Musik aus Gen-Sequenzen setzte ein. Die Aminosäuren von Jörg Immendorff wurden Akkorden zugeordnet und schufen Klangteppiche, weit harmonischer, als es das turbulente Leben des Malers gewesen war.

Sie setzten die Suche nach dem Messer in den Büros fort. Anne Schreibtisch erwies sich als nicht in Gebrauch. Ein opulentes Möbel, mit rein dekorativer Funktion. Der Safe in der Wand war unverschlossen und leer.

Sie wechselten den Raum. Iacubs Reich war vollgepfropft mit Ordnern voller Korrespondenz. Einer der Ordner enthielt Angaben über das Personal. Einstellungsverträge und Kündigungen wechselten sich ab. Über die Jahre hatte ein Kommen und Gehen in der Galerie geherrscht. Arkady fand Helen am Ende des Ordners. Sie war gekündigt worden. Iacubs Unterschrift befand sich auf dem Schreiben. Helen wurde für die beiden Ermittler uninteressant.

Patrick blätterte in einem Bildband auf Iacubs Schreibtisch. Abbilder der Arbeiten des Wiener Aktionskünstlers

Hermann Nitsch füllten das Buch. Ein Stier wurde aufschlitzt und gehäutet und über den nackten Körper eines Menschen gehängt. Blut und Organe tränkten dessen Leib.

Patrick tauschte einen Blick mit Arkady. Auch Arkady begann mehr und mehr an die Täterschaft des jungen Galeristen zu glauben.

Sie rissen die Schubladen aus Iacubs Schreibtisch, stülpten sie um und ließen sie samt Inhalt achtlos fallen. Sie überflogen Briefe, Zertifikate und Verträge und stießen schließlich auf den Schlüssel eines Bankschließfaches. Patrick und Arkady wussten um die Größe der Tatwaffe. Sie glaubten, das Messer in dem Schließfach zu finden.

Voller Hoffnung fuhren Patrick und Arkady spät in der Nacht nach Hause. Sie hielten ihren Glauben aufrecht, bis der Direktor ihnen in den frühen Morgenstunden eine Enttäuschung bereitete. Kein Beweisstück, sondern ein Vertrag zwischen einem chinesischen Künstler und Iacub befand sich im Innern des Schließfachs.

## – 106 –

Patrick überließ Arkady den Wagen und betrat die U-Bahn-Station. Hier war Milla niedergestochen worden. Patrick wollte sich seinen Dämonen stellen.

Die Rolltreppe brachte ihn nach unten. Beklemmung war sein Begleiter. Verbrauchte Luft empfing ihn und verschlimmerte die Enge in seiner Brust. Patrick ignorierte das Gefühl, versuchte gleichmäßig zu atmen, sich abzulenken. Er dachte an Milla. Sie lächelte ihn an, umarmte ihn, küsste ihn.

Millas Körper war auf einen Umriss aus Kreide reduziert. Gekrümmt lag sie am Boden. Pendler trampelten über sie hinweg.

Knochen, Muskeln, Nerven, Adern gesellten sich zu dem Blut, formten sich zu einem Körper, von Haut überzogen, in Milla. Kinder, Frauen, Männer stiegen auf und über sie, ignorierten Milla, blendeten aus, was hier geschehen war.

Millas Kopf wandte sich Patrick zu. Vorwurfsvoll sah sie ihn an. Er schloss die Augen, versuchte sich gegen die Vermischung von Fantasie, Erinnerung und Gegenwart zu wehren.

»Sie ist nicht hier.«

Er sprach mit sich selbst, wiederholte sich, bis Millas Abbild verschwand.

Sie war nicht hier, lag in der Klinik.

Er musste zu ihr.

Die Türen der U-Bahn schlossen sich. Patrick sprang zwischen ihnen hindurch und roch den Schweiß eines Mannes neben sich. Die Hitzewelle nötigte den Menschen eine nie gekannte Demut ab.

Der Zug verschwand in einem Tunnel. Ein raumgreifendes Graffiti huschte vor den Fensterscheiben vorbei, wurde vom gelben Licht der U-Bahn-Station erleuchtet. Das gesprayte Wurzelwerk einer riesigen Pflanze hielt eine Gruppe Menschen fest umschlungen. Tentakeln gleich schienen weitere Wurzeln ins Innere des vorbeifahrenden U-Bahn-Wagens greifen zu wollen.

Die Glühbirnen im Waggon begannen zu flackern, zauberten Schatten und scheinbare Bewegung auf die Gesichter der Menschen darin. Die Wurzeln schienen nach der Innenbeleuchtung zu greifen.

Plötzliche Dunkelheit umhüllte die Pendler, deren Schrecken sich in kurzen und erstickten Schreien Bahn brach. Sekunden dauerte die Schwärze an, bevor das zurückkehrende Licht sie vertrieb. Die Fahrgäste erwachten aus ihrer Lähmung, sahen einander flüchtig an, suchten Blickkontakt, den sie sonst absolut vermieden. Die meisten von ihnen lachten, bauten die Anspannung des erlebten Schreckens und die Verlegenheit des Blickkontakts mit anderen Pendlern ab.

Patrick spürte warmen Atem in seinem Nacken und dachte an ihren ersten gemeinsamen Abend. Es war auf einem Punkkonzert gewesen. Milla hatte hinter ihm gestanden, hatte ihn auf einmal umarmt. Patrick erinnerte sich genau an seine Überraschung und das gute Gefühl, ihrer Berührung. Er hatte ihren Atem im Nacken gespürt. Die Gänsehaut von damals stellte sich wieder ein.

Die U-Bahn kam zum Stillstand. Er drängte hinaus, begann zu rennen, bis er die graue und rissige Fassade der Klinik erreichte. Lange schon hatte das Gebäude seine besten Tage hinter sich. Durch geschlossene Fenster erkannte er Betten, medizinische Geräte, eine Frau. Sie stand am Fenster, blickte hinab.

Sie sah ihn an. Ein Schlauch führte von ihren Arm weg. Sie war schwach, müde, traurig.

Sie weckte seinen Zorn. Warum freute sie sich nicht, am Leben zu sein?

Eine leere Wodkaflasche rollte über den Asphalt. Wütend kickte Patrick sie gegen eine Mauer, trat über die Scherben hinweg.

– 107 –

Das geballte Leid der Menschen zu sehen, war zur Belastungsprobe für Patrick geworden. Raucher in Rollstühlen, denen ein Bein abgenommen worden war und deren Lippen an Zigaretten saugten, starrten ihn an. Alte abgemagerte Menschen, deren faltige Haut über den Gesichtern spannte, deren Augen tief in den Höhlen versunken waren, lagen auf Betten in den Gängen der Klinik und unterschieden sich kaum noch von Toten.

Er eilte an ihnen vorüber. Durch das Treppenhaus hastete er zu Milla.

Sie lag da, als wäre keine Sekunde Zeit vergangen.

»Hallo Kupferkopf.«

Milla schwieg. Wenigstens ein Zucken der Augenlider hatte er sich als Antwort gewünscht.

»Hörst du mich? Du musst mir zuhören. Es ist wichtig.«

Er setzte sich neben sie, streichelte ihre Finger.

Ihre Nägel waren lang geworden.

»Ich habe ihn gefunden. Er hat seine Frau getötet und das Pentagramm vollendet.«

Sie zeigte keine Reaktion.

»Du bist in Sicherheit.«

Sie schien zu schlafen.

»Du kannst jetzt aufwachen.«

Sie tat es nicht. Patrick begann ihr aus einem Buch vorzulesen.

»Ich liebe klassische Musik und ich bin mir sicher, dass es das Schicksal ist, das Olimpia und mich zusammenführt. Nicht einmal bei Clara hatte ich jemals das Gefühl von so viel Gemeinsamkeit. Die Liebe zur Musik, zur Dichtkunst, und die Gabe, zuhören zu können. All das stellt Olimpia über alle anderen Frauen, die ich kennengelernt hatte, ja, die ich je kennenlernen werde. Sie ist einzigartig und dafür liebe ich sie. Meine Olimpia.«

Milla mochte E.T.A. Hoffmann, sie liebte Schauerliteratur jeglicher Art.

– 108 –

Er erwachte neben ihr, das Buch auf dem Schoß. Ihr Atem ging gleichmäßig, hatte ihn eingelullt. Stunden musste es her sein. Patrick schmunzelte. Milla war oft früh schlafen gegangen. Wenn er ihr spät gefolgt war, hatte er sich neben sie gelegt, hatte ihrem Atem gelauscht, bis er selbst eingeschlafen war. Hier in der Klinik neben Milla einzuschlafen bedeutete ein kleines Stück Rückkehr zur Normalität.

Er sah auf die Uhr, es war früher Morgen. Bald würde es hell werden. Patrick trat ans Fenster. Vor ihm erstreckte sich die Stadt, ein grau-brauner Moloch. Nichts Anziehendes hatte das urbane Leben, es breitete sich einem Krebsgeschwür gleich immer weiter aus und vertilgte das Land um die Stadt herum. Milla und er würden weit aus der Stadt ziehen müssen, wollten sie nicht von der Stadt eingeholt werden.

Er senkte den Blick. Zwei Fenster rechts, nach unten versetzt, hatte die Frau gestanden.

Vielleicht würde auch Milla in ein paar Wochen am Fenster stehen können.

## – 109 –

Er dachte an das Blut, an den Schock, wenn ein Fremdkörper durch Gewebe schneidet. Er begann zu zählen, um das Grauen aus dem Kopf zu bekommen. Unentwegt reihte er Zahl an Zahl.

Iacub wünschte Anne einen leichten und schnellen Tod.

Das Warten höhlte ihn aus, schürte seine Angst. Seit Stunden überließen sie ihn der Hitze der Lampen. Ihr Schein schmerzte. Iacub schloss die Lider und versuchte die Helligkeit auszusperren. Das Licht verfärbte sich rot.

Iacub dachte an den Sommer zurück. Helen und er hatten eine Strandbar auf einem Hochhaus der Stadt aufgesucht. Sonnenschirme, Strandkörbe und Liegestühle waren um eine lange Bar gruppiert worden, an der exotische Cocktails serviert wurden. Er hatte die Atmosphäre nicht genießen können, zu sehr hatte ihn die Sorge umgetrieben, sein neues Schuhwerk aus Ziegenleder könne vom feinen Sand beschädigt werden. Wie gern würde er jetzt mit teuren Schuhen über Sand gehen, sie der Reibung unzähliger feiner Körner aussetzen, die das Leder abschliffen und ruinierten.

Wie gern wäre Iacub jetzt in der Strandbar gewesen.

In zwei Liegestühlen hatten sie es sich bequem gemacht. Er hatte die Augen geschlossen und die Wärme der Sonne gespürt. Rot hatte ihr Licht durch seine geschlossenen Lider geschimmert. Es war nicht anders als hier.

Das knarzende Geräusch einer sich öffnenden Tür vertrieb den Gedanken. Iacub drehte sich um und erblickte einen ihm unbekannten Mann.

»Lassen Sie die Augen auf.«

»Warum?«

»Auflassen.«

»Warum?«

Er sollte nicht schlafen. Sie wollten ihn brechen, bis er gestand, was sie von ihm hören wollten.

»Etwas zu trinken … bitte.«

Der Mann wandte sich ab und schloss die Tür. Noch lange Minuten hoffte Iacub, er würde wiederkehren. Minuten, in denen er die Trockenheit in Mund und Hals fühlte, in denen das Schlucken schwerfiel. Minuten, ohne dass der Mann zurückkehrte. Iacub leckte seinen verschwitzten Handrücken, spürte die Feuchtigkeit auf der Zunge und Salz. Es verstärkte den Durst. Iacub starrte auf seine Schuhe und erinnerte sich an die Fruchtcocktails in der Strandbar. Gelb-Orange-Rot in der Farbe. Eine exotische Frucht darin. Ein Zuckerrand am Glas. Ein Strohhalm. Ein Papierschirm.

Ein Glas Wasser würde den Genuss jetzt übertreffen.

Er sah zur verschlossenen Tür und dachte an die Männer dahinter.

»Bitte.«

Niemand antwortete und er schloss aus Protest die Augen.

– 110 –

Mit geschlossenen Augen küsste er sie. Millas Lippen waren kühl, spröde und rissig.

Ausgestreckt, die Arme dicht am Körper, lag sie vor ihm.

»Bitte wach auf.«

Er streichelte ihr Haar.

»Bitte.«

Patrick zögerte, wartete auf eine Reaktion und hielt sich an seinem Buch fest.

»Bitte.«

Er eilte aus dem Zimmer, über den Korridor, die Treppen hinab, durch die Flügeltür, in die vor Hitze flimmernde Luft. Auf dem flimmernden Asphalt hob Patrick den Blick zu ihrem Fenster und wünschte sich, sie dort stehen zu sehen.

Patrick hastete davon, verfiel in Trab, lief die Straße hinab. Aus einem offenen Fenster drang Marschmusik. Mit jedem Schritt wurde sie lauter.

Zu Hause hatte Milla viel Musik gehört. Ihre LPs und CDs füllten das halbe Wohnzimmer. Sie hatte sie nur noch in Meter bemessen, die Anzahl war ihr unbekannt gewesen. Geschirrspülen mit Punk-Musik, Wäsche waschen mit Punk-Musik, Bügeln mit Punk-Musik, Aufräumen mit Punk-Musik. Johnny Rotten war Millas Idol, der Sound einer längst alt gewordenen oder verstorbenen Generation war ihre Musik. Jahrzehnte, nachdem Punk das Licht der Welt erblickt hatte, konnte man die noch immer in Klubs live auf der Bühne. Das »Rattenloch«, oft waren Milla und Patrick nachts in diesem Klub gewesen. Es war eine schöne Erinnerung. Er rannte ihr hinterher.

Ein Mann starrte ihn an, sah Patrick vor seiner Schuld davon rennen. Der Mann schüttelte den Kopf. Die Stadt brachte sonderbare Wesen hervor.

Wäre Milla nicht Polizistin geworden, wären sie einander nie begegnet. Patricks Leben wäre unerfüllt gewesen, dafür ohne Schmerz und Schuld. War es besser, das Glück gekannt und verloren zu haben?

Er dachte an ihren ersten gemeinsamen Konzertbesuch. Milla war mit einer angehenden Polizistin verabredet gewesen. Die Freundin hatte gekniffen und abgesagt. Patrick war dem Gespräch zufällig gefolgt. Die Absage war seine Chance gewesen. Er hatte Milla auf dem Gig getroffen. Ein Zufall, so hatte er sie glauben lassen. Mit ihren streichholzkurzen und leuchtend roten Haaren hatte er sie in der Menge sofort erkannt. Sie war so fröhlich und ausgelassen gewesen, hatte Pogo getanzt.

Milla war anders, unterschied sich von allen Mädchen und Frauen, die Patrick vor ihr kennengelernt hatte. Milla hatte mit ihm gelacht, getrunken, getanzt. Sie waren glücklich gewesen und er hatte sich verliebt.

Er war es noch immer.

## – 111 –

»Du siehst beschissen aus, Patrick.«

»Und deine Faltencreme ist ranzig.«

Arkady und Patrick waren Freunde geworden.

»Die Kids aus dem Park haben ihn erkannt.«

Patrick betrachtete das Phantombild und erkannte Iacub darin. »Er lief vom Tatort weg. Sie haben ihn dabei gesehen.«

»Auch das Messer?«

»Nein.«

»Verdammt.«

»Das heißt nicht, dass er keines bei sich hatte.«

»Bieten wir ihnen einen Handel an.«

»Einen Handel?«

»Eine Frau hat die Kids angezeigt. Ein Penner wurde im Park zusammengeschlagen. Die Kids haben ihn zusammengetreten.«

»Und wie soll das laufen?«

»Wenn sie das Messer gesehen haben, lassen wir die Anzeige fallen.«

»Nein.«

»Er war es.«

»Dann wird er reden.«

»Ich lasse nicht zu, dass der Kerl hier als freier Mann raus spaziert.«

»Auch wenn er unschuldig ist?«

»Ich will nicht, dass Milla den Rest ihres Lebens Angst haben muss. Angst in der U-Bahn. Angst vor jedem Mann, dem sie begegnet und der Brutus sein könnte.«

»Dann bring ihn zum Reden.«

»Arkady, bitte.«

»Bring ihn zum Reden!«

»Wenn Milla aufwacht, will ich ihr sagen können, dass es vorbei ist. Ist das zu viel verlangt?«

»Nein. Aber du musst es beweisen.«

Sie sahen sich an, prüften, ob die Freundschaft noch Bestand hatte.

»Gut. Ich werde es versuchen.«

»Wie geht es ihr?«

»Unverändert.«

»Und dir?«

»Beschissen.«

»So siehst du auch aus.«

Patrick war das Lachen vergangen.

## – 112 –

Arkady freute sich stets auf ihre Dialoge. Patricks Leid, seine Schuld und sein Rachedurst stillten Arkadys emotionalen Hunger. Seit Brutus Milla angegriffen hatte, fühlte sich Arkady so lebendig wie lange nicht mehr. Die Partnerschaft zu Patrick füllte die Leere in seinem Leben. Seit Irinas Tod war er allein, unfähig sich neu zu binden. Nach Dienstschluss zog er durch die Stadt, ließ sich treiben, hoffte auf die Bekanntschaft einer Frau, um sich in den Armen einer Hure wiederzufinden.

Er fürchtete sich mehr vor der Liebe, sehnte sich weniger danach. Seine Furcht, erneut einen geliebten Menschen zu verlieren, hatte ihn im Umgang mit Frauen schroff werden lassen. Er schreckte sie ab, wollte sich nicht in positiven Gefühlen verstricken. Mies zu sein war sein Markenzeichen geworden, und es erfüllte seinen Zweck.

Früher war er anders gewesen. Lange war es her, hatte mit Irinas Tod geendet. Posthum hatte er sie auf ein Podest gehoben, zu einem besseren Menschen erklärt.

Arkady überhöhte ihre gemeinsame Liebe, redete sich ein, sich neu zu verlieben wäre ein Verrat an seiner Liebe zu Irina. Sex mit Nutten hingegen war nur ein Geschäft. Wo kein Gefühl keimte, fand sich kein Betrug an der Liebe.

Bezahlter Sex schmälerte Arkadys Liebe für Irina nicht, hatte es nie getan. Er hatte sie betrogen, seit er sie kennengelernt hatte. Bittere Tränen hätte sie vergossen, hätte sie von seinen Nutten gewusst. Arkadys Diskretion hatte ihre Liebe erhalten. Beide waren sich treu geblieben, ein jeder nach seinem Maßstab.

Er sah durch das Fenster und auf Iacub hinab. Iacub schwitze, wand sich, stand auf, tigerte durch den Verhörraum, fuhr sich durch die Haare, keilte Finger ineinander und sah zu der Scheibe auf, hinter der er Patrick wusste.

Nie zuvor hatte Arkady einem anderen den Vortritt überlassen. Der Verhörraum war sein Wohnzimmer. Bei Patrick würde der Verhörraum in guten Händen sein.

Arkady war neugierig, hell wach. Seit dem Beginn ihrer Zusammenarbeit hatte sich Patrick verändert, war mehr und mehr wie er selbst geworden. Arkady war dies bewusst, es erfüllte ihn mit Stolz, Patricks Mentor zu sein und ihn auf dem Weg zu begleiten, an dessen Ende Patrick ihm selbst gleichen würde.

## – 113 –

Der Raum war ein Glutofen, die Luft stickig. Schweiß perlte von Patricks Haut, drang in den Stoff der Kleidung. Vor ihm kauerte Iacub verängstigt auf einem Stuhl. Sie schwiegen sich an. Iacubs Brust und Zwerchfell bewegten sich schnell. Angst, die man sehen konnte.

In seinem Rücken blieb Patrick stehen. Iacubs Hemd war schweißgetränkt und klebte am Körper. Die Wirbelsäule zeichnete sich darunter ab. Morgentau gleich hingen Schweißtropfen an Iacubs Haaren. Angst, die man riechen konnte.

Patrick umkreiste seinen Gefangenen, musterte ihn, betrachtete Iacubs spröde und aufgeplatzte Lippen. Er dachte an Milla, auf ihrem Klinikbett hatte er sie geküsst und die Trockenheit ihres Mundes gefühlt.

»Wasser. Bitte.« Iacubs Stimme war ein Krächzen.

Kondenswasser kroch das Fenster hinab. Finger folgten einem der Tropfen und ließen das Gebilde platzen. Patrick spürte das warme Nass auf seiner Haut und benetzte seine Lippen.

»Warum starrst du so?«

Reglos kauerte Iacub auf dem Stuhl. Sein Geruch füllte den Raum, sein verschwitztes Gesicht war Patrick zugewandt. Schweißtropfen schoben sich an seiner Schläfe voran, den Tropfen auf dem Fenster gleich. Die Hitze war allgegenwärtig, hatte Mensch und Ding im Griff.

Furcht erfüllte Iacub. Er starrte nicht, nicht auf ihn. Sein Blick war zu Boden gerichtet. Seine Augen versuchten ein Loch zu graben, durch das er entschwinden könnte.

»Warum starrst du mich so an?«

Zwei elliptische, dunkle Ränder glänzten im Kunstlicht. Sie zierten den teuren Stoff seines Hemdes.

«Warum hast du es getan?«

Er hatte nichts getan. Nichts. Nur geliebt. Es war kein Verbrechen, zu lieben.

»Ich bin unschuldig.«

Iacub sah auf, in ein Gesicht ohne Regung.

»Warum starrst du mich an?«

Patrick glaubte ihm nicht.

»Warum hast du es getan?«

»Ich habe nichts getan.«

Iacubs Antwort war leise, voller Angst, zu widersprechen.

»Warum hast du es getan?«

Iacubs Hände zitterten. Er versuchte sie ruhig zu halten, zählte in Gedanken.

*Eins. Zwei. Drei.*

Iacub rang um Kontrolle.

*Vier. Fünf. Sechs.*

»Sieh mich an, wenn ich mit dir rede.«

Langsam hob Iacub den Kopf.

*Sieben.*

»Was starrst du so?«

*Acht.*

»Warum hast du es getan?«

Iacub begann zu weinen. Alle Kontrolle war verloren.

»Rede!«

Nur ein Wimmern.

Er sah das Gesicht des Polizisten sich näher und näher schieben, starrte auf die geöffneten Poren von Wange und Nase.

»Sieh mich an.«

Iacub sah auf.

»Wenn du gestehst, bist du mich los.«

»Ich war es nicht.«

Patrick verlor die Geduld. Seine Hand schloss sich um die Lehne des Stuhls, riss das Möbel nach vorn.

Iacub fiel zu seinen Füßen.

»Sag es mir. Sag mir, wie du es getan hast.«

Tränen flossen aus Iacubs Augen. Er hörte sich schluchzen, spürte das Zittern und wie es von seinem ganzen Körper Besitz ergriff.

»Du bist erbärmlich.«

Es war wahr, er war erbärmlich. Ein heulender Feigling.

*Eins. Zwei. Drei. Vier. Fünf.*

Er rang um Kontrolle.

Noch hatte er nicht gestanden, hatte Helen nicht verraten. Nein, er war kein Feigling. Er weinte unter der Folter. Jeder andere würde dies auch tun. Er war nicht erbärmlich.

Iacub fand Mut und sah den Mann über sich an.

»Ich habe sie nicht getötet. Ich war es nicht.«

Der andere schwieg.

*Sechs. Sieben. Acht. Neun. Zehn.*

War er überrascht?

Sie maßen sich mit Blicken.

Iacub sah weg.

Er war nicht stark.

»Ich habe es nicht getan.«

Er war stark genug.

»Der vierzehnte März. Erinnerst du dich?«

»Nein.«

»Sie hieß Jessica.«

»Ich kenne sie nicht.

»Du hast sie getötet.«

»Nein.«

»Eine war nicht genug. Am neunzehnten März hast du erneut eine Frau abgeschlachtet.«

*Elf. Zwölf. Dreizehn.*

»Erinnerst du dich?«

»Nein.«

»Der Einundzwanzigste? Der zwölfte April? Der dreizehnte April? Was ist damit?«

Kopfschütteln.

»Und schließlich die Nacht, in der du Anne getötet hast.«

»Ich habe sie nicht getötet. Keine von ihnen.«

»Du bist Linkshänder. Deine Frau war unter den Opfern. Du bist ihr Erbe. Du warst ein armer Schlucker in einer unglücklichen Ehe. Nun bist du reich. Du besitzt ein Buch über Okkultismus. Darin ist eine Gebrauchsanweisung, wie ein Pentagramm zu nutzen ist, was man damit erreichen kann. Und es gibt Zeugen, die dich vom Tatort haben weglaufen sehen. Sie haben dich erkannt. Es gibt ein Phantombild. Es zeigt dich.«

Iacub sah sein Abbild in den Händen des anderen.

»Ich habe noch mehr für dich.«

Ein zweites Bild hinter dem ersten.

»Ein Schuhabdruck. Er stammt von der Sohle deines Laufschuhs. Den passenden Schuh haben meine Kollegen in der Waschmaschine im Loft deiner Frau gefunden. Der Abdruck wurde an einem Tatort sichergestellt. Weißt du noch, der schlafende Penner, der seinen Wein über den Asphalt verschüttet hat?«

Das Fotos seines Schuhs, die Profilsohle und den Abdruck. Er erinnerte sich an den Abend.

»Ich war laufen. Nur laufen!«

»Weglaufen. Fliehen. Willst du das damit sagen?«

»Nein.«

»Der Haushaltsreiniger in der Galerie. Die Aussage deiner Putzfrau über deine miserable Ehe. Die Augen auf den Flügeln der knöchernen Engel. Was ist damit?«

»Nichts! Verdammt noch mal, ich war es nicht.«

»Soll ich glauben, dass alles nur Zufall ist? Denkst du, ein Richter wird dir glauben? Denkst du, wir sind alle Idioten?«

»Nein. Ich …«

»Weißt du was? Dein Gebrabbel interessiert mich nicht. Ich habe, was ich brauche. Verstehst du?«

»Bitte. Sie müssen mir glauben.«

»Ich glaube dir nicht. Niemand wird es tun.«

»Es ist die Wahrheit.«

Nur ein Flehen. Kein Aufbäumen. Kein Widerstand. Iacubs Kraft war verbraucht.

»Wir haben deine Termine überprüft. Du hattest keine. An keinem der Abende. Du warst in jeder der Mordnächte allein.«

Helen. Solange der Verdacht auf ihm lag, konnte Iacub sie schützen. Sie hatte sein Leben zerstört. Er wollte nicht noch ihres zerstören.

»Du warst im La Bocca. Du hattest einen Tisch reserviert. Der Kellner hat dich auf dem Phantombild erkannt.

Er sagt, du bist davon gelaufen, hast versucht, jemandem zu folgen. Einer blonden Frau, die ebenfalls im Restaurant war und kurz darauf ermordet wurde.«

Er sah das Foto des Opfers in der Hand des Polizisten. Eine Frau lag in ihrem Blut. Iacub ertrug den Anblick nicht, sah zu Boden. Ihm war schlecht.

»Du hast sie dort gesehen. Sie ähnelte Anne. Du konntest nicht widerstehen, bist ihr gefolgt. Dann hast du sie getötet.«

»Ich will einen Anwalt.«

»Nur die Schuldigen brauchen einen Anwalt. Bist du schuldig Iacub?«

»Nein.«

»Jessica. Erinnerst du dich an sie? Natürlich erinnerst du dich. Sah sie nicht aus, wie Anne auf dem Foto in eurem Schlafzimmer?«

Das Foto. Er hatte recht. Iacub starrte das Bild der jungen Frau an. Er hatte sie noch nie gesehen.

»Ich war es nicht!«

»Doch, du bist es. Einen fünfstrahligen Stern aus Blut hast du gezeichnet. Vielleicht mag dich das Pentagramm vor den Seelen der toten Frauen schützen, doch nicht vor mir. Ich werde gegen dich aussagen. Ich habe dich gesehen. Am dreizehnten April. Eine Frau mit einer blonden Perücke hast du niedergestochen. Dann bist du auf die

Gleise gesprungen und in den Tunnel geflohen. Ich werde vor Gericht gegen dich aussagen, Iacub. Ich werde sagen, dass ich dein Gesicht gesehen habe.«

– 114 –

Im Triumph fühlte Patrick nur Leere, die erhoffte Genugtuung blieb aus. Er wollte Entschädigung für das erlittene Leid, fühlte sich betrogen. In seiner Fantasie war alles anders gewesen. Die Realität reichte nicht heran. Die Leere blieb.

Seine Hand schloss sich um Iacubs Haar, presste seinen Kopf gegen die Tischplatte.

»Sag es. Hat es dich aufgegeilt, sie allein in der U-Bahn zu sehen?«

Iacub schrie, umging eine Antwort.

»Sie hieß Milla!«

Er riss Iacub vom Stuhl.

»Sag es!«

Zusammengekauert wie ein Embryo lag Iacub am Boden. Patricks Tritt ließ ihn erbrechen.

»Ich rede mit dir, Arschloch! «

»Aufhören. Bitte.«

»Sag ihren Namen!«

Iacub erhob sich in den Vierfüßlerstand.

»Ich bin unschuldig.«

Verunsichert wandte sich Patrick ab, vermied es, zum Fenster zu sehen, hinter dem Arkady ihn beobachtete. Ein Blick zum Fenster hätte Zweifel, hätte Unsicherheit bedeutet. Er wollte sich nicht verraten.

Patrick atmete langsam und konzentriert, bevor er sich erneut seinem Gegner zuwandte.

»Erzähl es mir! Wie fühlt es sich an, sich an eine Frau anzuschleichen und sie niederzustechen?«

Iacub schwieg, starrte den Mann über sich fassungslos an, als wäre Patrick ein dummes Kind, dem hundert Mal dieselbe Sache erklärt worden war.

»Ich rede mit dir! Erzähl's mir! Wie war es, als ihre Perücke verrutschte und du ihr rotes Haar sahst? Komm schon, was hast du gefühlt? Warst du enttäuscht? War es in deiner Fantasie besser? War es so?«

»Ich …«

»War es so?«

»Ich war es nicht.«

Er stürzte sich auf Iacub, schlug ihm die Faust ins Gesicht.

»Was hast du gefühlt, du perverses Schwein?!«

Iacub hob die Arme, schützte sein Gesicht. Unzählige Schläge prasselten auf ihn nieder. Er schmeckte Blut, fühlte Schmerz und fiel.

»Wie fühlt es sich an, selbst am Boden zu liegen? Sag es mir. Komm, sag's mir!«

Seine Lippe war aufgerissen und schwoll an. Ein Zahn war gebrochen. Der Mund war voller Blut. Selbst wenn Iacub es gewollt hätte, er hätte nicht mehr sprechen können.

»Komm.«

Arkadys Hand lag schwer auf Patricks Schulter.

»Es ist genug.«

Sie kümmerten sich nicht um Iacub, blendeten den Mann am Boden aus.

Mit der Hand versuchte Iacub die Blutung zu stillen.

Arkady führte Patrick zur Tür, suchte von dort Blickkontakt mit Iacub.

»Du hast einen Polizisten angegriffen. Dafür wirst du bezahlen.«

– 115 –

Er schälte einen Schokoriegel aus dem Papier und reichte ihn Patrick. Stumm lehnte dieser ab. Arkady schmeckte Magensäure auf der Zunge. Er löschte den Geschmack mit Schokolade.

»Das Zeug wird mich noch umbringen.«

»Dann lass es.«

»Es ist nicht leicht, Gewohnheiten abzulegen. Besonders die Schlechten.«

Arkady dachte an Jessicas Bild in seiner Hemdtasche über seinem Herzen.

Sie hatten sich vor das Gebäude zurückgezogen, lehnten an der warmen Wand. Der Putz piekte durch den Hemdstoff in Arkadys Haut.

»Ich hab's vermasselt.«

»Würde ich nicht sagen.«

»Er hat nicht gestanden.«

»Er hatte nichts zu gestehen.«

»Doch.«

»Wäre Iacub Brutus, dann hätte er geredet.«

»Verdammt, Arkady, was soll der Scheiß? Er ist es gewesen.«

»Ach ja? Wo sind die Augen? Wo das Messer? Du weißt selbst, was wir gefunden haben.«

»Wir müssen nichts finden. Wir haben genug Beweise.«

»Deine Aussage? Du hast gar nichts gesehen.«

»Wir können den Kids einen Handel anbieten.«

»Vergiss diese Teenager, Patrick. Hörst du? Vergiss sie.«

»Warum? Okay, wir haben nichts gefunden. Und? Er hat das Zeug nicht aufbewahrt.«

»Dann finde es. Beweise es. Du wirst deine Schuld nicht los, nur weil du ein armes Schwein einbuchtest.«

»Willst du ihn laufen lassen? Willst du, dass er sich über uns schlapp lacht? Willst du das?«

»Solange ich es nicht höre, ist es mir scheißegal.«

»Hör zu, Arkady. Serienkiller haben alle einen Tick. Er hat sich einfach einen ausgedacht. Er sticht ihre Augen aus, wirft sie weg und lacht uns aus.«

»Jetzt hör du mal zu. Der Park wurde durchkämmt. Die Suchmannschaft hat Präservative gefunden, Feuerzeuge, tonnenweise Müll, sogar die Kotze von irgendeinem Besoffenen. Aber kein Messer und keine Augen. Glaub mir, er ist es nicht. Ich habe Hunderte in diesem Raum gegrillt. Iacub ist unschuldig.«

»Scheiße, Mann! Warum machst du das? Warum?«

»Ich dachte wie du, damals. Es war ein Unfall. Sie kam aus der Uni. Er war zu nah, konnte nicht mehr bremsen. Irina starb an der Unfallstelle. Als ich ankam, stand er auf dem Gehweg, blass, still. Er wusste sofort, wer ich war. Er entschuldigte sich, nahm die Verantwortung auf sich. Er sprach aus, was ich dachte. Er hatte sie getötet. Er hatte meine Frau auf dem Gewissen.

Irina lag noch auf der Straße. Ihr Körper war verkrümmt. Ihre Augen zeigten Erstaunen, keinen Schmerz. Er sah mich weinen. Er war bereit, für seine Tat ins Gefängnis zu gehen. Es gab Zeugen. Irina hatte das Gleichgewicht verloren und war gestürzt.

Ich habe ihn gepackt und angeschrien. Er hat sich nicht gewehrt, hat immer wiederholt, wie leid es ihm tat. Ich konnte nicht loslassen, wollte es nicht. Ich wollte Rache.

Er blieb in Freiheit. Ich besorgte mir seine Anschrift. Nach Dienstschluss begann ich ihm zu folgen. Er sollte mich sehen, immer spüren, dass ich da war. Ich wollte, dass er Angst vor mir hat, dass er fürchtete, ich würde ihn töten.

Zwei Monate stand ich täglich vor seinem Haus. Nur einmal sah ich ihn an seinem Fenster stehen. Er sah mich an und öffnete das Fenster. Ich dachte, er würde mich anbrüllen, würde schreien, ich solle ihn in Frieden lassen. Er sagt nichts, sah mich nur an.

Dann sprang er. Er war sofort tot, als er auf dem Boden aufschlug. Ich ging, als wäre nichts passiert. Es ist sieben Jahre her. Heute tut er mir leid. Er litt an ihrem Tod. Wir kamen beide nicht damit klar. Er ist einfach gesprungen.«

Sie maßen sich mit Blicken.

»Rache macht das Geschehene nicht ungeschehen, Patrick.«

»Für dich vielleicht.«

Patrick ließ Arkady stehen und ging.

– 116 –

Der Klub war dunkel, heiß. Es stank nach dem Schweiß vieler Menschen. Er sah sich um. Sie alle waren schuldig, der guten Laune überführt. Patrick neidete ihnen die Unbeschwertheit.

Er war anders. Sie spürten es, blickten zu Boden, wenn sein Blick sie streifte. Sie ließen ihm Raum, kamen ihm nicht nahe. Beim Sound der UK Subs reagierte er sich ab.

Er trank zu viel und stellte sein Bierglas auf den Boden. Stumm verfluchte er das Leben als Polizist.

Grellgrünes Gras aus Plastik wucherte an den Wänden und der Decke. Patrick dachte an die Häuser am Stadtrand, an das Grün der Gärten und seinen Wunsch. Mit Milla wollte er dort den Traum vom Spießerleben leben. Small Talk mit Nachbarn, Rasen mähen, Hecke schneiden, die Mülltonne aus der Garage schieben.

Er hielt den Geruch nach Schweiß nicht länger aus. Die Ausdünstungen erinnerten ihn an seine Demütigung. Er hatte Iacub gebrochen und dennoch hatte dieser nicht gestanden. Hatte Arkady recht?

Er verfluchte den alten Mann.

*Michael and his Problems* betraten die Bühne. Hundehalsbänder trugen sie um dünne Hälse. Schwarzer Dreck zierte ihre Fingernägel. Haare türmten sich zu einem Iro auf und leuchteten in Primärfarben.

Lautsprecher waren zu Türmen aufgebaut. Patrick stand vor ihnen, lehnte an der grün überwucherten Wand und fühlte das künstliche Gras in seinem Gesicht. Seine Faust umschloss ein Büschel und riss an ihm. Das Plastikgras widerstand.

Die Band spielte auf. »Loser« war der Name des Songs.

Er wollte kein Verlierer sein. Patrick bestand auf seiner Rache. Ohne Iacub wäre Milla sicher. Er musste sie beschützen.

Auf und ab hüpften die Leiber um ihn herum. Andere schleuderten ihre Beine nach vorn, tanzten Pogo. Sie schubsten sich, stießen sich. Blicke bohrten sich ineinander. Nicht jeder war gekommen, um Spaß zu haben. Mancher wollte Ärger. Patrick fühlte den starren Blick. Der Punk war groß und muskelbepackt. Er suchte Streit, glaubte, in Patrick ein Opfer gefunden zu haben. Vielleicht war er ein guter Kämpfer. Patrick hoffte es und starrte zurück.

»Loser! Loser!«

Unermüdlich brüllten *Michael and his Problems*. Unermüdlich schlug Patrick auf den bulligen Angreifer ein. Der Punk hatte keine Chance.

Patrick dachte an Milla. Jeder Messerstich in ihrem Körper war seine Verantwortung. Die Schuld würde nicht kleiner werden, egal, was mit Iacub geschehen würde.

Er stieg über den am Boden liegenden Punk und verließ den Klub. Dumpf drang das Lied durch die Mauern.

»Loser! Loser! Loser!«, brüllte die Band ihm nach.

– 117 –

»Iacub.«

Lippen formten das Wort. Hunderte Male hatte sie versucht, ihn anzurufen. Helen wählte erneut, und Iacubs Mailbox sprach mit ihr. Seine Stimme wurde leiser und riss ab. Der Akku seines Handys war erschöpft. Helen wählte die Nummer der Galerie, lauschte dem Läuten. Iacubs Stimme auf dem Anrufbeantworter nannte ihr die Geschäftszeiten. Vier Versuche später verließ sie ihre Wohnung. Helen suchte nach ihm. Ihre Liebe war stark. Er war zu ihrem einzigen Lebensinhalt geworden. Helen war süchtig nach Iacub; wie ein Junkie seinen Fix, benötigte sie seine Nähe. Ob er sich gegen sie entschieden hatte, wusste sie nicht. Aufgeben würde sie ihn nicht. Für Iacub hatte sie getötet. Ihre Leben waren nun verbunden.

Sie fand die Galerie verschlossen. Stunden war Iacub bereits überfällig. Es musste einen Grund geben. Er war stets pünktlich gewesen. Sie rief die Krankenhäuser der Stadt an und erhielt keine Auskunft. Ihre Verzweiflung und ihre Bitten interessierten die Stimmen am anderen Ende der Leitung nicht. Helen flehte sie an, bis die Stimmen jedes Gespräch unterbrachen.

Für Iacub überwand Helen ihre Angst, mit der Polizei zu sprechen. Ein Polizist nannte seinen Namen. Er war höflich, aufmerksam und hatte keine Informationen für Helen. Die Leitung klickte und seine Stimme verstummte. Helen wehrte ihre Tränen ab und wählte Millas Nummer. Ein Mann meldete sich, er nannte sich Patrick. Helen war viel zu aufgewühlt, um ihren Namen zu nennen.

»Ist Milla da?«

Er musste ihre Angst spüren.

»Tut mir leid, nein.«

Angst fand sich auch in der ihr fremden Stimme.

»Wann kann ich sie erreichen?«

»Milla hatte einen Unfall.«

»Einen Unfall? Ist sie schwer verletzt?«

Sie wartete.

Er zögerte lange.

»Ja.«

»Was ist passiert?«

Sie spürte seinen Widerstand. Die Betonung seiner Worte, die Pausen dazwischen. Er wollte nicht mit ihr reden. Am liebsten hätte er aufgelegt.

»Sie wird es Ihnen später sagen.«

»Kann ich sie im Krankenhaus besuchen?«

»Nein.«

Es klang hart, entschlossen. Er wollte sie loswerden.

»Wird sie wieder … ich meine … sie wird doch wieder gesund, oder?«

Seine Stimme klang brüchig.

»Ich weiß es nicht.«

Er war den Tränen nah.

»Es tut mir so leid. Sie sind Millas Freund, oder?«

»Ja.«

»Kann ich irgendetwas tun?«

»Nein. Geben Sie mir Ihre Nummer. Ich rufe Sie an, wenn es Milla besser geht. Okay?«

Helen nannte ihm ihre Handynummer.

Er legte auf.

Helen fühlte sich allein.

Patrick weinte.

Milla schlief.

Arkady stand am Grab seiner Frau.

Iacub saß in einer Zelle.

## – 118 –

Man hatte ihm erlaubt, seinen Anwalt anzurufen. Die Nachrichten für Iacub waren schlecht.

Es gab keine Videoaufnahme aus dem Verhörraum. Ein technischer Defekt hatte eine Bild- und Tonstörung verursacht. Seit der Hitzewelle war die Funktion vieler technischer Geräte eingeschränkt, so lautete die offizielle Erklärung.

Iacubs Anschuldigungen ließen sich nicht nachweisen.

Anklage war gegen ihn erhoben worden. Man würde ihn wegen Mordes an fünf Frauen vor Gericht stellen. Noch nie hatte Iacub so viel Angst verspürt. Nicht einmal in den unendlich vielen Stunden, in denen er von seiner Mutter im Dunklen eingesperrt worden war, hatte er sich so sehr gefürchtet. Seit seiner Kindheit litt Iacub an Platzangst, sobald er sich in einem engen Raum befand. Der Verhörraum und die Zelle waren Folterkammern für ihn.

Iacub kämpfte gegen ein immer wiederkehrendes Gefühl der Panik an. Lange würde er nicht mehr durchhalten.

Er würde zerbrechen, sollte er nach einem Prozess sein Leben lang in einer Zelle hausen müssen.

Der Anwalt konnte seine Angst riechen. Er war der Beste, den Iacub für teures Geld hatte engagieren können. Er sprach Iacub Mut zu, behauptete, Iacub wäre in guten Händen.

»Ich glaube nicht, dass es zu einer Verurteilung reichen wird. Was haben die schon gegen Sie? Die Teenager im Park haben nur einen rennenden Mann gesehen. Bedenkt man die stattliche Zahl von Verbrechen hier in der Stadt, so ist es zweifelsfrei nichts Besonderes, wenn man schnell durch den Park läuft. Machen Sie sich keine Sorgen. Die Dinge entwickeln sich.«

Hoffnung war ein starkes Gefühl. Vielleicht würde sich alles zum Guten wenden. Iacub dachte an Helen. Sie mussten reden. Er musste Klarheit haben.

»Die Polizisten behandeln mich wie einen bereits Verurteilten. Die Zelle und die Hitze. Das macht mich wahnsinnig. Ich muss hier raus.«

»Gedulden Sie sich noch ein wenig. Halten Sie durch. Ich versuche mein Bestes. Glauben Sie mir.«

Worte. Durchhalteparolen. Geschwafel. Iacub glaubte kein Wort. Das eingefrorene Lächeln des Anwalts bestätigte und beunruhigte ihn. Der Mann hielt etwas zurück.

»Was noch?«

Der Anwalt wand sich. Es gab keinen Grund.

»Was?«

Die Dinge hatten ihren Lauf genommen.

»Es gibt da eine zweite Sache. Die Polizisten im Verhörraum haben Sie wegen Körperverletzung angezeigt. Zwei Aussagen stehen gegen Ihre. Ein Gericht wird keinen Grund finden, den beiden nicht zu glauben.«

»Was?«

»Beruhigen Sie sich, bitte.«

»Warum macht er das? Was habe ich dem Mann getan?«

»Ich verstehe ja, dass Sie aufgebracht sind. Sie müssen jetzt einen klaren Kopf bewahren.«

»Ich soll ihn geschlagen haben? Ich? Er war es. Er hat zugeschlagen. Er will vor Gericht gegen mich aussagen? Ich soll die Frau niedergestochen haben, soll auf die Gleise geflohen sein? Er will mich gesehen haben? Er lügt. Nur weil er Polizist ist, wird man ihm glauben. Warum macht er das? Warum?«

Durch das Gitter griff er nach dem Anwalt. Iacubs Finger schlossen sich um zwei haarige Unterarme. »Glauben Sie mir! Helfen Sie mir!«

Die Berührung war dem Anwalt unangenehm. Iacub sah es in dessen Augen. Es war nur ein kurzes Blinzeln, bevor sich der Oberkörper des Anwalts ein Stück zurückbog. Iacub öffnete seine Hände und gab die haarigen Unterarme frei.

Der Anwalt erhob sich, ging rückwärts, sah auf Iacub hinab.

»Hören Sie. Sie können offen mit mir reden. Ich werde Ihnen helfen, egal was Sie mir sagen. Doch ich will die Wahrheit von Ihnen. Ich kann am besten helfen, wenn ich die Wahrheit kenne. Also, warum sollte der Polizist das alles erfinden?«

Er hielt ihn für einen Lügner. Der teuerste Anwalt der Stadt zweifelte an seinem Klienten. Geld garantierte keine Loyalität. Er hätte es wissen müssen. Sie glichen einander. Annes Vermögen hatte es nicht vermocht, Iacubs Loyalität zu kaufen.

Wie konnte er nur so naiv gewesen sein, sich den Diensten seines Anwalts sicher zu sein. Den Prozess würde er verlieren. Iacub begann zu schluchzen, zu weinen. Sein Anwalt wandte sich von ihm ab, verabscheute Iacubs Tränen.

»Ein Mann weint nicht.«

Mutter hatte das oft gesagt, bevor sie ihn eingesperrt hatte. Tapferkeit hatte sie von Iacub eingefordert, sobald die Dunkelheit des Schrankes ihn verschluckt hatte. Bitterlich hatte Iacub darin geheult, bis sie ihn wieder befreite. Mutter hatte sich geweigert, ihn in den Arm zu nehmen. Iacub hatte nach Urin gestunken.

Iacub sah den Anwalt gehen und den Wachen knapp zunicken. *Als wären sie Verbündete*, hämmerten seine Gedanken, und in gewisser Weise waren Anwalt und Wärter dies auch. Sie hielten Iacub für einen Schwächling.

– 119 –

Vaters Antwort auf eine schlechte Nachricht war stets die gleiche: Alkohol. Nicht, um sich zu betäuben oder um betrunken zu werden, sondern um Abstand zu gewinnen. Bis heute brannte Helens Vater den Schnaps selbst, und nach ein paar Gläsern wurden Abstand und Betäubung eins. Er war ein Alkoholiker, leugnete es ebenso wie Helens Mutter. Auch sie verdrängte, nahm nicht zur Kenntnis, was ihr missfiel oder sie verletzen konnte. Vater und Mutter waren sich gleich, nur zog Helens Mutter es vor, nüchtern zu bleiben. Von ihr hatte Helen gelernt, Alkohol in Maßen zu genießen. Heute hatte sie beschlossen, vom Vater zu lernen. Helen war betrunken. Kistenweise stand Rotwein in ihrer Wohnung. Es waren Iacubs Geschenke, er hatte sich damit selbst beglückt. Um ihm nahe zu sein, hatte sie die teuerste Flasche geöffnet, einen »Petrus«. Helen trank ohne Genuss gegen die Einsamkeit an. Oft hatten sie und Iacub zusammen auf dem Sofa gesessen, getrunken, geredet, gelacht. Pläne hatten sie geschmiedet, miteinander geschlafen. Es war ein Vorgeschmack auf die Zukunft gewesen, von der sie immer geträumt hatte.

Drei Flaschen »Petrus« standen vor ihr. Drei gemeinsame Abende wünschte sie sich, sollte es ihr Schicksal sein, Iacub zu verlieren. Einen Abend, um sich zu lieben, einen Abend, um miteinander zu lachen, einen Abend, um Abschied zu nehmen. Alkohol und Pathos lagen dicht beieinander.

Ihr letzter gemeinsamer Abend hatte aus einem Telefonat bestanden und dem Gefühl, Iacub lästig zu sein. Helen hatte es gespürt und eine Bestätigung seiner Liebe gefordert.

Sie sah in seine Augen, sog den Anblick auf dem Foto in sich auf. Sie waren fröhlich. Er umarmte sie. Sie waren glücklich. Helen erinnerte sich an den Tag, an dem das Bild aufgenommen worden war. Es hatte geregnet. Ihr nasses Haar hatte ihm gefallen, ebenso die Tropfen auf ihrer Stirn, ihrer Nase, ihren Wangen. Er hatte sie geküsst, sie an der Hand genommen und auf die andere Straßenseite gezogen. Es war Iacubs Idee gewesen, das Studio eines Fotografen zu betreten. Ein Bündel Geld hatte er dem Mann in die Hand gedrückt, ihn mit der Kamera in den Regen gelockt. Sie hatten das Objektiv angeflirtet, waren in Pfützen gehüpft. Iacub hatte Helen die Bilder geschenkt, hatte keines für sich behalten, schließlich war er ein verheirateter Mann.

Iacub war nur die Erinnerung an einen nassen Tag voller Lachen geblieben. Die Dinge wurden dadurch einfacher; es war leichter, ohne die Last persönlicher Erinnerungsstücke Abschied zu nehmen.

Ihre Tränen glichen den Regentropfen auf den Fotos. Helen füllte das Glas, wieder und wieder, bis zum Morgen. Zunge und Zähne waren blau, vom Wein verfärbt. Sie war verwundert, hatte erwartet, den Tag mit Kopfschmerzen zu beginnen. Auch hier schien der »Petrus« seine Qualitäten zu besitzen.

Sie rief sein Handy an.

Sie rief die Galerie an.

Sie rief im Loft an.

Iacub blieb verschwunden.

»Wo bist du?!«

Sie brüllte Schmerz und Frust aus sich heraus. Die Kraft, sich zu erheben, fehlte. Helen blieb im Bett, betrachtete stundenlang sein Foto, flehte sein Abbild an, sie anzurufen, und ermahnte es, den Liebesschwur einzuhalten. Iacub hatte gelobt, sie immer zu lieben. Ihr Zweifel wuchs über die Liebe hinaus. Helen quälte sich aus den Kissen, zwang sich zu essen, aß ohne Appetit.

Die Mordwaffe lag neben ihr, auf einem Stuhl. Helen löste die Klinge aus der Verpackung, griff das Heft, spürte Gewicht und Kälte des Metalls und dachte an Anne.

Helen spürte Zweifel und Reue.

Gewissheit wollte sie finden und wählte erneut. Iacub blieb unerreichbar, er schloss sie aus seinem Leben aus. Helen rief die Kliniken an, gab sich als Anne Dugary aus, weinte vor Sorge, konnte kaum sprechen. Dieselben Stimmen, die zuvor aufgelegt hatten, versuchten nun, sie zu trösten. Sie rieten Helen, nicht die Hoffnung aufzugeben, und versicherten, ihr Ehemann sei nicht eingeliefert worden.

Gewissheit sah anders aus. Sie hasste das Warten, fühlte sich eingesperrt. Sie duschte und verließ ihre Wohnung. In der Hand hielt sie Annes Schlüsselbund, sie hatten ihn neben der Leiche vom Boden aufgenommen.

## – 120 –

Die Tür des Fahrstuhls öffnete sich. Erstaunt blieb Helen stehen, sah sich um. Bücher lagen auf dem Boden verstreut, Schränke waren geöffnet, das Büro in der Galerie durchsucht. Vergessen war die Sorge, Iacub könnte sie verlassen haben. Was war hier passiert?

Sie hörte die Anrufbeantworter in der Galerie und im Loft ab. Es gab keine Nachrichten von Iacub, keine der Polizei. Nur eine Stimme war wieder und wieder zu hören.

Helen sank in eines der Sofas, das vor den knöchernen Engelsskulpturen stand und lauschte ihrem eigenen Flehen.

Das Flammenschwert eines Engels war auf sie gerichtet. Helen löschte ihre eigenen Aufzeichnungen. Die Augen auf den Flügeln aller Engel starrten sie an.

Sie floh zum Lift. Ihr Fuß berührte etwas am Boden, schleuderte es durch den Raum. Die Wand stoppte den Gegenstand und dieser zersprang. Helen blieb vor dem silbernen Ding stehen. In zwei Hälften lag es vor ihr. Iacubs Handy.

Helen bückte sich, nahm es auf, hielt es umklammert, floh aus der Galerie in Iacubs und Annes Loft. Auch dort war alles durchsucht worden. Helen war froh, nicht Iacubs Leiche zu finden. Sie wusste von den Banden. Sie plünderten Wohnungen und töteten jeden Menschen darin. Vor Brutus waren die Zeitungen voll ihrer Taten gewesen.

Auf einem Regal stand eine Phalanx bedeutender Künstler, zwanzig Zentimeter hoch waren sie und in Schokolade gegossen. Ihre Todesdaten waren als Verfallsdatum auf das Stanniol der Verpackung gedruckt. Beuys fehlte. Irgendjemand hatte ihn aufgegessen.

## – 121 –

Helen ließ sich treiben, fand sich im Park wieder. Das überbordende Grün der wilden Natur beruhigte sie. Die Stille hier war greifbar und griff auf Helen über. Bedächtig setzte sie Fuß vor Fuß auf dem von Moos überwachsenen Weg. Vor der Bank, auf der sie oft mit Iacub gesessen war, verharrte sie. Das rissige Holz war warm von der Sonne.

Helen versuchte klar zu denken, sie vermochte es nicht. Eine Melodie suchte sie, fand ihre Aufmerksamkeit, lenkte sie ab. Ein Mann hörte Musik, weit entfernt auf einer Bank, nicht minder verfallen wie die ihre. Helen erhob sich, fixierte den Mann mit Blicken, ging neugierig näher. Er war ein Fremder hier im Park. *Für jeden, der geht, kommt einer,* dachte Helen und fragte sich, ob sie Iacub jemals wieder im Park begegnen würde.

Der Mann hatte die Augen geschlossen, saß dem Licht zugewandt zwei Schritte vor ihr. Er war alt. Regungslos verharrte er, als wäre er soeben verstorben. Seine faltige Hand ruhte auf der Bank und erwachte urplötzlich zum Leben. Die brüchigen Fingernägel berührten ein kleines Radio. Es spielte Tanzmusik. Fröhlich und fremd klang das Lied für Helen.

Zu Hause hatte sie nie Musik gehört. Ihrer Familie hatte Musik nichts bedeutet. Helen war in Stille aufgewachsen, in einem stummen Haus auf dem Land. In der Stadt war Musik allgegenwärtig. U-Bahnen, Kaufhäuser, Diskotheken, Supermärkte. In der Stadt gab es kein Entrinnen vor Klängen. Nicht einmal im Park, dessen Stille sie oft so kraftvoll empfand.

Sie dachte an Iacub, an seine Liebe für Thelonious Monks Pianospiel.

Helen lauschte der Melodie im Radio, bis eine Stimme die Musik unterbrach. Ein Nachrichtensprecher verkündete, wonach sich die Stadt gesehnt hatte. Brutus war verhaftet worden.

Der Sprecher nannte den Namen des Frauenmörders.

Iacub Dugary.

Helen fühlte eine Welle der Übelkeit. Ihre Eingeweide krampften, ihr Mund schnappte nach Luft. Das Blut raste in ihrem Körper. Sie wollte weglaufen, stand auf. Die Bäume, der alte Mann, das Radio begannen sich um Helen zu drehen. Ihre Hand krallte sich in die Lehne der Bank, stützte mühsam ihren Körper. Zittrige Beine hielten sie aufrecht. Ein Flimmern vor den Augen, Rauschen in den Ohren. Ihr Körper sackte zurück auf die Bank. Sie spürte Schweiß auf ihrem Körper und fröstelte.

Die Melodie eines neuen Liedes vermischte sich mit dem Rauschen, wurde stärker, drängte das Geräusch zurück. Triumphierendes Blech drang aus dem Radio. Der Sender feierte mit einem Marsch das Ende des Killers.

Klarer und klarer wurde die Musik. Die Umrisse des Radios wurden schärfer. Der alte Mann auf der Bank sah neugierig zu Helen auf.

»Alles in Ordnung, Kindchen?«

Helen schüttelte den Kopf und wankte an ihm vorbei. Auf schwachen Beinen verließ sie den Park.

Die Stimme im Radio hatte Iacubs Namen genannt.

## – 122 –

Sie warteten unter dem Schild der U-Bahn auf sie. Eine Kamera hielten sie auf Helen gerichtet. Eine Frau mit einem Mikrofon eilte auf sie zu. Helen bedeckte ihr Gesicht, wandte sich ab, drängte vorbei, in Furcht, darüber befragt zu werden, warum sie für einen Serienkiller gearbeitet hatte.

Es kam anders.

»Fühlen Sie sich als Frau wieder sicher, jetzt da Brutus in Haft ist?«

Helen schwieg.

»Wie hatte sich Ihr Leben während der Mordtaten verändert?«

»Bitte lassen Sie mich.«

»Haben Sie die Abende zu Hause verbracht?«

»Lassen Sie mich in Ruhe!«

Sie stieß die Frau zur Seite und rannte die Stufen hinab. Eine U-Bahn hielt. Helen sprang hinein und floh nach Hause.

## – 123 –

Stunden saß Helen schon vor dem Fernseher. Iacub war die Nachricht des Tages. Alle Sender zeigten sein Bild. Das Foto war nach der Verhaftung aufgenommen worden. Helen erkannte die Verzweiflung in Iacubs Augen.

Er hatte sie nicht verlassen.

Er liebte sie noch immer.

Die Frau mit dem Mikrofon zitierte eine Insiderquelle, Iacub sei von Zeugen erkannt worden. Filmaufnahmen der Tatorte folgten, diesen schlossen sich die Lippenbekenntnisse der vor den U-Bahn-Stationen befragten Frauen an.

Die Vielzahl der Stimmen sagte Allgemeinplätze auf.

»Ich bin ja so froh. Ich kann Ihnen gar nicht sagen, wie froh ich bin.«

»Er hat den Blick eines Mörders.«

»Er wirkt wie ein böser Mensch.«

»Er ist sehr hübsch. Wie kann ein so schöner Mann so etwas tun?«

»Sie sollten ihn aufhängen.«

»Brutus ist Kult!«

»Ich habe aus Angst meine Wohnung nicht mehr verlassen.«

»Das soll der Killer sein? Der sieht doch harmlos aus.«

»Cool, dass man ihn endlich erwischt hat.«

»Er ist Abschaum.«

Er war der Mann, den Helen liebte.

Immer hatte Helen gefürchtet, Iacub zu verlieren. Seine Rückkehr zu Anne hatte sie oft in endlosen Albträumen durchlebt. Mehr und mehr war sie von dieser Angst beherrscht gewesen. Sie hatte sich davon befreit. Doch die neue Freiheit war nichts wert ohne Iacub. Helen fürchtete um ihn. Eine neue Angst hatte die alte abgelöst.

Helen hatte nichts gewonnen, im Gegenteil. Sie war eine Mörderin, hatte für eine verlorene Sache getötet. Helen hatte Ekel und Skrupel überwunden, weil er sie liebte. Er hatte es ihr gesagt. Sein Bekenntnis hatte sie zur Mörderin werden lassen. Helen spürte seine Liebe noch immer. Die Meldung in den Nachrichten hatte alle Zweifel an seinem Bekenntnis vertrieben. Sie sah sein Bild im TV. Iacub brauchte Hilfe. Stumm bat er sie darum.

Eine Aufgabe lag vor Helen. Sie öffnete die Schachtel, zog Handschuhe an, säuberte das Messer und verließ im Mondschein das Haus. Ihr Weg führte sie in die Nähe des Parks.

– 124 –

Mieden die Menschen den Park und betraten ihn nur höchst selten und unwillig, so zog es sie dennoch an dessen Ränder, die von der scheinbaren Sicherheit der Straßen gesäumt wurden. Liebespaare spazierten in der Dunkelheit, eine blonde Joggerin und ihre Freundin liefen vorbei. Eine alte Frau führte ihren Hund aus. Studenten saßen auf den rissigen Gehwegen und diskutierten. Das Leben war auf die Straßen der Stadt zurückgekehrt und die Mienen der Menschen waren fröhlich.

Morgen würde auch Helen wieder fröhlich sein. Reichtum und Glück an Iacubs Seite warteten auf sie. An die Bürde der Tat dachte sie nicht. Sie musste ein Menschenleben auslöschen, um Iacub zu retten. Es war ein fairer Preis. Helen betrat den Park.

Vereinzelt folgten ihr Stadtbewohner. Die Euphorie über den gefassten Killer ließ die Menschen ihre Angst vor dem Park, dem dunklen Herzen der Stadt, vergessen.

Auf einer gebrochenen Parkbank nahm Helen Platz und

begann zu hoffen, eine blonde Frau würde sich irgendwann nähern. Sie würde ihr folgten und tun, was getan werden musste. Helen vertrieb sich das Warten, betrachtete das in Dunkelheit getauchte Grün. Von allen Seiten drängte es auf die Wege des Parks, umhüllte sie, verschlang sie. Wurzeln brachen unterirdisch die Wege auf, Moos drängte hindurch. Wie lange würde es dauern, bis der Natur die Spuren des Menschen getilgt haben würde? Helen fröstelte.

Mit Blicken folgte sie den vereinzelten Stadtbewohnern, sortierte sie aus. Was sie suchte, fand sie nicht. Das Menschenmaterial wurde knapper, je weiter die Zeit vorrückte. Der Park leerte sich, nur noch wenige Spaziergänger setzten ihre Füße auf das von der Sonne verbrannte und von den Schatten der Nacht verhüllte Gras.

Es war einfach, die Gestalten in Männer und Frauen zu teilen, vielfach schwerer war es, deren Haarfarbe zu erkennen. In der Dunkelheit außerhalb der Parkleuchten war die Haarfarbe aller Frauen grau. Das menschliche Auge versagte bei der Aufgabe, die Spreu vom Weizen zu trennen, und Helen fürchtete, diese Nacht allein zu bleiben.

## – 125 –

Hip Hop dröhnte aus einem Gettoblaster und die Musik wies Helen den Weg. Auf einer Parkbank saßen sie, in den Schein einer Laterne getaucht. Sie brüsteten sich damit, dem Heim entflohen zu sein, in das Polizei und Jugendamt sie eingewiesen hatten.

Ein blondes Mädchen war unter den Teenagern. Helen erkannte sie sofort, erinnerte sich an die Grausamkeit und Gleichgültigkeit, mit der sie den Obdachlosen getreten und verhöhnt hatte.

Sie war das perfekte Opfer.

Hinter einem Busch verborgen wartete Helen und wünschte, ihr Opfer würde sich von seinen Freunden trennen.

Helens Wunsch wurde erfüllt.

»Ich muss mal.«

Die Jungs lachten. Die Hip-Hop-CD lärmte. Das Mädchen stand auf und lief davon. Sie verließ den Lichtkegel der Lampe und die Dunkelheit verschluckte sie nach nur wenigen Schritten. Der Zufall führte sie den richtigen Weg entlang.

Helen öffnete ihre Tasche, streifte Latexhandschuhe über, griff nach dem Messer, umklammerte es.

Das Mädchen eilte auf sie zu. Drei Büsche blieben ihr zur Wahl. Sie blieb stehen, nestelte an ihrer Hose und kauerte sich nieder.

Wasser plätscherte.

Vorsichtig setzte Helen Fuß vor Fuß. Sie lauschte, folgte dem Geräusch. Leise wurde es, verklang.

Hinter dem Teenager blieb Helen stehen.

Das Mädchen stand auf und zog sich an.

Helen schnitt ihr die Kehle durch.

Das Mädchen starb still, Helen vollendete ihr Werk. Sie zählte die Einstiche, zählte, wie Iacub es stets tat auf der Suche nach innerer Stärke und Kontrolle.

Helen stach zu, riss das Messer aus der Wunde und versenkte es erneut in dem blutenden Körper des blonden Teenagers. Die Augen ihres Opfers starrten, stumm, verwirrt, anklagend. Helen wich dem Blick aus, vollendete ihr Werk, schälte die Augen aus ihren Höhlen und umrahmte das junge Gesicht mit einem Strahlenkranz aus blondem Haar.

Helen stieg aus ihrem blutbefleckten Kleid. T-Shirt und Shorts kamen darunter zum Vorschein. In einer Plastiktüte verbarg sie den blutbefleckten Stoff, stopfte ihn zu den Augen des Opfers. Dann wechselte sie die Schuhe.

Im Schutz der Dunkelheit überquerte Helen die Wiese. Die Schatten der hohen Bäume verdeckten ihre Gestalt, boten Helen Schutz auf ihrem Weg durch den Park. Großblättrige Farne wichen ihrem Schritt aus, bogen sich an ihren Beinen, schnellten zurück und verbargen Helens Fußspuren. Der Park war ihr Verbündeter. Einst hatte sich Helen gefürchtet, den verwilderten Park zu betreten. Die Erinnerung daran schien eine Ewigkeit. Helen fühlte sich eins mit der Natur, eine archaische Jägerin an einem Ort, der täglich wuchs und die Zivilisation mit ihren Regeln Zentimeter und Zentimeter aus der verfallenen Stadt zurückdrängte. Helen verstand, warum Iacub diesen Ort liebte, und ihr Verstehen bestätigte ihr, das Richtige zu tun. Sie tat es für Iacub.

Die Klauen einer Eule umschlossen den Körper einer Maus, durchbohrten ihre Organe und brachten das verzweifelte Fiepen des Nagers zum Verstummen. Die Raubtiere im Park billigten Helens Tat. Sie waren wie Helen, waren wie Brutus – sie waren Killer. Der Dschungel im Herzen der Stadt hatte diese Instinkte geweckt, hatte Mensch als auch Tier in Jäger und Beute eingeteilt.

Helen hielt inne, genoss ihre Verwandlung, fühlte ihre neue Stärke. Sie sah die Eule mit ihrer Beute davon fliegen, lauschte dem Flattern der Flügel und lächelte. Sie hörte die Stimmen der Teenager. Laut riefen sie nach ihrer blonden Gefährtin. Verzweifelter wurde das Rufen und gipfelte in einem schrillen Schrei des Entsetzens.

Sie hatten ihre Freundin gefunden.

Ihre Schreie füllten den Park, ersetzten Helens Anwesenheit. Längst hatte sie den Park verlassen. Niemand hatte sie kommen, niemand hatte sie gehen sehen.

– 126 –

Helen betrachtete Häuser mit verfallenen Fassaden, sah von der Sonne gelb gebrannte Grasbüschel im fahlen Licht des Mondes. Helen verstand. Der Park eroberte die Stadt. Die Natur holte sich zurück, was der Mensch ihr einst abtrotzte. Helen ging weiter, vorbei an bröckelnden Fassaden, deren Putz sich löste und in Krümeln zu Boden rieselte, vorbei an Mauerritzen, aus denen Farne wuchsen, in der Nacht genährt vom fahlen Licht weniger Straßenlaternen. In Reih und Glied standen sie in immer gleichem Abstand. Das Licht vieler Lampen flackerte, die meisten waren erloschen. Helen sah rostige, aufgebogene Eisengitter an Fenstern ebenerdiger Wohnungen. Balkone, gelöst vom Mauerwerk, drohten mit Absturz. Die Fenster der Häuser lagen im Dunkeln. An einem überquellenden Müllcontainer verharrte Helen, öffnete ihre Tasche und warf die Plastiktüte zu dem Müll. Mit einem Streichholz entzündete sie die Beweise. Der Kunststoff schmolz und gab den Blick auf Augen und Stoff frei, bevor die Flammen alles vernichteten und auf die anderen Müllsäcke übergriffen. Ratten kreischten auf, rannten um Helens Füße und verschwanden in Mauerritzen und Gullys.

Helen lief mit ihnen davon.

Der Müllberg stand in Flammen, Feuerschein und Hitze weckten die Anwohner. Lichter erleuchteten die Wohnungen und gaben den Blick auf Menschen frei. Sie ereiferten sich über die nächtliche Störung und verfluchten den untätigen Bürgermeister ihrer Stadt.

Seit sich die Müllabfuhr im Streik befand, konnte man in vielen Nächten die Feuer sehen. Bürger der Stadt entflammten sie aus Verzweiflung vor dem turmhoch angewachsenen Müll. Es war eine gefährliche Art, Abfall zu beseitigen, oft griffen die Feuer auf die Häuser über. Trockenheit und Hitze hatten viele Wohnungen wie Zunder abbrennen lassen.

Mit Wassereimern bewaffnet versammelten sich die Hausbewohner vor dem brennenden Müllberg. Sie sahen den Müll in den Flammen vergehen und hielten sich bereit, ihr Haus zu schützen.

– 127 –

Unbeachtet lief der Fernseher. Es gab nichts Neues zu vermelden. Die Bewohner der Stadt hatten sich bereits an Iacubs Gesicht sattgesehen und harrten neuer Sensationen. Die Nachrichtensprecher, ob weiblich oder männlich, wiederholten sich in ihren formelhaften Botschaften, Studiogäste wurden umhergereicht. Helen wartete. Dem blauen Flimmern der Mattscheibe den Rücken gekehrt, entfernte sie den feinen Staub der trockenen Erde aus ihren Turnschuhen. Die Sohlen waren frei von Blutspuren. Helen sprühte Schaft und Sohle des Schuhs mit Desinfektionsmittel ein und übergab die Turnschuhe der Waschmaschine.

Gleichmäßig begann sich die Trommel zu drehen.

Unter der Dusche wusch Helen ihr Gewissen rein. Seit die Tür der Wohnung hinter ihr ins Schloss gefallen war und die Euphorie der Tat ausgesperrt hatte, fühlte sie sich mehr und mehr schuldig. Wasser lief ihr über Hände und Gesicht. Helen roch ihren Schweiß und seifte ihn ab. Jeden Zentimeter ihres Körpers schrubbte sie, versuchte das Kainsmal einer Mörderin zu beseitigen. Sie dachte an das Mädchen im Park, würde nie ihr hübsches Gesicht vergessen, es hatte nicht zu den Tritten passen wollen. Wieder und wieder waren diese auf den Obdachlosen niedergegangen. Ohne Grund war die Gewalt aus dem Mädchen und ihren Freunden ausgebrochen, so unglaublich intensiv war sie gewesen und nur vom Spaß am Verletzen gespeist. Ohne Grund hatten die Teenager versucht ihr Opfer zu erschlagen.

Hatte der Park die Teenager verändert, wie er Helen verändert hatte?

Helen reinigte ihr Jagdmesser mit Desinfektionsmittel und betrachte sich in der glatten Fläche der Klinge. »Wer bist du?« Helen lauschte ihrem Flüstern. Die Antwort kannte sie nicht. Im Park hatte sie sich stark und sicher gefühlt, hier in ihrer Wohnung war nicht viel von dem berauschenden Gefühl geblieben. Helen fühlte sich elend. Der Raum schien ihr alle Kraft zu rauben. Im Park hatte sie sich frei gefühlt, frei von Gewissen, frei von Schuld, frei von Zweifeln und Zögern. Nun war alles anders, die Wände der Wohnung nahmen ihr die Luft zum Atmen, zogen sich scheinbar um Helen zusammen. Helen fühlte sich schwach und mit der Schwäche kamen die Zweifel. Sie tröstete sich mit dem Gedanken, ein Monster getötet zu haben. Warum ekelte sie sich dann vor sich selbst? Diesmal kannte Helen die Antwort. Sie selbst war zu einem Monster geworden. Einen schlechten Menschen ermordet zu haben, durfte nicht als Ausrede gelten. Auch das blonde Mädchen hatte gern gelebt.

Sie sah sie vor sich, den Augenblick ihres Sterbens, die Schändung der Leiche. Sie hörte die Rufe der Freunde, ihre Verzweiflung. Die Teenager hatten Angst um das Mädchen gehabt. Selbst sie, die ohne Mitleid einen Stadtstreicher zusammengeschlagen hatten, kannten Furcht und Mitgefühl.

Gewalt ohne Motiv war etwas Niedriges. Einen Menschen aus Liebe zu töten, rechtfertigte für Helen den Tod. Nie mehr töten zu müssen, erleichterte sie.

Sie verließ die Dusche, trocknete sich vor dem Fernseher ab, schaltete durch die Programme. Werbung. Erotik. Eine Gameshow. Sport. Filme. Nachrichten. Kein Wort über den Park. Noch nicht.

Sie sprühte erneut Desinfektionsmittel über das Messer und reinigte die Klinge. Sie würde Iacub ein Leben im Gefängnis ersparen.

Sie hatte für ihn getötet.

Er liebte sie.

Es war seine Entscheidung gewesen.

Helen war eine Meisterin darin geworden, sich hinter Selbsttäuschungen zu verstecken.

## – 128 –

Der Arzt sprach von Hoffnung, davon, wie jung und stark Milla war. Er berichtete von schlimmeren, ja hoffnungslosen Fällen und ihrer Wendung zum Guten. Den Alltag der menschlichen Tragödien verschwieg er und klammerte die Verzweiflung vieler aus, ihr jahrelanges, leidvolles Ausharren neben einem Angehörigen. Jede einzelne Träne unterschlug er.

Der Arzt lächelte Patrick an. Es war ein professionelles Lächeln, sollte Mut wecken, bevor sich die Männer die Hände schüttelten und auseinandergehen würden.

Verloren blieb Patrick bei Milla im Raum zurück.

»Hallo Rotschopf.«

Er küsste sie auf die Stirn, setzte sich zu ihr ans Bett. Er hatte getrunken.

»Stell dir vor, was mir heute passiert ist. Ich war mit Arkady unterwegs, okay? Gut. Wir nehmen unseren Mittagsimbiss. Rudis Resterampe, du kennst ja den versifften Stand von Rudi. Wir ziehn' uns Würstchen mit Senf rein, das volle Gesundheitsprogramm eben. Arkady ist mies drauf. Sein Magen schmerzt. Na ja, und da ist diese Blondine. Auftoupiertes Haar, lange Beine. Ne heiße Braut. Arkady taxiert sie mit Blicken, dann macht er sie blöde an. Sie würde ihm ihre Pommes mit Majo ins Gesicht schmatzen. Er will, dass sie sich verzieht. Die Tusse schweigt ihn an. Arkady bläfft, ob sie taub sei, und schimpft sie eine Schnalle. Da lacht sie ihn an, und ich sag dir, so ein Lachen hast du noch nie gehört. Stell dir vor, ein Bär könnte lachen. So klang es. Und weißt du was, die Braut war keine Frau, sie war ein Typ. Arkady steht der Mund offen. Er war total baff, und dann hört sie … ich meine, dann hört die Transe auf zu lachen. Der Typ zwinkert Arkady zu und bedankt sich für das Kompliment. So was Nettes habe schon lange keiner mehr zu ihm gesagt. Du hättest Arkady sehen müssen. Er war bleich, als hätte er einen Geist gesehen.«

Patrick lachte, stockte und sah auf Milla nieder. Sie glich dem Geist, von dem er soeben gesprochen hatte.

»Heh, ich hab dir was mitgebracht.«

Vorsichtig streifte er Milla einen Kopfhörer über und startete den Player. Der Punk der Sex Pistols erklang.

Patrick betrachtete Milla und suchte nach einer Regung in ihrem Gesicht. Ruhig und entspannt wirkte sie, friedlich, schlafend, von der Musik unberührt.

Oft hatte Patrick Milla bei der Hausarbeit zu den Songs der Pistols singen hören.

Er streichelte ihre Hand, ließ seinen Finger ihren Arm hinauf gleiten. Er war bei ihr. Sie sollte es fühlen. »God save the Queen«, hörte Patrick Johnny Rottens Stimme.

Milla war Patricks Königin, auch wenn es nicht seine Worte waren.

Er stellte sich vor, mit ihr die Klinik zu verlassen, Hand in Hand auf die Straße zu treten und all das Grauen zu vergessen. Nichts wünschte sich Patrick mehr. Für Millas Leben hätte er bereitwillig seine Rache aufgegeben. Vielleicht beharrte er deshalb auf Vergeltung, weil er nicht daran glaubten konnte, sie erwachen zu sehen.

Patrick schämte sich für diesen Gedanken. Es gab so vieles, für das er sich schämte. Sein Idealismus, Brutus eine Falle zu stellen. Seine Fixierung, den Killer mit allen Mitteln zur Strecke zu bringen. Seine Weigerung, sich seinen Zweifeln an Iacubs Schuld zu öffnen. Die Veränderung, die er seit dem Angriff auf Milla durchlaufen hatte. Es gab nichts, auf das er stolz sein konnte. Nichts, außer einer glücklichen Beziehung. Das Leben mit Milla war zu einer Selbstverständlichkeit geworden. Wie besonders ihr gemeinsames Glück war, wusste er erst seit ihrem Verlust. Nie hätte er geglaubt, ein glückliches Leben könne so schnell zerbrechen.

Er nahm Milla den Kopfhörer ab, stoppte die Musik, die sich plötzlich falsch anhörte. Zu roh, zu schnell.

## – 129 –

Patrick hatte begonnen in der Vergangenheit zu leben. Jeden seiner Besuche füllte er mit einem Kapitel. Kennenlernen, Studium, Urlaube, Ausflüge. Von den wichtigen Stationen war er ins Banale übergegangen und besonders die alltäglichen Dinge hatten ihm ihr gemeinsames Glück gezeigt. Augenblicke des Alltags waren zu Schlüsselmomenten geworden.

Iacub hatte Milla von gemeinsamen Kinobesuchen erzählt. Filme hatten ihn schon als Kind fasziniert, und so wie Milla ihm die Musik nahe gebracht hatte, hatte er ihr alle Filme gezeigt, die er liebte. Er hatte sie im Kino gesucht, sie auf DVD ausgeliehen, hatte Milla beim Betrachten beobachtet, ihre Reaktion auf die Handlung aufgesogen. Sie hatten zusammen gelacht oder ihre Betroffenheit geteilt. Sie waren zu Kinogängern geworden, hatten wöchentlich einen Neustart besucht. Die Abende fehlten Patrick. Alles an Milla fehlte ihm. Nur ihre Anwesenheit war ihm geblieben. Es war so fremd, einen Menschen, der immer fröhlich und voller Leidenschaft gewesen war, so still und leblos zu sehen.

»Weißt du, ich hatte als Kind Angst in den Keller zu gehen. Eine Glühbirne hing an der Decke über der Treppe. Der Luftzug. Er bewegte sie hin und her. Die Lampe warf Schatten auf die Wände. Sie huschten an mir vorbei. Mann, hatte ich die Hosen voll. Jedenfalls rannte ich so schnell ich konnte die Treppe runter. Ich hatte eine Scheißangst vor den Schatten. Ich wusste genau, wenn ich stehenbleibe oder langsamer werde, packen sie mich. Verrückt oder? Ich habe das wirklich geglaubt. Ich war schnell wie der Blitz, na ja, jedenfalls schneller als die Schatten. Ich lief ihnen davon und knallte ihnen die Tür vor der Nase zu. Jahrelang hatte ich Schiss vor einer Glühbirne. Irgendwann habe ich darüber gelacht. Ich hab mich geschämt und niemandem davon erzählt. Eines habe ich damals gelernt. Irgendwann geht die Angst vorüber. Glaub's mir, Milla. Du brauchst keine Angst zu haben. Ich weiß nicht, ob du mich verstehen kannst, aber ich weiß, man kann die Angst besiegen.«

Wut kochte in ihm hoch. Patrick warf den Kopfhörer gegen die Wand, dort prallte er ab und kam vor dem verriegelten Fenster des Krankenzimmers zum Liegen. Patrick sah durch die milchig angelaufene Scheibe und blickte über die in Dunkelheit getauchte Stadt zum Park. Bedrohlich neigten sich die Wipfel der Bäume im Licht des Mondes. Patricks Blick folgte ihren Bewegungen, während seine Gedanken den Moment verfluchten, in dem er das Pentagramm entdeckt hatte, das Brutus über den Park gelegt hatte. Das Pentagramm und der Park, sie hatten

Patrick verändert. Seine Ideale waren verschwunden, waren von zwei Wünschen ersetzt worden. Milla sollte leben, Brutus von Patricks Hand sterben.

Patrick saß an ihrem Bett und wachte über Milla, bis er eine Nachricht erhielt.

Ein Mord war im Park geschehen.

Er setzte Milla den Kopfhörer auf und startete die Musik.

– 130 –

»Es ist seine Handschrift.«

Ihr hübsches Gesicht war entstellt, die Augen waren mit einem spitzen Gegenstand ausgehebelt worden, die Kehle durchtrennt. Ein roter Saum, einer Kette ähnlich, zierte ihren Hals. Dreizehn Mal hatte sich das Messer in ihren Körper verbissen. Ihr Mund war geöffnet und entblößte blutverschmierte Zähne.

»Iacub ist unschuldig«, schienen die blassen Lippen des blonden Teenagers zu wispern.

Arkady hatte recht behalten. Unverständnis stand Patrick ins Gesicht geschrieben. Die Leiche war eine Botschaft für ihn. Er stand erneut am Anfang.

»Warum? Verdammt noch mal, warum?«

»Nicht hier, Patrick.«

Patrick wischte Arkadys Hand von seiner Schulter.

»Lass mich!«

Er suchte ein Ventil, schlug zu. Die Dornen eines Busches rissen die Haut an seinen Knöcheln auf. Blut füllte die Striemen.

»Reiß dich zusammen, Junge!«

Schaulustige hatten sich um das Absperrband der Polizei versammelt und starrten Patrick an.

»Reiß dich zusammen oder ich lasse dich vom Tatort entfernen.«

Patrick kreuzte neugierige Blicke. Unverhohlen musterten sie ihn. Mit seinem Handy begann er die Schaulustigen zu fotografieren. Ein Mann drehte den Kopf zur Seite.

»Du!«

Patricks Schrei ließ den Mann zusammenzucken.

»Bleib stehen!«

Der Mann wich zurück. Patrick eilte zu ihm, riss ihn zu Boden und drehte dem Verängstigten den Arm auf den Rücken.

»Deinen Ausweis.«

Der Mann leistete Widerstand, bäumte sich auf. »Was soll das? Schon mal was von Pressefreiheit gehört?«

»Schon mal was von Behinderung der Justiz gehört?«

Patrick fand die Börse des Mannes und den Ausweis darin. »Bitte. Es tut mir leid.«

Er flehte, wimmerte. Patrick gab den Mann frei, den Personalausweis steckte er ein.

»Hau ab!«

Es war nicht genug, Frust und Versagen an dem Journalisten abzureagieren.

»Haut ab! Alle! Hier gibt es nichts zu sehen!«

Zögernd wich die Menge zurück. Atemlos sah Patrick ihnen nach.

»Und fühlst du dich besser?«

»Nein.«

»Dachte ich mir.«

»Frag mich, wenn ich Brutus gefunden habe.«

Patrick folgte einer Blutspur. Sie entfernte sich vom Tatort und endete mitten im versengten Gras.

Arkady und die Männer von der Spurensicherung folgten Patricks Ruf. Die Spur wurde fotografiert, eine Blutprobe genommen.

»Diese verdammte Trockenheit. Eine Armee könnte über den Rasen trampeln, ohne einen Fußabdruck zu hinterlassen.«

»Außer dem Opfer weist nichts auf den Täter hin. Wie immer.«

»Wir sind mal wieder die Idioten.«

»Stimmt.«

Arkady riss einen Riegel auf. »Schokolade?«

»Nein.«

»Auch gut.«

Arkady aß den Schokoriegel auf.

– 131 –

Patrick stand am Kaffeeautomaten, füllte eine dünne, dampfende Brühe in zwei angeschlagene Tassen. Er wartete auf die Blutanalyse, hoffte, die gefundene Spur stamme vom Täter. Mit etwas Glück war dessen DNA im Polizeicomputer erfasst und führt zu einem Namen.

»Alles okay?«

Er nickte Arkady zu. Er hatte sich im Park wie ein Anfänger benommen.

»Kaffee?«

»Nein.«

»Bist du sauer?«

»Nein.«

»Es tut mir leid.«

»Schon gut.«

Arkady brühte sich einen Tee auf. »Mein Magen. Auf Kaffee kann ich verzichten, auf Schokolade nicht.«

»Wann kommt Iacub frei?«

»Sowie der Richter ausgeschlafen hat.«

»Ich werde mich bei ihm entschuldigen.«

»Beim Richter?«

»Nein, bei Dugary.«

»Ja, mach das.«

»Die Anzeige wegen Körperverletzung. Wir ziehen sie zurück, ja?«

»Okay.«

»Ich war mir wirklich sicher, ihn gesehen zu haben, als er auf die Gleise sprang.«

»Deinetwillen oder wegen Milla?«

»Was?«

»Warum warst du dir sicher?«

»Weil ich mir sicher war. Es war einfach das Richtige.«

»Das Richtige? Na dann Prost.«

Arkady führte die Tasse an die Lippen. Der Tee war heiß.

»Habt ihr auch Croissants?«

Kaspar kam den Gang entlang, einen Bericht hielt er in Händen.

»Die Blutanalyse. Ihr werdet staunen.«

Erwartungsvoll sahen Patrick und Arkady Kaspar an.

»Und?«

»Jetzt sag schon.«

»Das Blut stammt von einer Ratte. Ein Hund oder eine Katze wird sie aufgestöbert haben.«

»Scheiße.«

»Sonst noch was?«

»Nur das Übliche. Blutergüsse an den Wundrändern identisch derer des letzten Opfers. Eine einschneidige Waffe. Dieselbe Breite und Länge der Klinge, derselbe Handschutz.«

Kaspar reichte Arkady den Bericht und nahm stattdessen den dampfenden Kaffee.

»Na dann, guten Morgen.«

Patrick und Arkady sahen Kaspar nach.

»Was machen wir jetzt?«

»Vielleicht gibt es auch sechsstrahlige Sterne, die böse Geister abhalten?«

»Wahnsinnig witzig, Arkady.«

»Fakt ist, seine Spielregeln kümmern ihn nicht mehr. Brutus kann nicht aufhören. «

»Ich auch nicht. Ich krieg das Schwein. Ich habe Milla zu ihm geschickt. Ich habe ihr versprochen, auf sie aufzupassen. Ich habe geschworen, ihn zu finden.«

»Hör zu, Junge. Wir kriegen ihn. Er wird nicht aufhören. Könnte er aufhören, hätte er letzte Nacht nicht erneut gejagt.«

»Und wie finden wir einen Unsichtbaren, der keine Spuren hinterlässt?«

»Indem wir warten.«

»Vor dem Fernseher vielleicht? Fuck you, Arkady.«

»Jetzt hör mal zu, Junge. Milla lebt, und dein Gejammer über Schuld und Rache würde ihr bestimmt genauso auf den Keks gehen wie mir.«

»Ach ja? Weißt du was? Du kannst mich mal. Ich brauch dich nicht. Was hilft mir ein Cop, der sich nur für Wäsche und Nacktfotos interessiert. Geh heim zu deiner Sammlung Spitzenhöschen.«

»Ach ja? Und ist ein Polizist besser, der einem Unschuldigen einen Mord anhängen will und ihn zusammenschlägt, weil er nicht gesteht? Sag es mir, Patrick? Bis du ein besserer Polizist als ich?«

»Nein. Bin ich nicht.«

»Okay, dann lass dir was von einem abgehalfterten Cop sagen. Da draußen ist ein Killer, der nicht mehr aufhören kann. Er wird weiter töten, und er wird einen Fehler machen, der uns zu ihm führt. Und dann bekommst du deine Rache. Glaub mir, Junge, alles was du brauchst, ist Geduld.«

– 132 –

Iacub saß auf der Bank in seiner Zelle. Er war bleich, hatte abgenommen.

»Steh auf. Du kannst gehen.«

Er nickte, war nicht überrascht. Sein Anwalt hatte ihn bereits informiert. Einen Glücksgriff hatte er Brutus neuerlichen Mord genannt.

Iacub verließ die Zelle. Er bewegte sich langsam, folgte stumm den Wärtern. Sie hatten aufgehört Iacub zu verhöhnen. Schuld und Unschuld bedeuteten doch einen Unterschied. Iacub ließ den Gefängnistrakt hinter sich und bekam seine Kleidung überreicht. Er quittierte ihren Erhalt und zog sich um.

Seit er eine Zelle bezogen hatte, hatte er unentwegt über die beiden jüngsten Morde gegrübelt. Nun fürchtete er, Helen gegenüberzutreten. Er zweifelte an ihr, und doch freute er sich auf ein Wiedersehen. Vor dem Tor des Gebäudes umarmte er sie.

Iacub hatte nicht den Mut zu fragen.

Sie presste ihn an sich, küsste ihn, spürte die Tränen in ihren Augen und versteckte ihr Gesicht an seiner Schulter.

»Es fühlt sich so gut an, dich wieder zu haben.«

Iacub nickte, konnte seine Furcht vor der Wahrheit nicht verbergen. Helen spürte die Veränderung sofort.

»Es ändert nichts zwischen uns, oder?«

Ihre Stimme zitterte.

»Was ändert nichts?«

Sie schwieg.

»Bitte sprich mit mir, Helen. Sag mir, dass es nicht wahr ist.«

Sie beide kannten die Bedeutung der einsetzenden Stille. Er sah sie sich winden. Helen drückte sich vor einer Antwort. »Ich liebe dich, Iacub. Mehr als alles. Mehr als mich selbst.«

»Die Wahrheit, Helen.«

»Ich bin nicht anders als zuvor, Iacub.«

Er fühlte ihren Kuss und wich ihm aus.

»Ich habe viel nachgedacht. Über uns. Über dich.«

Er sah ihre Tränen.

»Bitte sag, dass ich mich irre.«

Er roch ihre Furcht.

»Helen, ich muss es wissen.«

Er fühlte die Gewissheit.

»Was hast du getan, Helen?«

Er weinte mit ihr.

»Du hast sie getötet. Auf sie eingestochen. Ihr die Augen genommen.«

»Du hast gesagt, du würdest mich lieben.«

»Ich wollte nicht, dass sie stirbt.«

»Du hast gesagt, du liebst mich. Ich habe es für dich getan. Für uns.«

»Du hast sie umgebracht, Helen! Du hast zwei Menschen getötet.«

»Für uns.«

»Du hattest kein Recht dazu.«

»Iacub, bitte.«

»Du brauchst Hilfe, Helen.«

»Hilfe? Wer hat wem geholfen? Ohne mich würdest du im Gefängnis verrotten!«

»Ich weiß. Aber es ändert nichts.«

»Ich bin kein Monster, Iacub. Ich habe dir ein Alibi gegeben.«

»Du bist verrückt, Helen.«

»Und du bist ein Feigling. Du hättest dich von Anne trennen können. Du wolltest es nicht. Das Geld, die Galerie, es war dir zu wichtig. Du hättest einfach mit mir gehen können. Sie starb wegen dir. Es ist deine Schuld.«

»Wegen mir? Weißt du, was du da sagst?«

»Du wolltest alles haben, konntest den Hals nicht vollkriegen.«

»Nein!«

»Wir waren uns einig, Iacub. Wir hatten darüber gesprochen. Du hast es mir versprochen. Ich habe es für dich getan, weil du zu feige warst.«

»Das ist krank, Helen. Du bist krank.«

»Ich habe dich gerettet, Iacub. Ich habe dir alles gegeben. Meine Liebe und ihr Erbe. Ich habe dich von ihr befreit, wie du es wolltest.«

»Das wollte ich nicht. Nicht so.«

»Du hast es aber gesagt! Du hast es gesagt!«

»Nein!«

»Iacub, bitte. Ich liebe dich doch.«

»Ich kann nicht Helen.«

»Bitte.«

»Ich werde dich nicht verraten. Ich möchte vergessen, was du getan hast, und ich will dich nie wieder sehen.«

Er drehte sich um und davon ging.

»Iacub!«

Er blickte nicht zurück, blieb nicht stehen, zögerte nicht einmal.

»Ich habe dich gerettet, Iacub! Iacub!«

Er achtete nicht auf ihr Rufen, ging einfach davon, die Straße hinab, der U-Bahn-Station entgegen.

»Bitte bleib.«

Es war nur ein Flüstern, nur eine kleine Hoffnung. Er enttäuschte sie. Immer wieder hatte Iacub sie enttäuscht.

Helen sah ihm nach, hoffte, er würde stehen bleiben und sie zu sich rufen. Sie wartete, bis er fast die U-Bahn-Station erreicht hatte.

Er liebte sie nicht. Er war ein Lügner.

Helen öffnete Annes Wagens, ließ den Motor an und beschleunigte unter Tränen. Ihr Fuß drückte das Gaspedal bis zum Anschlag durch.

Die Beschleunigung des Fahrzeugs katapultierte Helen auf Iacub zu. In seinem Gesicht fand sie denselben Ausdruck, den sie Annes Augen gesehen hatte.

Der Wagen überrollte Iacubs Körper, schleifte ihn unter dem Wagen mit, brach seine Knochen, zerfetzte seine Organe.

Helen hyperventilierte, fühlte noch immer den Aufprall, das Rumpeln des Wagens, als dieser Iacubs Körper überrollt hatte. Er hatte sie verraten, hatte sie benutzt. Iacub war ihre Liebe nicht wert gewesen. Helen sah zum Park und fühlte sich frei. Ihre Angst war Entschlossenheit gewichen. Helens Finger öffneten sich, gaben das Steuer frei. Sie schloss die Augen und wartete.

Der Wagen prallte gegen das Schild der U-Bahn-Station. Die Motorhaube bog sich auf, ließ die Windschutzscheibe zersplittern und polterte auf die Straße. Vom Aufprall beschleunigt durchbrach Helens Körper das zerbrochene Glas. Der gezackte Rand einer Scherbe durchtrennte Helens Halsschlagader. Ihr Körper wurde durch die Luft geschleudert, eine Blutfontäne und aufwirbelnde Glassplitter folgten ihm. Verrenkt und leblos landete Helen auf den

Stufen der U-Bahn-Station. Die messerscharfen Glassplitter ließen ihren Körper aus unzähligen Wunden bluten.

## – 133 –

Die Müllabfuhr nahm ihren Dienst wieder auf. In der ganzen Stadt waren die Fahrzeuge im Einsatz. Lastwagen waren angemietet worden und transportierten die Müllberge ab.

Die Säuberungsarbeiten wurden auf den Park ausgeweitet. Getränkedosen, Flaschen, Chipstüten fanden sich dort, aber auch eine Sprühflasche Haushaltsreiniger und ein alter verschlissener Sommermantel. Unter einem Busch, neben einer Parkbank verborgen, lagen die Sachen. Der Mantel stank, war voller Risse und Löcher und schien nur noch von hunderten rotbraunen Flecken zusammengehalten zu werden. Der Kragen war speckig, Schweißränder befanden sich unter den Ärmeln. In den Taschen befanden sich Handschuhe. Das Leder war voller Blut, das Innenfutter barg Brutus genetischen Fingerabdruck.

Die Müllmänner stopften Haushaltsreiniger, Handschuhe und Mantel in einen Müllsack. Sie verschwendeten keinen Gedanken an die Herkunft der roten Blutspritzer auf dem abgetragenen Kleidungsstück, die stumm die Angriffe auf Jessica, Meret, Ruth, April und Milla bezeugten.

Der Müllsack landete auf einem der Lastwagen. Überladen nahm dieser Kurs zur Müllverbrennungsanlage am Rande der Stadt. Dort gingen die Beweisstücke in Flammen auf.

Überall in der Stadt schlossen sich freiwillige Helfer der Müllabfuhr an. Die Menschen waren den Gestank leid. Wie Ameisen schwärmten sie aus, säuberten Straße um Straße. Versteckt unter Müllbergen fanden sie Frauenleichen, verwest und von Ratten und Füchsen angefressen. Die Bäuche der Frauen waren aufgeschlitzt, kleine Babypuppen aus Plastik waren in die Gebärmütter der Toten eingesetzt worden.

Millas Schwester wurde als eines der Opfer identifiziert.

Die Stadt hatte einen neuen Serienkiller und dieser ließ Brutus sogleich in Vergessenheit geraten. Acht Opfer fanden sich an einem Morgen. Wie Aasgeier stürzten sich die Medien auf die neue Sensation.

## – 134 –

Einen langen Weg hatte Helens Familie hinter sich gebracht, waren vom Land in die Stadt gereist. Sie betraten Helens Wohnung, sahen sich um und begannen die Habseligkeiten der Tochter in Kisten zu räumen und aus dem Haus zu tragen.

Helens Vater fand den Rotwein in der Wohnung seiner Tochter, las das Etikett und wunderte sich. Einen Wein nach einem Jünger Jesu zu benennen, schien ihm unsinnig.

Seine Söhne halfen ihm, die Kisten im Wagen zu verstauen, während die Mutter Helens Kleider und Anzüge in einem Koffer zusammenlegte. Sie staunte über die edlen Stoffe und fühlte neben der Trauer auch ein wenig Stolz. Nie hatte sie an den Erfolg ihrer Tochter geglaubt. Sie hatte sich geirrt. Helen war in der Stadt zu einer Dame gereift.

In einer Schublade fand die Mutter ein Jagdmesser, nahm es an sich und verstaute die Klinge in ihrer Handtasche. Helens Mutter nahm sich vor, die Waffe ihrem jüngsten Sohn zum sechzehnten Geburtstag zu schenken.

Am Abend war die Wohnung geräumt und nichts in den Zimmern erinnerte noch an Helen. Die Familie verließ das Gebäude, fuhr an der geschlossenen Galerie vorbei. Die großen Glasfronten in der historischen Fassade beeindruckten sie. Hinter diesen Fenstern hatte ihre Tochter gearbeitet. Die Familie würde es nie erfahren.

Entlang des Parks fuhren sie. Hochaufgeschossene Bäume standen Spalier und neigten sich der Straße entgegen.

Mit jedem Kilometer wurden die Gebäude verfallener. Ein Straßenschild kündigte die Restaurierung der Häuser an. Nach Abschluss der Arbeiten würden die Mieten für keinen Bewohner mehr erschwinglich sein.

Arkady wohnte in einem dieser Häuser. Er stand am Fenster, ohne den Wagen der Familie zu beachten. Zwei Schachteln befanden sich vor ihm auf einem Tisch. Jessicas Foto, weitere Frauenbilder, Seidenunterhosen, Tangastrings und Sexspielzeug vermischten sich in der einen. Arkady schloss die Schachtel und öffnete die zweite. Irina lächelte ihm von vielen Fotos entgegen.

Arkady lächelte zurück. Seine Finger streichelten ihr Gesicht.

Der Wagen der Familie durchquerte Stadtviertel um Stadtviertel. Ein Straßenschild neben dem städtischen Krankenhaus wies ihnen den Weg zur Autobahn. Ein junger Mann stand vor der Klinik. Voller Selbstvorwürfe wirkte er, den Blick nach oben, zu einem der Fenster gerichtet. Sonnenlicht wurde von diesem Fenster reflektiert und blendete für einen Augenblick die Familie.

Das Licht schien aus Millas Zimmer, ein Schimmer der Hoffnung.

Verloren stand Patrick vor der Klinik und spürte die Last des Versagens. So viel hatte er Milla versprochen, nichts hatte er einhalten können.

Schweren Herzens öffnete Patrick die Flügeltür, bestieg den Lift, durchquerte Korridore. Vor Millas Tür verharrte er still. Patrick dachte an den ersten gemeinsamen Tag in ihrer Wohnung. Hunderte von Wohnungen hatten sie besichtigt, auf Dutzende hatten sie sich beworben, diese hatte man ihnen zugesagt.

Milla hatte am Tag des Einzugs einen Fußabstreifer gekauft, ihn vor die Eingangstür gelegt und ihn zur Grenze erklärt. Die Arbeit zweier Polizisten sollte diese Grenze nie überschreiten. Ein sicherer Hafen sollte ihr Zuhause sein.

Oft hatte Patrick gegen diese Regel verstoßen. Den Frust über Arkady und Brutus hatte er in die Wohnung getragen. Er hatte die Grenze überschritten und all das Leid ausgelöst.

Von nun an würde er die Regel achten.

An einem unsichtbaren Fußabstreifer rieb Patrick die Sohlen seiner Schuhe ab, ließ Wut, Schmerz und Frust zurück. Befreit öffnete er die Tür zu ihrem Zimmer. Patrick war froh, Milla zu sehen, und setzte sich zu ihr.

»Ich habe dir einen Brief geschrieben.«

Patrick begann zu lesen.

– E N D E –

LUZIFER
VERLAG